オーマンド・ビードルに

プロメテウス号
後部客席見取図

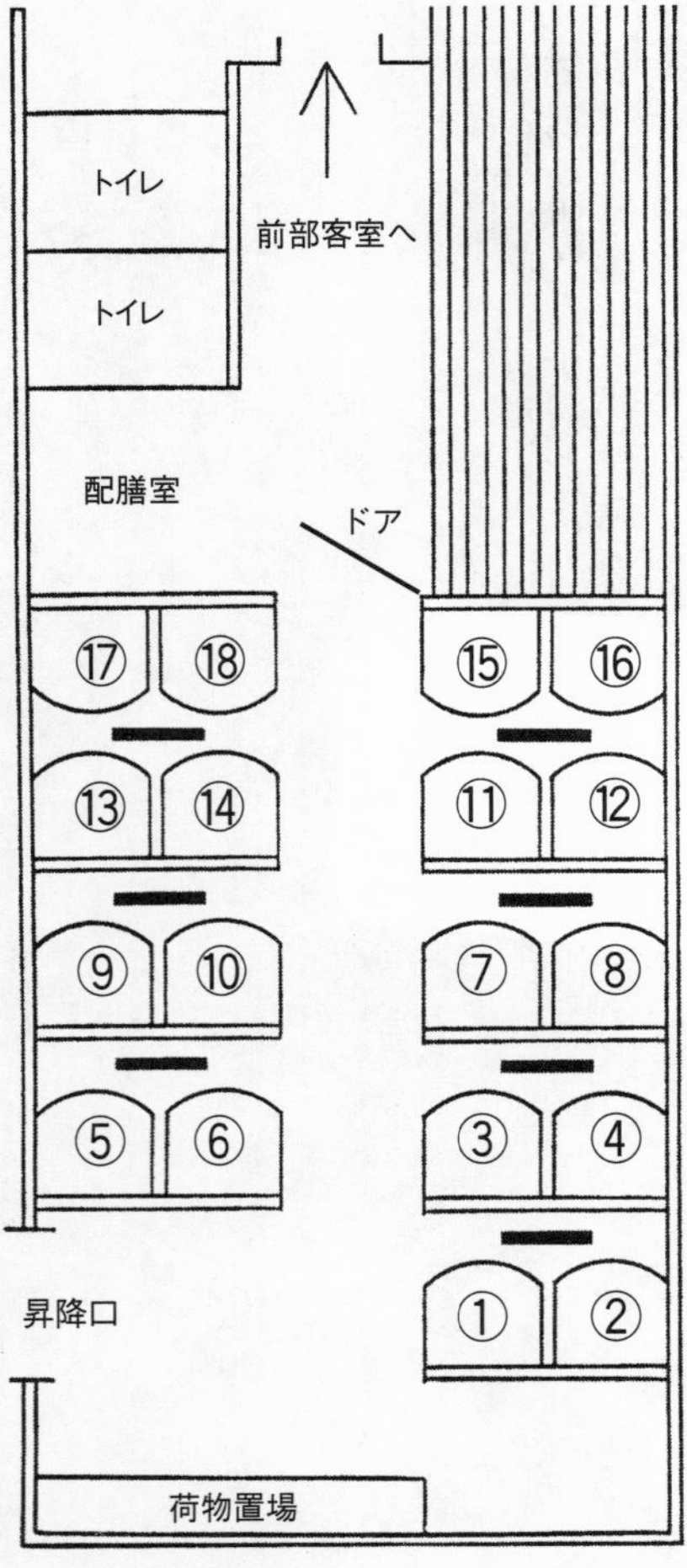

〔乗　客〕

② マダム・ジゼル
④ ジェイムズ・ライダー
⑤ アルマン・デュポン
⑥ ジャン・デュポン
⑧ ダニエル・クランシー
⑨ エルキュール・ポアロ
⑩ ドクター・ブライアント
⑫ ノーマン・ゲイル
⑬ ホーバリー伯爵夫人
⑯ ジェーン・グレイ
⑰ ヴェニーシャ・アン・カー

目次

雲をつかむ死

〔新訳版〕

登場人物

エルキュール・ポアロ…………………………私立探偵
ジェーン・グレイ……………………………美容院の助手
ノーマン・ゲイル……………………………歯科医
マダム・ジゼル（マリー・モリソー）…………金貸し
アンヌ・モリソー……………………………ジゼルの娘
アレクサンドル・チボー………………………ジゼルの顧問弁護士
シスリー・ホーバリー…………………………伯爵夫人
ヴェニーシャ・アン・カー……………………貴族の令嬢
ドクター・ブライアント………………………耳鼻咽喉科の医者
アルマン・デュポン…………………………考古学者
ジャン・デュポン……………………………アルマンの息子
ダニエル・マイクル・クランシー……………探偵小説作家
ジェイムズ・ライダー…………………………セメント会社の社長
ヘンリー・ミッチェル
アルバート・デイヴィス｝…………………客室乗務員
ジャップ……………………………………スコットランド・ヤードの警部
フルニエ……………………………………フランス警察の警部

1　パリからクロイドンへ

パリのル・ブルジェ空港に九月の日ざしが強烈に照りつけるなか、乗客たちがロンドンへの定期便であるプロメテウス号に乗ろうとしていた。飛行機は、数分後にロンドンのクロイドン空港へむかって出発する予定になっている。

ジェーン・グレイは、最後の乗客たちにまじって機内に乗りこみ、座席番号十六番のシートにすわった。すでに、中央のドアを抜けて、こぢんまりした配膳室とふたつの洗面所を通りすぎ、前方の客室にはいった客たちもいる。ほとんどの乗客がもう席についていた。狭い通路をはさんだむこうでは、にぎやかなおしゃべりが聞こえていた――やや耳ざわりな甲高い女性の声が、ほかを圧倒している。ジェーンは、かすかに口もとをゆがめた。そういう声を出す類の人間についてよく知っていたからだ。

「あらまぁ――おどろいたわ――ぜんぜん知らなかった――どちらからと、おっしゃって？　ジュアン・レ・パン？　いいえ――わたしはル・ピネからですのよ――ええ、いつもの方々ばかり――もちろんですわ。ごいっしょしましょう。あら、ダメですの？　どなたが？　ああ、そう……」

そのとき、男性の声がした……外国なまりのある、ていねいな口調だった。

「――奥さま、よろこんで席をおかわりしましょう」

ジェーンは横目でこっそりそっちをうかがった。

大きな口ひげをはやした卵形の頭の小柄な年配男性が、通路をはさんでジェーンとは反対側の席から、手荷物を持って、あわてず騒がず移動しようとしているところだった。

ジェーンはちょっと顔を横にむけて、たまたま同乗して、この見知らぬ男の親切を呼ぶことになったふたりの女性を見た。それというのも、ル・ピネという地名に興味をひかれたからで、ジェーンもまたル・ピネへ行ってきたところだったのだ。

ジェーンは、ふたりの片方をよくおぼえていた――最後に見たときのいきさつも――カジノのテーブルで、彼女はほそい両手を握りしめては開いていたのだ――そのたびに、陶器の人形のように繊細な顔を、赤くしたり青ざめたりさせながら。すこしがんばれば、名前も思いだせそうな気がする。友だちがその名前を口にしていたからだ――「あの人、貴族の奥さまなのよ。ほんとに。でも、生まれつきの貴族じゃなくて、もともとはどこかのコーラスガールかなにかだったんですって」と、言って。

友だちの口調には深い軽蔑がこもっていた。その友だちというのは、贅肉を〝落とす〟マッサージにかけては一流の腕を持っている、メイジーだ。

通りすぎたときに、もうひとりの女性は〝ほんもの〟らしいと思った。〝垢抜けない地方貴族〟といったところだろうと思ったけれど、ジェーンはすぐにふたりのことなど忘れて窓の外に見えるル・ブルジェ空港の景色に興味をうつした。ほかにもいろいろな飛行機などが待機している。金属製の巨大なムカデのように見えるものもあった。

ジェーンが頑として視線をむけないようにしている場所がひとつだけあった。すぐまえの席だ。ちょうどむかいあわせのその席には、ひとりの青年がすわっていた。

青年は明るめの青紫色のセーターを着ていたが、ジェーンはそのセーターから上をまったく見ようとしなかった。もし見たら、その青年と目があってしまうかもしれない。それは、ぜったいに困る!

整備員たちがフランス語でさけんだ――エンジンがうなりをあげ――静まり――また音が高くなり――車輪留めがはずされ――飛行機がスタートした。

ジェーンは息を止めた。空の旅はこれでたったの二度目だから、まだドキドキするのだ。飛行機は——飛行機はきっと、あの柵につっこんでしまう——でも、そんなことはなかった。機体は無事に離陸し——ぐんぐん上昇してゆき——大きく旋回すると——ル・ブルジェ空港が、はるか眼下に見えた。

ロンドンのクロイドン空港へむかう昼間の定期便の出発だ。乗客の数は二十一人——前部の座席に十人と、後部に十一人が乗っている。パイロットが二名、そして男性の客室乗務員が二名。エンジンの轟音は、たくみに防音がほどこされているから、耳に綿をつめる必要などはない。やはり音が気になって会話をする気にはならないが、考えごとをするのには好都合だ。

プロメテウス号が英仏海峡にむかって飛んでいるとき、後部座席の乗客たちはそれぞれ物思いにふけっていた。

ジェーン・グレイは、〝こんなことを思っていた。〝あの人を見ちゃだめよ……ぜったいに見ない……そのほうが、断然いい。このまま窓の外をながめて考えごとをつづけるのよ。なにか、これと決めて考えるの——いつだって、それがいちばんいい方法なんだから。そうすれば、きもちが落ちつくもの。そもそものはじめからのことを、そっくり思いだしてみましょう……〟

ジェーンは決然として、そもそものはじめに思いを切りかえた。それはアイリッシュ

・スウィープの競馬くじを買ったことだ。むだづかいではあったけれど、そのむだづかいのおかげで心が浮きうきした。

ジェーンと、ほかの五人の娘たちが働いている美容室では、みんながさんざん笑ってたがいに冷やかし半分のおしゃべりに花を咲かせたものだ。

「もし当たったら、どうする？」

「わたしはもう決めてあるわ」

決めてある――といってもどれもこれも砂の城のようなもので――みんな、冗談半分なのだ。

ともあれ、ジェーンは〝それ〟――一等のことだが――にこそ当たらなかったものの、百ポンドという賞金を獲得したのだった。

百ポンドは大金だ。

「使うのは半分だけにして、残りはいざというときのためにとっておきなさいよ。なにがあっても困らないようにね」

「わたしだったら毛皮のコートを買うわ――最高級のコートを」

「船旅なんてどうかしら？」

ジェーンは〝船旅〟にはそそられたものの、けっきょく、最初の考えをまげなかった。

一週間、ル・ピネに旅をしよう。ジェーンが働く美容室には、ル・ピネに行くとか、行ってきたばかりだとかいうお客がたくさん来る。器用な指先で髪をなでつけたりウェーヴをととのえたり、「このまえパーマをおかけになってから、どのくらいになりますでしょうか、奥さま？」だの、「奥さまのようなすてきな髪の色はめったにございませんわ」だの、「今年の夏はほんとうにお天気がよろしかったですわね」だの、あたりさわりのない決まりきったことを口にしながら、ジェーンは、「いったい、どうしてわたしはル・ピネへ行けないのかしら」と、いつも思っていた。けれども、そう、いまこそ行けるのだ。

着るもののことは、ほとんど問題ない。おしゃれな店で働くたいていのロンドン娘の例にもれず、ジェーンはお話にならないくらいのささやかな金額で、うそみたいに流行の効果をあげてみせることができる。マニキュアも化粧も髪型も、完璧だ。

ジェーンは、ル・ピネへ行った。

そんなことがありうるだろうかと思うけれど、いまとなっては、ル・ピネで過ごした十日間が、ひとつのできごとに縮まってしまったような気がする。

ルーレット・テーブルで起きた、たったひとつのできごと。ジェーンは、毎晩いくらかお金をつかってギャンブルを楽しんだ。一定の額を超えないようにと心に決めて。世間では初心者にはツキがあるというけれど、ジェーンはツキにめぐまれなかった。四日目の晩、最後の賭けのときのことだ。それまでは、赤か黒か、十二個の数字がならんだ列のひとつに用心ぶかく賭けていた。すこしは勝ったけれど、それより負けのほうが多かった。ジェーンはチップを手にしてまよっていた。

だれも賭けていない番号がふたつある。五と六だ。最後の運だめしに、そのどちらかに賭けるべきかしら？　だとしたら、どっちに？　五か、六か？　どっちが当たりそうかしら？

五——きっと五が出るわ。ボールがホイールに投げこまれた。ジェーンは手を伸ばした。ちがう、六だわ。ジェーンは六にチップを置いた。

間一髪。むかい側にいた男の客もチップを賭けた。ジェーンは六に、男は五に。

「リアン・ヌ・ヴァ・プリュ（はい、それまで）」ディーラーが言った。

ボールは、かちりと音をたてて止まった。

「ル・ヌメロ・サンク、ルージュ、アンペール、マンク（五番、赤、奇数、前半）」

ジェーンは腹がたって泣きそうになった。ディーラーがチップをかき集めて、払いもどした。むかい側の男が言った。「あなたの勝ちですよ。とらないんですか？」

「わたしの？」

「ええ」

「でも、わたし、六に賭けたのに」

「とんでもない。六に賭けたのはぼくで、あなたは五に賭けたんだ」

男は微笑した――とても魅力的な笑顔だ。よく日焼けした顔に白い歯、青い瞳、髪を短く整えている。

ジェーンは半信半疑でチップをとりあげた。これは、ほんとうなの？　なんだかすこし頭が混乱している。もしかしたら、ほんとうに五にチップを置いたのかも。信じられない思いでその見知らぬ相手を見ると、感じよくほほえみ返してきた。

「それでいいんです。そのままにしておくと、自分のものでもないのに、だれかがとってしまいますからね。よくあることです」

そう言うと、親しげに軽く会釈して、立ち去ってしまった。それもまた、感じのいいところだった。そんなふうでなかったら、ジェーンは彼が、自分に近づくきっかけをつくるために勝ったぶんをゆずったのではと疑っただろう。でも、そんな男ではなかった。ほんとうにいい人なのだ……（そして、彼は、こうしてジェーンのむかいの席にすわっているのだった）。

それもこれも、もうおわったこと――パリでの最後の二日間（むしろつまらない時間だった）と、いまこうして家へ帰る飛行機代とで、そのお金も使いはたしてしまった。さて、これからどうなるのかしら？……

〝だめよ〟ジェーンは心のなかでつぶやいた。〝これからどうなるかなんて考えちゃだめ。そんなこと考えても、不安になるだけだわ〟

ふたりの女性のおしゃべりがやんだ。

ジェーンは通路のむこうを見やった。さっきの陶器のような女性が、爪が欠けた自分の指をながめて、いらだったように声をあげた。ベルを押して、白い制服を着た客室乗務員を呼びつけると、こう命じた。

「わたしのメイドをよこしてちょうだい。あちらの部屋にいますから」

「承知いたしました、奥さま」

乗務員は、とても礼儀正しく、じつにすばやくきびきびとした物腰でメイドを呼びに行った。黒い服を着た黒髪のフランス娘がやってきた。手には小さな宝石箱を持っている。

ホーバリー夫人は、その娘にフランス語でこう命じた。

「マドレーヌ、赤いモロッコ革の箱を持ってきて」

メイドは通路の奥へ行った。客室の最後尾には、膝かけや旅行カバンがいくつか積み重ねて置いてあるのだ。

メイドは、小さな赤い化粧道具入れを持ってもどってきた。

シスリー・ホーバリーは、それを受けとると、メイドをさがらせた。

「もういいわ、マドレーヌ。これはここに置いておくから」

メイドは、べつの客室へひきとった。ホーバリー夫人はふたをあけて、内側に美しい装飾をほどこした箱のなかから爪やすりを取りだした。そして、小さな鏡にうつる自分の顔をしげしげとながめ、ちょっと白粉《おしろい》をはたいたり、口紅を塗りなおしたり、あちこち化粧なおしをした。

ジェーンは、ばかにしたように顔をしかめて、さらに客室内をざっと見わたした。

ふたりの女性のうしろには、〝地方貴族〟の女性に席をゆずった外国人ふうの小男がいる。寒くもないのにマフラーに深ぶかと顔を埋めて、どうやらぐっすり寝入っているようだ。ジェーンがじろじろ見ているのに気づいたのか、目をあけて一瞬こちらを見たが、すぐまた目をとじてしまう。

そのとなりにすわっているのは、いかめしい顔つきの、背の高い白髪の男だ。目のまえに置いたケースのふたをあけて、愛おしげな手つきでていねいにフルートをみがいている。ジェーンは思った。おかしいわね、あのひとは音楽家には見えないわ——どちらかといえば、弁護士か医者みたい。

そのふたりのうしろの席はフランス人の二人組で、ひとりは顎ひげを生やしていて、もうひとりはずっと若い——たぶん父と息子だろう。ふたりは、熱のこもった調子で身ぶり手ぶりをまじえて話をしていた。

ジェーンのいる側の機内は、青紫色のセーターの男にさえぎられて見えない。彼女が、いささかおかしな理由で、その男のほうはぜったいに見ないと決めたからだが。

〝こんなきもちになるなんて、おかしいわ——こんなに興奮するなんて。十七の小娘じゃあるまいし〟ジェーンはうんざりしながらそう思った。

そのむかい側で、ノーマン・ゲイルは考えていた。

〝きれいな人だ——ほんとにきれいだ。ぼくのことはちゃんとおぼえてるな。自分のチップが片づけられたとき、すごくがっかりしたような顔をしてたっけ。勝ったときのうれしそうな顔を見られるなら、あれぐらい安いもんだった。あのときの、ぼくの作戦はかなりうまくいった……この人、笑うととても魅力的だからな——歯槽膿漏《しそうのうろう》はない——健康な歯茎、きれいな歯……。まいったな、ドキドキしてきたぞ。おいおい、落ちつけ……〟

ノーマンは、メニューを持ってそばに来た乗務員に注文した。「冷製のタンをたのむ」

ホーバリー夫人は考えていた。〃困ったわ、どうしたらいいの？　なにもかもむちゃくちゃ――どうしようもないわ。解決方法はたったひとつしか思いつかないけれど、わたしにはその度胸がない。わたしにできるかしら？　平気な顔でそんなことができる？もう、神経がぼろぼろだわ。コカインがわるいのよ。なんだって、コカインなんかやったのかしら？　わたしの顔、ひどいわ。見られたもんじゃない。おまけにヴェニーシャ・カーなんかがいっしょなんだもの、たまらないわ。いつもきたないものでも見るような目で、わたしを見るんだから。スティーヴンを自分のものにしたかったのね。いいえ、こんな女にわたすもんですか！　あの長い顔、目ざわりだったらありゃしない。まるで馬そっくり。だから田舎者はきらいよ。ああ、神さま、どうしたらいいの？　覚悟を決めなきゃ。あのババアのいったことは、本気だったんだろうし……〃

化粧ポーチをさぐってシガレットケースを出し、長いホルダーにタバコをさした。その両手がかすかにふるえている。

貴族のヴェニーシャ・カーも、考えていた。〃いやらしいひと。ほんとに、このひとはだらしがないわ。厳密には身持ちがわるいってわけじゃないけど、心の底までくさった女よ。かわいそうなスティーヴン……この人を追いだせさえしたら……〃

こんどはヴェニーシャがシガレットケースをさぐり、ホーバリー夫人からマッチを受けとった。

乗務員が注意した。「おそれいります、お客さま、機内は禁煙でして」

ホーバリー夫人が、吐き捨てる。「なによ！」

エルキュール・ポアロは考えていた。〝あそこの娘さんは、美人だな。きりっとした顎をしている。なにかひどく気をもんでいるようだが、なにがあったんだろう？　むかい側にすわっているハンサムな青年を頑として見ようとしないが、なぜなんだ？　おたがい、とても意識しているのに……〟飛行機がちょっと降下した。〝胃袋《モネストマ》が〟エルキュール・ポアロは、きつく目をつむった。

そのとなりで、ブライアント医師は、神経質な手つきでフルートをなでながら、こう考えていた。〝決められない。どうしても決められない。これはわたしの人生の転換点なんだが……〟

不安そうにケースからフルートを取りだした。大切そうに、やさしく……〝音楽か……そうだ、音楽にこそ、すべての悩みから逃れる道がある〟なかば微笑しながらフルートを口もとに持っていき、そしておろした。となりでは口ひげの小男が熟睡中だ。機体がすこしゆれたとき、男はあきらかに青ざめていたようだった。しかし、ありがたいことにブライアント自身は汽車にも船にも飛行機にも酔わない。

デュポン親子の父親は、興奮したようすで、横にすわっている息子のデュポンのほうをむいて、声をあげた。

「これは確実なんだ。みんなまちがっているんだよ——ドイツ人もアメリカ人もイギリス人も！　有史以前の陶器の年代は、全部まちがいだ。たとえばサマラ期の陶器だが——」

長身で金髪の息子ジャンが、飽き飽きしたと言わんばかりに反論した。

「それを証明するには、すべての史料にあたらないといけませんよ。テル・ハラフから出土したものもあれば、サクジェ・ゲージから出土したものもあるし——」

ふたりの議論はまだまだつづく。

父のアルマン・デュポンは、使い古したアタッシェケースを力まかせにあけた。

「このクルド人のパイプをごらん。いま作られているものだが、装飾は紀元前五千年の陶器とほとんどそっくりだ」

大きく手をふりまわすものだから、乗務員が目のまえに置いた皿をすんでのところで、ひっくりかえしそうになった。

ノーマン・ゲイルのうしろにすわっていた探偵小説作家のクランシーは、席を立って客室の後部へ歩いていくと、自分のレインコートのポケットから『ブラッドショー大陸鉄道時刻表』を取りだして席にもどり、作品のなかで使う、こみいったアリバイづくりにとりかかった。

そのまたうしろの席のライダーは、こう考えていた。〝なにがなんでも最後までがんばらなければ。とはいっても、たやすいことじゃないがな。つぎの配当金を工面できる当てはまったくないし……配当金をはらえなければ、万事休すだ……ああ、どうしよう！〟

ノーマン・ゲイルが席を立ってトイレへ行った。ノーマンがいなくなるやいなや、ジェーンは手鏡を取りだして心配そうに自分の顔をのぞきこんだ。白粉をはたき、口紅も塗りなおす。

乗務員がジェーンのまえのテーブルにコーヒーを置いた。

ジェーンは窓の外に目をやった。眼下に、英仏海峡が青あおと輝いて見える。

頭のまわりを羽音をたてて蜂が飛びまわったが、ちょうど十九時五十五分発着のツァリブロド駅のところを調べていたクランシーは、なにげなしに払いのけた。蜂は飛びさって、デュポン親子のコーヒーカップを探索しに行った。

息子のジャンが、手際よくそれを始末した。

客室に平穏がもどった。話し声はやみ、だれもが物思いにふけりだした。

客室後部の二番の座席で、マダム・ジゼルの頭が軽くまえに倒れた。眠っているように見えたかもしれない。けれど、マダム・ジゼルは眠っているのではなかった。話すことも、考えることもしていなかった。

マダム・ジゼルは、死んでいたのだ。

2 発覚

ふたりのうち年上の乗務員、ヘンリー・ミッチェルは、伝票を持って乗客の席をつぎつぎと手際よく移動していた。あと三十分でクロイドン空港へ到着だ。ミッチェルは紙幣や銀貨を受けとっては、お辞儀をしながら、「ありがとうございます。ありがとうございます」とあいさつした。ふたり連れのフランス人のテーブルでは、しばらく待たなければならなかった。ふたりが身ぶりをまじえた議論に夢中だったからだ。これでは、たいしてチップはもらえそうにないなと、ミッチェルはうんざりしながら思った。乗客のうち、眠っている人はふたり――ロひげの小男と、端のほうの年配の女性客だ。女性のほうはチップをはずんでくれる客で――いままでにも、何度も英仏海峡を横断する飛行機に乗っていたのを、ミッチェルはおぼえていた。だから、起こすのを遠慮していたのだ。

ロひげの小男は目をさまして、ミネラル・ウォーターと薄焼きビスケットの代金をはらった。その客が食べたのは、それだけだった。

ミッチェルは、くだんの女性を起こすのをぎりぎりまでひかえていた。あと五分ほどでクロイドンへ到着するというときになって、女性のそばへ行き、のぞきこむように呼びかけた。

「おそれいりますが、奥さま……」

女性の肩にそっと手をかけた。目をさますようすがない。すこし力をこめてやさしくゆさぶってみると、思いがけず、女性の体はがっくりと座席にくずおれてしまった。ミッチェルは女性をのぞきこみ、そして、顔色を変えてまっすぐ立ち上がった。

年下の乗務員のアルバート・デイヴィスが口走った。

「えっ！　うそでしょう！」

「うそなものか」

ミッチェルは、顔面蒼白でふるえていた。

「まちがいじゃないでしょうね、ヘンリー？」

「まちがいない。すくなくとも——そう、なにかの発作を起こしたのかもしれないな」

「もうすぐクロイドンに到着するっていうのに」

「ただ具合がわるいだけならともかく——」

ふたりは、すぐには決断ができなかった——やがて、どうすべきかを決めて、ミッチェルが後部客室へむかい、客席をまわって頭をさげながら、小声でこうたずねて歩いた。

「失礼ですが、お客さま、もしやお医者さまでは——？」

ノーマン・ゲイルが、「歯医者ですが、なにかぼくができることなら——」と言いながら席を立ちかけた。

「わたしは医者だ」ブライアント医師が申しでた。「なにごとかね？」

「端の席のご婦人のことで——どうも、具合がよろしくないようでして」

ブライアントは立ちあがり、乗務員についていった。口ひげの小男が、いつのまにかふたりのあとにつづいていた。

ブライアント医師は、二番の席で首をうなだれている女性をのぞきこんだ。がっしりした体つきの中年女性で、全身黒ずくめの服装をしている。

医者の診察はすぐにおわった。

「死んでいるな」

ミッチェルが言った。「先生、その——なにかの発作でしょうか？」

「それは詳しくしらべてみないことには、なんともいえない。最後に見たのはいつだったんだね？――つまり、生きているのを見たのは？」

ミッチェルは考えこんだ。

「コーヒーをお持ちしたときは、変わったようすはございませんでした」

「それはいつごろかね？」

「ええと、四十五分ほどまえ――そんなところでしょうか。で、伝票を持ってまわっているときは、眠っておられるものとばかり……」

ブライアントはいった。「死後、すくなくとも三十分は経過している」

乗客たちはふたりの会話に興味をひかれて、みんな首を伸ばしてそっちをむいた。話を聞こうと伸びあがっている。

「一種の発作のようなものでしょうか」ミッチェルの口調は、そうであってほしいといわんばかりだ。

ミッチェルは、発作だという説にこだわった。妻の姉も発作を経験していたし、発作による死はよくあることなので、どこからも異論が出ないと思ったからだ。

だがブライアント医師は、断定的なことを言う気はないらしく、困惑した顔でただかぶりをふった。

その肘《ひじ》のあたりから声がした。マフラーを巻いたロひげの小男の声だった。

「その女性、首のところに傷がありますが」自分よりも詳しい知識を持っている相手に、遠慮しいしい話しかけているといった調子だ。

「たしかに」ブライアント医師が言った。女性の首が横にかしいでいて、のどの横の部分に小さな穴のような傷があるのが見えた。

「失礼《パルドン》――」デュポン親子が話にくわわった。ついさっきから話を聞いていたのだ。「その女のかたが亡くなったというんですか。首に傷がある、と？」息子のジャンが口をはさんだ。

「さしでがましいかもしれませんが、さっき蜂が飛んでいたんですよ。ぼくが始末したんですが」コーヒーの受け皿のうえの蜂の死骸をしめした。「お気の毒ですが、そのかたは蜂に刺されて亡くなったのではありませんか？　そういう話を聞いたことがありますけど」

「ありうることとです」ブライアントは賛同した。「そういった例はわたしも知っています。たしかに、考えられる解釈ですな。とくに、心臓になんらかの持病でもある場合は――」

「どうしたらよろしいでしょうか？」ミッチェルがたずねた。「じきにクロイドンに到着しますが」

「うん、わかっているよ」ブライアント医師はすこし後ずさりながら言った。「べつにすることはない。その――ええと――ご遺体は動かさないように」

「はい、先生。承知しました」

席にもどろうとしたブライアント医師は、マフラーを巻いた小柄な外国人がまだそこにいるのを見て、すこしおどろいた。

「おやおや。ご自分の席にもどるのがいちばんですよ。もうじきクロイドンですから」

「そのとおりでございますよ、お客さま」乗務員はそう言って、声をはりあげた。「みなさま、お席におもどりください」

「失礼《パルドン》」小男が口を出した。「そこになにか――」

「なにか？」

「さよう《メ・ウィ》、いままで見落としていたものが、そこに」

小男は、先のとがったエナメルの靴で、どこのことかを指ししめした。乗務員と医者は、その靴がしめす先に目をやった。死んだ女性客の黒いスカートになかば隠されていたが、床のうえにぎらりと光る黄色と黒の物体が見えた。

「もう一匹、蜂がいたのか？」おどろいて医者が言った。

エルキュール・ポアロはひざをつき、ポケットから小型のピンセットを取りだすと、慎重な手つきでその物体をつまんで立ちあがった。

「そう。蜂にそっくりです。しかし、これは蜂ではない！」

医者にも乗務員にもはっきり見えるように、その物体をあちこちひっくりかえして見せる。赤っぽい黄色と黒のふわふわの絹が、粗い結び目状に巻きついている、独特の形の長い針で、先端のほうは変色している。

「なんてことだ！　これはこれは！」そう声をあげたのはクランシーだった。席を立って、乗務員の肩ごしに懸命にこっちをのぞきこんでいたのだ。「おどろいた。いやはやおどろきだ。生まれてこのかた、こんなにおどろいたことはないですね。度肝を抜かれるとはこのことですよ。信じられん」

「いったい、なにがおっしゃりたいんです？」乗務員がたずねた。「これがなんだか、ご存じなんですか？」

「ご存じ、だって？　ああ、ご存じだとも」クランシーは、さも得意そうに胸をはった。「これはですね、みなさん、吹矢です。ある部族が使うもので——ええと——南米だかボルネオだか、ど忘れしてしまったが——とにかく、筒に息を吹きこんで飛ばす矢で、まずまちがいなくその先端には——」

「南米のインディオの有名な矢毒がついている」口ひげの小男、エルキュール・ポアロがあとを引きとってそう言い、さらにつけくわえた。「でもしかし《メザンファン》！　そんなことがありうるでしょうか《エ・ス・ク・セ・ポシーブル》？」

「ほんとに、まったくおどろくべきことですよ」クランシーは、興奮さめやらぬようすでつづけた。「いまもいったように、じつにめずらしい。かくいうわたしは探偵小説を書いている身だが、現実に、こんなことに遭遇するとは——」

クランシーは、そこで口ごもった。

飛行機がゆっくりとかたむき、立っていた人たちが軽くよろめいたのだ。機体は、クロイドン空港へ着陸するために旋回していた。

3　クロイドン

状況は乗務員や医者の手を離れた。マフラーを巻いた、妙な姿の小男に取ってかわられたのだ。小男の口調には、ついだれでも言うことを聞いてしまいそうな権威と確信がこもっている。

彼が小声で指示をあたえると、ミッチェルはうなずき、乗客をかき分けて、トイレのむこうにある前方の客室へとつながるドアのところに立った。

飛行機は、地上を滑走していた。やっと停止したとき、ミッチェルが声をあげた。

「みなさまに申しあげます。警察のほうから捜査の担当者がみえるまで、お席をお立ちになりませんように。そう長引くことはないと思いますので」

理にかなった命令だったので、ほとんどの乗客は納得したものの、ひとりだけヒステリックな声で抗議した。

「ばからしい」ホーバリー夫人は、怒ってわめいた。「わたしがだれだか知らないの？

すぐに出てはいけないなんて、了承できないわ」

「たいへん申しわけございません、奥さま。特別扱いはいたしかねますので」

「でも、そんなおかしなことってないわ。ばかばかしいったらありゃしない」ホーバリー夫人はがまんならないというように地団駄を踏んだ。「会社にあなたのことを報告しますからね。死体といっしょに閉じこめるなんて、ひどすぎる」

「ほんとだわね」上品なおっとりした口調で、ヴェニーシャ・カーがとりなした。「ひどすぎるけれど、でも、がまんするしかなさそうよ」自分は席にすわりなおし、シガレットケースをとりだす。「もうタバコを吸ってもいいわよね、乗務員さん?」

不安そうなミッチェルは、「もうかまわないと思います」とこたえた。

ミッチェルは、肩ごしにちらりとふりかえった。デイヴィスが非常口から前部客室の乗客をおろして、指示を受けに行っていたからだ。

待たされた時間は長くはなかったはずだが、乗客たちにとってはすくなくとも三十分はたったと思われるころ、ようやく制服の巡査をしたがえた私服姿の姿勢のいい立派な男がすたすたと飛行場を横切り、閉まらないようにミッチェルがおさえたドアから機内に乗りこんできた。

「さて、事情を聞こうか?」男は、きびきびした事務的な口調で問いただした。

ミッチェル、それからブライアント医師の話を聞いてから、死んだ女性のねじれた姿をすばやく一瞥する。

巡査に指示をあたえ、それから乗客に呼びかける。

「みなさん、わたしについてきてください」

乗客たちは飛行機をおり飛行場を横切り、ふつうに税関にはいるかわりに、小さな個室に案内された。

「必要以上に時間をいただかないようにしたいと思っております、みなさん」

「あの、警部さん」ジェイムズ・ライダーが言った。「わたしはロンドンで重要な商売上の約束があるんです」

「お気の毒ですが」

「わたしはホーバリー伯爵夫人ですよ。こんなふうに足止めされるなんて、無礼にもほどがあると思いますわ」

「ほんとうに申しわけありません、ホーバリー夫人。ですが、ごらんのように、これはじつに由々しき事態です。どうやら殺人事件らしいので」

「南アメリカのインディオの毒矢」クランシーがうれしそうな笑みを浮かべ、はしゃいだようにつぶやいた。

警部が疑わしげな目で見る。

フランス人考古学者のデュポンが興奮してフランス語でなにか言ったので、警部はおなじフランス語でゆっくりと慎重に応じた。

ヴェニーシャ・カーが言った。「まったくうんざりするようなことだけれど、お仕事だから仕方ないんでしょうね、警部さん」

それに対して警部は、「ありがとうございます、奥さま」と感謝の口調でこたえ、つづけて言った。

「みなさん、ここでお待ちいただけるなら、わたしはちょっと話がありますので。ドクター――ええと――」

「ブライアントです」

「おそれいります。わたしといっしょにこちらへ来ていただけませんか、先生」

「事情聴取なさるなら、お手伝いさせていただいてよろしいでしょうか?」

口を出したのは、例の口ひげの小男だった。

警部は口もとを不快そうにゆがめて、その男のほうをふりむいた。とたんに、表情が一変した。

「これは失礼、ポアロさんじゃありませんか。マフラーをぐるぐる巻きにしているもんだから、わかりませんでしたよ。どうぞどうぞ、ごいっしょに」

警部がドアをあけ、医者とポアロが出ていくのを、残った乗客たちは不審そうな目で見送った。

「あの男が出ていっていいのに、わたしたちはなぜここにいなきゃならないの？」ホーバリー夫人が声をあげた。

ヴェニーシャ・カーは、あきらめてベンチに腰をおろした。

「たぶんフランス警察の人か、税関のスパイなんでしょ」

そう言って、タバコに火をつけた。

ノーマン・ゲイルは、おずおずとジェーンに声をかけた。

「あの――ル・ピネでお見かけしたような気がするんですが」

「ええ。わたし、ル・ピネに行っておりましたから」

ノーマン・ゲイルが言った。「あそこは、とても魅力的なところですね。ぼくは松の木が好きなんです」

ジェーンはこたえた。「ええ、とてもいい香りですものね」

と言ったきり、ふたりとも、どう話を進めたものかわからなくて、数分間、口をつぐんだ。

ついにゲイルが言った。「ぼく――その――飛行機のなかで、すぐにあなただと気がつきました」

ジェーンはひどく意外そうな顔をして、「そうでしたの？」

ゲイルは話題を変えた。「あの女性は、ほんとうに殺されたんだと思いますか？」

「だと思いますわ。ドキドキもしますけど、とてもいやなことですね」そう言うと、ジェーンが軽く身震いしたので、ノーマン・ゲイルはかばうように、ほんのすこしそばに寄った。

デュポン親子はフランス語で話しあっている。ライダーは小さい手帳で計算しながら、ときどき手もとの時計に目を走らせていた。ホーバリー夫人はすわって足先でいらいらと床を蹴っていた。ふるえる手で、タバコに火をつける。

ドアのこちら側には、青い制服姿の大柄な巡査が、無表情な顔で立ちふさがっている。

すぐそばの部屋で、ジャップ警部がブライアント医師とエルキュール・ポアロにむかって話をしていた。

「あなたは、まったく予想もしないところに姿をあらわす癖がありますね、ポアロさん」

「あなたこそ、クロイドン空港なんていささか管轄外じゃありませんか？」

「密輸関係でかなりの大物を追っているところでね。この場所にいたのは、ちょっとした巡りあわせですよ。これは、数年に一度の大事件だ。さて、そろそろ本題にはいりましょう。まず、住所氏名を教えていただけますか」

「ロジャー・ジェイムズ・ブライアント。耳鼻咽喉科の専門医で、住所はハーレイ通りの三二九番地です」

テーブルのところにすわっている、鈍重そうな巡査がこれらの詳細を記録した。

「むろん警察医が検死はしますが、審問のときには先生に出席をお願いすることになるでしょう」

「なるほど、ごもっともです」

「死亡時刻について、なにかご意見はありますか?」

「わたしがしらべたとき、すくなくとも死後三十分はたっていたはずです。クロイドンに到着する数分まえのことでしたが。それ以上はっきりしたことは言えないが、乗務員は、その一時間ほどまえに話をしたそうです」

「ほう、それでかなり限定できますな。なにか怪しいものを見かけたかどうかおたずねしても、むだでしょうな?」

医者はかぶりをふった。

「そしてわたしはといえば、眠っていたのですよ」ポアロがとても残念そうに言った。「船旅とおなじく、飛行機にもひどく弱いのでね。いつもマフラーをぐるっと巻いて、眠るようにつとめているので」

「死因はなんだとお思いですか、先生？」

「この段階で、あまり断定的なことは言わないほうがいいでしょう。こういう場合、検死のうえで分析すべきですよ」

ジャップ警部は納得顔でうなずいた。

「けっこうです、先生。もうお手間をとらせることはないと思います。申しわけないが——その——いちおう形式的な手続きは踏ませていただかないと。ほかの乗客のみなさんもしらべさせていただく以上、あなただけ例外というわけにはいかないので」

ブライアント医師はほほえんだ。

「望むところです。その——吹矢や、そのほかの凶器を隠し持っていないことは、しらべていただいたほうがいい」

「それは、このロジャーズがやりますから」ジャップは部下にうなずきかけた。「ところで先生、なにが塗られていたか見当はつきますかね、これに——？」

目のまえのテーブルにのっている小箱のなかの変色した針をしめして言った。

ブライアント医師は首を横にふった。

「分析してみないことにはなんとも言えませんな。現地のインディオが使う毒ならば、通常はクラーレというもののはずですが」

「それで、あんなふうに人が殺せますか？」

「効果が出るのがひじょうに速い毒物なのでね」

「しかし、そうそう容易に入手できるものではない？」

「素人には、簡単には手にはいりませんな」

「となると、あなたはとくに念を入れてしらべさせてもらわないと」ジャップ警部は言った。いつも好んで冗談を言うのだ。「ロジャーズ！」

ブライアント医師は、巡査といっしょに部屋を出ていった。

ジャップは椅子の背にもたれかかって、ポアロを見やった。

「こいつは妙な事件ですな。ほんとうにあったことというより、作りごとのようだ。だってそうでしょう、飛行機のなかで吹矢だの毒矢だの——いやはや、われわれの知性が狂わされる」

「それはじつに核心をついた発言ですな」ポアロは言った。

「部下がふたり機内を捜索中です」ジャップは言う。「指紋係や写真班もじきに来るはずです。つぎは、乗務員の話を聞くべきでしょうな」

警部はすたすたとドアのところへ行って、指示を出す。乗務員たちが室内に案内されてきた。若いほうの乗務員は落ちつきをとりもどしたように見える。というよりむしろ、興奮しているような表情だ。年上のほうはまだ顔色が悪く、不安げだ。

「まあ、そう心配しなさんな」ジャップが声をかけた。「かけたまえ。乗客たちのパスポートは持っているかね？　よろしい」

警部は、パスポートをすばやくしらべた。

「ああ、これこれ。マリー・モリソー――フランスのパスポートだな。故人のことは、なにか知っているかね？」

「まえに見かけたことがあります。ちょくちょくイギリスへ往復なさっていましたから」ミッチェルが言った。

「ほう！　なにか仕事をしていたんだな。どんな仕事かは知らんのだろうね？」

ミッチェルはかぶりをふった。若いほうの乗務員が口をはさむ。「あのかたのことは、わたしもおぼえています。早朝便でお会いしたんです――午前八時四十五分のパリ発の便でした」

「生前の故人を最後に見たのは、きみたちのどっちだね？」

「彼です」若いほうの乗務員が仲間を指さした。

「ええ」ミッチェルは言った。「コーヒーをお持ちしたときでした」

「そのときは、どんなようすだった？」

「とくになにも気づきませんでした。ただ砂糖をおわたしして、ミルクは入れますかとうかがったら、いらないとおっしゃって」

「何時ごろだった？」

「それが、正確な時刻はおぼえていません。英仏海峡の上空を飛んでいたときですから、二時前後だったかと」

「そんなところですね」もうひとりの乗務員、アルバート・デイヴィスが口添えした。

「そのつぎに見たのは？」

「伝票を持ってまわっているときです」

「時刻は？」

「十五分ぐらいたったころでした。眠っておいでだと思ったんですが――いやもう、そのときにはきっと亡くなっていたんです！」

乗務員はおそろしげに言った。

「これにはまったく気づかなかったのかね？」ジャップ警部は、蜂に似た小さな矢を指さした。

「ええ、気がつきませんでした」

「きみはどうだ、デイヴィス？」

「最後に見たのは、チーズとビスケットをおわたししたときでした。そのときはお元気でしたよ」

「食事の出しかたはどういう具合になっているのですか？」ポアロが質問した。「あなたたち、それぞれがべつの客室を担当するのですか？」

「いいえ、いっしょにやっています。スープ、それから肉と野菜とサラダ、そしてデザートというような順番で。ふつうはさきに後部客室の食事を出して、そのあとで新しい皿を持って前部客室へ行くのです」

ポアロはうなずいた。

「このモリソーという客、飛行機のなかでだれかと話したとか、だれか知りあいがいそうなようすはなかったかね？」ジャップ警部がたずねた。

「わたしは気づきませんでしたが」

「きみはどうだ、デイヴィス？」

「ありませんでした」

「飛行中に席を立ったりは？」

「それはなかったと思います」

「この事件について、参考になりそうなことはなにも思いあたらないかね――ふたりとも？」

ミッチェルもディヴィスも考えこんでから、かぶりをふった。

「では、ひとまずこれで全部だ。あとでまた会おう」

ミッチェルが深刻そうに言った。

「いやなことが起きたものです。いわばわたしに責任があるようなものですから、困ってしまいますよ」

「まあ、きみが責任を感じることはないと思うよ」ジャップが言った。「とはいっても、たしかにいやな事件にはちがいないが」

警部は身ぶりでふたりに退室をうながした。ポアロが身を乗りだした。

「ひとつ、ちょっとした質問をしてもいいですか」

「かまいませんよ、ポアロさん」

「あなたがたのどちらか、機内を蜂が飛びまわっているのに気がつきましたか？」

乗務員たちはかぶりをふった。

「蜂がいたなんて知りませんでした」ミッチェルは言った。

「たしかにいたのですよ」ポアロは言う。「乗客のひとりの皿に、その死骸がのっていましたからね」

「でも、わたしは見かけませんでした」ミッチェルが言った。

「わたしもです」と、デイヴィス。

「なら、いいでしょう」

ふたりの乗務員は部屋を出ていった。ジャップ警部は乗客たちのパスポートにてきぱきと目を通していた。

「伯爵夫人が乗ってますね。えらそうに騒いでいたあの女性だな。最初にこの人に事情聴取したほうがよさそうだ。しびれを切らして、警察の過酷な取り調べがどうのこうのと議会で訴えられてはまずいですからね」

「後部客室の乗客の荷物検査は、よほど慎重になさるつもりなんでしょうね——手荷物については」

ジャップはおもしろそうにウインクしてみせた。

「そりゃそうだ。あたりまえでしょう、ポアロさん。例の吹矢の筒を発見しなきゃならんのですよ——これが夢じゃなくて、ほんとにそんなものがあるとして、ですがね！

まるでわるい夢でも見ているようだ。あの小柄な作家が豹変して、紙の上で罪を犯すかわりに、現実の犯罪をやろうと決心でもしたのかもしれませんね。こんな毒矢を使った仕事なんて、作家らしいじゃないですか」

ポアロは疑わしげに首をふった。

「そりゃあ」と警部はつづけた。「みんな調べなけりゃなりません。暴れようが、わめこうが、なにか証拠を持っているかどうか、完全に調べあげますよ――二言はありません」

「ひじょうに正確なリストを作っていただけるんでしょうな。全員の所持品全部のリストを……」とポアロが言った。

警部は、ふしぎそうにポアロを見て、

「あなたがそう言うなら、やりましょう。でもポアロさん、あなたがなにをしたいのか、よくわからんですね。われわれのさがすものはわかっていますが」

「あなたはそうでしょうがね、あなた《モナミ》。しかし、わたしにはまだはっきりしていないのです。わたしはなにかをさがしているのですが、それがなんだか、まだわからないのです」

「またですか、ポアロさん！　あなたはどうも、なんでもむずかしく考えるのがお好きですな。さてと、あの奥方に目玉をひっかかれぬうちに、とりかかるとするか」

しかしながらホーバリー夫人は、傍目にわかるほど冷静になっていた。椅子に腰をおろすと、すこしもためらわずに質問にこたえた。自分はホーバリー伯爵夫人であり、住居はサセックス州のホーバリー狩猟場と、ロンドンのグローヴナー・スクエア三十一番だと申しのべた。ル・ピネとパリをまわって、ロンドンへの帰途である。亡くなった婦人とはまったく面識がなく、飛行機のなかでは、いっさい怪しいものに気づかなかった。なにしろ、反対のほう——飛行機のまえのほうをむいていたので、背後で起きたことは、なにも見る機会がなかった。旅のあいだ、席を離れたことはない。知っているかぎりでは、乗務員以外に前部客室から後部客室に来た人はいなかった。うろおぼえではあるが、後部客室の乗客のうち男性がふたりほど、トイレに立ったと思う。でも、それもはっきりとは断言できない。吹矢の筒のようなものを持っていた人には気づかなかった。いいえ——とポアロの質問にこたえて——機内に蜂がいたなんて気がつきませんでした。

ホーバリー夫人が出てゆくと、入れ替わってヴェニーシャ・カーがはいってきた。

ミス・カーの証言も友人のそれと大同小異であった。名前はヴェニーシャ・アン・カー、サセックス州のホーバリーにある町リトルパドックスに住んでいて、南フランスからの帰途で、以前に故人に会ったことはないと思う。旅のあいだ、べつに怪しいと思うものには気がつかなかった。ええ、むこうのほうの人たちが蜂をたたいているのは見ました。そのうちのひとりが蜂を殺したように思います。昼食が出されたあとのことでした。

ミス・カー退場。

「あなたは、なんだかひどく蜂に興味がおありのようですね、ポアロさん」

「蜂は、興味というより暗示的といえるものですよ」

ジャップ警部は話題を変えた。「どうです、この事件には、ふたりのフランス人が登場していますね。このふたりは、モリソーという女性とは通路をはさんで反対側にいて、いやな感じのコンビですよ。古びたスーツケースには、外国のホテルのラベルがうんとこさ貼ってありましたよ。あるいは、ボルネオや南アメリカなどに行ったことがあるかも知れませんな。もちろん、動機という線ではなにも出ないと思っていますが、パリで調べればなにか出てくるでしょうよ。その点ではフランス警察に協力してもらいます。これはわれわれより、むしろあちらさんの仕事ですよ。どうもわたしにいわせれば、あのふたりの悪党が本命ですな」

ポアロの目が、きらっと光った。

「あなたのおっしゃること、あながち、ないとも言えないでしょう。だがお考えのある点に関してはまちがっていますよ。あのふたりは、あなたの言うような悪党でも人殺しでもない。それどころか、ふたりともたいへん名の知れた博識な考古学者ですよ」

「またはじまった。いつも人をおどかすんだから……」

「いや、どういたしまして。わたしはあのふたりをよく知っているんです。あれはアルマン・デュポンさんと、その息子のジャン・デュポンさんですよ。最近、ペルシャのスーサからほど近いところで、あるたいへん興味をそそる発掘をおこなっての帰りなんです」

「なんてこった！」警部はパスポートをひっつかんだ。「まったくそのとおりですね。ポアロさん、しかし、あまりたいした人物には見えんなあ、そうでしょう？」

「世界的に有名な人というものは、めったにたいした人物には見えないもんです。わたし自身も――わたし《モワ》、このわたしが《キ・ヴ・パルル》――散髪屋とまちがえられたことがありますからね」

「まさか」と、警部はにやりと笑い、「さあ、では、こんどはその有名な考古学者たちに会いましょうかね」

父親のアルマン・デュポンは、故人をぜんぜん未知の人だと言った。この飛行中、あるひじょうに興味深い問題で息子と議論していたので、事件にはまるで気がつかなかった。ぜんぜん席も離れなかった。そうだ、昼食が終わるころ、蜂が飛んできたのは気がついた。息子がそれを始末した。ジャン・デュポンが父の証言を確認した。自分の周囲でのできごとにはなにも気がつかなかった。蜂がうるさいので殺してしまった。話題はなんだったか？　中近東の有史以前の陶器についてであった。

つぎに来たクランシーは、すこしひどい目にあった。ジャップ警部が、クランシーはどうも吹矢の筒とか毒針に関して詳しすぎると考えたおかげだ。

「あなた自身、吹矢用の筒を持っていたことがありますか？」

「え、わたしは……そのう、ええ、持っていますが」

「やっぱり！」警部はその返事に飛びついた。

小柄なクランシーは、おどろいて声をあげた。

「なにも警部さん──その、誤解しないでください。わたしが持っていた動機というのは、罪のないもので、説明を……」

「そうですか、それではひとつご説明を願いましょうか」

「じつはたまたま、そういった殺人がおこなわれるストーリーの本を、書いていたところで──」

「ほほう」と、警部がまた脅すような口調で言ったものだから、クランシーはあわててつづけた。

「これは、指紋についての問題から出たことで……すなわちですね、わたしの書くことを説明する挿絵がほしかったわけで……つまり指紋が……指紋の位置が……吹矢の筒についた指紋の位置が問題でしてね。それで、ちょうどいいのをチャリング・クロス・ロードでみつけて——二年ばかりまえのことですが——そこでそれを買った。そして友人の画家に、指紋のついた吹矢筒の挿絵を描いてもらったわけです——ごくかんたんなスケッチをね。その本を見ていただいてもいいが……『赤い花びらの手がかり』という本で……なんなら友人にも、お引きあわせしますよ」

「その吹矢筒はとってありますか」

「ええそれは……もちろん、とってあると思います……ええ、とってありますよ」

「いま、どこにありますか」

「ええと、たしか……どこかにあるはずだが」

「どこかにというのは、正確に言うとどこですか、クランシーさん?」

「それはつまり——どこか、ちょっと言えないのです。わたしは——その、あまり几帳面な人間ではないもんで」

「いま、ここには持っていないのですね？」

「もちろん、持っていません。もう、かれこれ半年も見かけてないな」

ジャップ警部は冷たい視線を投げかけて、質問をつづけた。

「飛行中に席を立ちましたか？」

「とんでもない。すくなくとも……ああ、そうだ、一度立ったんだっけ」

「そうですか。どこへ？」

「レインコートのポケットに入れておいたヨーロッパ大陸の鉄道時刻表をとりに行きました。レインコートは、奥の入口のそばに、ひざかけや旅行カバンといっしょに積みかさねてあったので」

「それじゃ、故人の席のそばを通りましたね？」

「いいや……すくなくとも……ええそう、通ったでしょうね。しかしそれは、なにかが起きるずっとまえのことですよ。ちょうどスープを飲み終えて……」

それから先の質問への答えはつまらなかった。クランシーはなにも怪しいことには気づかなかったし、自分の新作に使うヨーロッパ横断のアリバイのトリックを完全にするのに夢中になっていたからだ。

「アリバイ、ね」警部は不機嫌に言った。

ポアロが蜂について質問した。

そう、クランシーは蜂に気づいていた。蜂が攻撃してきて刺されたらたいへんだと思った。いつのことか？　ちょうど乗務員がコーヒーを持ってきたあとのことだった。追いはらったので、蜂は行ってしまったのだが。

クランシーは住所や姓名を確認され、行っていいと言われた。ほっと肩の荷をおろしたようだった。

「どうも怪しい。吹矢筒を持っていたというし、あの態度を見たでしょう。まったく、しどろもどろでしたよ」

「ジャップさん、それは、あなたがあまりに役人らしく高飛車だったからですよ」

「でも、うそをついているんでなかったら、ちっともこわがる必要はないのに」警部は頑固に言った。

ポアロは哀れむような目をむけた。

「まったくあなたって人は、ほんとうにそう信じているようですね」

「もちろんですとも。それがほんとうなんですからね。さてと、こんどはノーマン・ゲイルにしましょうか」

ノーマン・ゲイルは、住所はマスウェル・ヒルのシェパード街十四番地だといった。

職業は歯科医。フランス海岸のル・ピネで休暇を過ごしての帰りだという。パリでも一日、新しい歯科医療器具をいろいろ見てきたそうだ。

故人にはいままで会ったこともないし、機内ではなにも怪しいことには気がつかなかった。ずっと飛行機の前方をむいてすわっていたからだ。飛行中一度だけ、トイレに行くために座席を立った。まっすぐに自分の席にもどったし、客室のうしろのほうには、けっして近づいていない。蜂のことは、ぜんぜん知らなかった。

ノーマンのあとには、ジェイムズ・ライダーがはいってきた。すこしいきりたってい て、ぶっきらぼうだった。商用でパリへ行った帰りで、故人は知らないし、たしかにそのすぐまえの席にはいたが、立ちあがるか、ふりかえって上からのぞきこむかでもしなければ、見ることはできない位置だ。叫び声とか、悲鳴とか、そんなものはなにも聞こえなかった。乗務員以外はだれもやってこなかった。通路をへだててふたりのフランス人がいて、ほとんどずっとしゃべっていた。ふたりのうち若いほうの男が、食事をすませるころに蜂を殺した。いいや、それまで蜂には気がつかなかった。吹矢筒なんて、どんなものかも知らないし見たこともないから、たとえ機内で見かけてもわかりはしないだろう。

ちょうどそのとき、ドアにノックがあって、ひとりの巡査が意気揚々とはいってきた。

「部長刑事がこれを発見しました。すぐごらんになりたいのではないかと思いまして」

巡査は獲物をテーブルに置いて、包んだハンカチのなかから注意ぶかく取りだした。

「部長刑事の見るかぎりでは、指紋はないとのことです。しかし、注意するようにと言われまして」

ハンカチから出てきたのは、まぎれもない民芸品の吹矢筒だった。

ジャップ警部は思わず息を呑んだ。

「これは？　では、ほんとうだったのか？　まさかと思ったのに！」

ライダーは興味ぶかそうに身を乗りだして、言った。

「これが南アメリカのインディオが使うものなんですか？　本で読んだことはあるが、見るのははじめてですよ。さて、これでわたしもこたえられます。こんな筒を持っている人間は、だれも見かけなかった——とね」

「どこで発見したんだ？」警部がするどく質問した。

「ある座席のうしろに、見えないように押しこんでありました」

「ある座席というと？」

「九番です」

「おもしろいですな」ポアロが言った。

ジャップ警部がふりむいた。

「なにがおもしろいですって？」

「九番というのは、わたしの席ですからね」

「おやおや、あなたとしてはちょっと都合がわるいってところですな」ライダーが言った。

ジャップ警部は顔をしかめた。

「ありがとう。ライダーさん、これでけっこうです」

ライダーが出ていくと、警部はにやりと笑いながら、ポアロのほうへむきなおった。

「あなたが犯人だったとはね」

「あなた《モナミ》」ポアロは重おもしい口調で言った。「わたしが人を殺すとしたら、インディオの毒矢は使わないでしょうね」

「たしかに、すこし稚拙な手口ではある」警部も賛同した。「とはいえ、それがうまくいったようだ」

「そこなんですよ。だから、つくづく考えこんでしまうわけで」

「だれが犯人なのかはわからんが、危険を承知の犯行にはちがいない。そう、きっとそのはずだ。まったく、完全にどうかしてますよ。ええと、まだ事情聴取していないのはだれだ？　若い女性がひとりだけか。呼んですませてしまおう。ジェーン・グレイ――歴史の本にでも出てきそうな名前だな」

「きれいなお嬢さんですよ」ポアロは言った。

「ほう？　あなたもよく見てますね。じゃあ、ずっと眠っていたわけじゃなかったってことかな？」

「きれいなお嬢さんで――緊張していました」ポアロは言った。

「緊張していた、ですって？」警部は、そのことばを聞きのがさなかった。

「いや、警部、若いお嬢さんが緊張するのは、たいてい若い男性がそばにいるからで――事件の犯人だからじゃありません」

「ああ、なるほど、そりゃそうでしょうな。ほら、来ましたよ」

ジェーンは、訊かれたことにきちんとこたえた。名前はジェーン・グレイ。ブルトン通りのアントワーヌ美容室で働いている。自宅の住所はロンドン北西五区のハロゲイト通り十番地。ル・ピネからイギリスへ帰るところだ。

「ル・ピネ、ね――ほう！」

さらに質問されているうちに、アイリッシュ・スウィープの券の話になった。

「あんなもの法律で禁じるべきだな」ジャップ警部がうなった。

「わたしは、とてもいいものだと思いますけど」と、ジェーン。「あなたは、半クラウンもお賭けになったことはないんですか？」

ジャップ警部は顔を赤らめ、気まずそうに見えた。

質問にもどって、吹矢筒を見せられると、彼女は一度も見たことがないと言った。故人とは知りあいではなかったけれど、ル・ブルジェ空港では見かけたのはおぼえている。

「どうしておぼえていたのですか？」

「だって、びっくりするほど不美人でしたから」ジェーンは率直にいった。

そのほかにはなにもめぼしい証言は得られず、ジェーンは部屋を出ることを許可された。

ジャップ警部は、また吹矢筒をじっと見つめた。

「まいったな。まるででたらめな探偵小説の筋書きなのに、うまい具合に成功するとはね！　こんどはなにをさがせばいいんです？　この吹矢筒を産出した地方を旅行した人物ですかね？　それに、いったいこれはどこの産物なんです？　その道の専門家が必要でしょうな。マレー人か南アメリカの人か、それともアフリカ人か――」

「そう、原産地はそのへんでしょうな。しかし、よく注意してごらんなさい。この筒には、小さな紙切れが付着していますよ。これは値札の切れ端だと思うのですがね。ということは、ほかならぬこの品物は、はるばるどこかの原野から、骨董店を経てやってきたものだと思います。これで、捜査はずっと容易になるでしょう。もうひとつ、ちょっとおたずねしたいのですが……」

「どうぞ」

「あのリスト……乗客の手荷物のリストは、できるでしょうね？」

「まあ、いまとなってはたいして重要じゃありませんが、作らせてもいいでしょう。あなたはまた、それにひどくこだわりますね」

「そうなんです《メ・ウィ》。わたしは、とまどっているんです。とても困惑している。なにか手がかりになるものがみつからないかと――」

ジャップは聞いていなかった。はがされた値札を検分していたのだ。

「クランシーは吹矢筒を買ったと言ってたっけ。探偵小説家ってやつは、いつも警察を小ばかにしてるし……警察の仕組みがまるでわかってない。そうさ、連中が書くものに出てくるような調子で上役にものを言ったりしたら、明日にも警察から叩き出されてしまうでしょうよ。物書きなんて、なにもわかっちゃいない！　この一件は、いかにもくだらない小説書きが書きとばすような、ばかげた殺人事件のたぐいだ」

4 審問

事件の検死審問は四日後におこなわれた。そのセンセーショナルな死には世間も大いに関心をよせていて、審問は人でいっぱいだった。

最初の証人は、長身で年配の、灰色の顎ひげをはやしたフランス人のアレクサンドル・チボー弁護士だった。弁護士は、かすかになまりはあるものの、じつに正確な英語でゆっくりと話した。

予備審問のあと、検死官がたずねた。「あなたは故人の死体をごらんになりましたね？ 本人にまちがいありませんか？」

「ありません。あれはわたしの依頼人のマリー・アンジェリーク・モリソーです」

「それは故人のパスポートに記載されている名前ですな。故人は、世間にはもうひとつの名前で知られていましたか？」

「はい、マダム・ジゼルという名前です」

興奮のざわめき。記者たちはペンをかまえた。検死官は言った。「このマダム・モリソー――いや、マダム・ジゼルなる人物とは何者か、くわしく話していただけますかな？」

「マダム・ジゼル――というのは職業上の名前で、つまり、その名前で商売をしていたのですが――故人はパリでもっともよく知られた金貸しのひとりでした」

「営業していた場所はどこですか？」

「パリのジョリエット通り三番地です。そこは自宅も兼ねていました」

「イギリスへはしょっちゅう旅行で来ていたようですが、営業先はこの国にもおよんでいたのですか？」

「そうです。顧客の多くはイギリス人でした。イギリス社交界の一部では有名人だったのです」

「社交界の一部というと、具体的にはどういうことですかな？」

「マダム・ジゼルの顧客は、上流の、知的職業のかたがほとんどで、そういう場合、なによりも口の堅さが重要とされるのです」

「故人は口が堅いと評判だった、と？」

「ひじょうに口の堅い人でした」

「あなたは、くわしくご存じだったのですか——その——故人のさまざまな商売相手については?」

「いいえ。わたしがやっていたのは法律的な仕事だけです。しかし、マダム・ジゼルは一流の事業家で、自分の仕事をだれよりうまく処理する能力がありました。仕事の管理は自分でそつなくこなしていましたね。言ってみれば、たいへん独特な性格の女性で、よく知られた人物だったのです」

「あなたがご存じのかぎりでは、亡くなったときには金持ちでしたか?」

「たいへんな財産がありました」

「あなたの知るかぎりでは、故人に敵はいましたか?」

「わたしは知りません」

チボー弁護士がさがると、かわってヘンリー・ミッチェルが呼ばれた。

「あなたの名前はヘンリー・チャールズ・ミッチェル、ウォンズワースのシューブラック・レーン十一番地に住んでいますね?」

「はい、そうです」

「あなたは、ユニヴァーサル航空会社の社員ですね?」

「はい、そうです」

「航空機プロメテウス号の客室乗務員ですね？」

「そうです」

「先週の火曜日、十八日に、あなたはパリ発クロイドン行きの正午便に乗っていました。その便で故人も旅行していたわけですが、それ以前に故人を見たことがありますか？」

「あります。半年ばかりまえには、わたしは朝の八時四十五分の便に乗っていましたが、そのとき、あのかたが旅行されているのを一、二度見ました」

「名前を知っていましたか？」

「乗客名簿には載っていたのでしょうが、とくに気に留めてはいませんでした」

「マダム・ジゼルという名前を聞いたことがありましたか？」

「いいえ」

「先週の火曜日のできごとを、あなたの見たままに話してください」

「わたしは昼食をさしあげました。それから、伝票を持ってまわっておりました。あのかたは眠っているのだと思っていました。それで到着する五分まえまでは起こさないでおこうと思いました。いざ起こそうとして近づいたとき、死んでいるか、あるいはひどく具合がわるいのだと気づきました。機内に医師のかたがおられることがわかりましたので、お連れすると、そのかたのおっしゃるには……」

「ブライアント医師の証言は追ってお願いしましょう。それより、これをごらんください」

ミッチェルは吹矢筒をわたされて、おそるおそる受けとった。

「それを以前に見たことがありますか？」

「いいえ、ありません」

「乗客のだれかがそれを手にしているところを見たことはないと断言できますか？」

「はい、できます」

「アルバート・デイヴィスさん！」

年下の乗務員が呼びだされた。

「あなたの名前はアルバート・デイヴィス、クロイドンのバーコム通り二十三番地に住んでいて、ユニヴァーサル航空会社の社員ですね？」

「はい、そうです」

「あなたは、先週の火曜日、プロメテウス号に第二スチュワードとして乗務していましたね？」

「はい」

「最初に異変に気がついたのは、いつですか？」

「ミッチェルが、乗客のひとりのようすがおかしいと知らせてくれたときです」

「これを見たことはありますか？」

吹矢筒がわたされた。

「いいえ、ありません」

「乗客のだれかがそれを持っていたのを、見たことはないんですね？」

「ええ」

「なにか機内で、この事件の参考になるようなことはありませんでしたか？」

「ありませんでした」

「けっこうです」

「ドクター・ロジャー・ブライアント」

ブライアント医師は住所氏名をいい、耳鼻咽喉科の専門医だと明かした。

「ブライアント先生、先週火曜日の十八日に起きたことを、正確に、思うとおりに話してください」

「ちょうど、クロイドンに到着する直前、乗務員がわたしのところへやってきました。医者かとたずねられたので、そうだとこたえると、乗客のひとりが具合がわるいようだと言われました。わたしは席を立って乗務員についていきました。問題の女性は、座席でぐったりしていて、すでに息がありませんでした」

「あなたのご意見では、死後どれくらいの時間が経過していましたでしょうか？」

「すくなくとも三十分は経過していたでしょう。わたしの見るところ、三十分から一時間のあいだですな」

「なにか死因の見当はつきましたか？」

「いや、詳細に検査もせずにそういうことを申しあげることはできませんな」

「しかし、首の横に、小さな刺し傷があることにはお気づきでしたね？」

「はい」

「けっこうです……つぎは、ドクター・ジェイムズ・ホイッスラー」

ホイッスラー医師は、やせた小男だった。

「あなたは、この地方の警察医ですね？」

「そうです」

「ご意見をお願いします」

「先週の火曜日、十八日の午後三時を過ぎてまもなく、クロイドン空港に呼ばれました。そこで、プロメテウス号の座席のひとつにいる中年女性の遺体を見せられました。もう息がありませんでしたが、死んだのは、その一時間ほどまえだったと思います。首の横に丸い刺し傷があるのに気づきました――頸静脈の真上です。この傷は、蜂に刺されたためといっても、見せられた針の刺し傷によってできたものといっても、どちらでもおかしくありませんでした。遺体を死体置き場に移動して、そこで精密な検査をおこなうことができました」

「どんな結論に達しましたか？」

「死因は、血液中に強力な毒素を注入したことによるものだという結論を得ました。死は、急性の心臓麻痺によるもので、しかもそれは注入と同時に起こったものです」

「その毒物がなんだか教えていただけますか？」

「いままで一度も遭遇したことのない毒物でした」

熱心に聞きいっていた記者たちは、こうメモした。〝未知の毒物〟

「ありがとうございました……つぎは、ヘンリー・ウィンタースプーンさん」

ウィンタースプーンは、大柄でもっさりした顔つきの、おだやかな人物だった。やさしそうだが、優秀そうには見えない。この人が、政府の主任分析学者であり、めずらしい毒物の権威だというのはちょっとしたおどろきだった。

検死官は問題の毒針を取りあげて、ウィンタースプーンに、見おぼえがあるかとたずねた。

「あります。分析のために、わたしのところに送られてきたものです」

「分析の結果を話してくださいますか？」

「もちろんです。その針は、もともと原産地でクラーレの薬液を塗ったものです――ある部族が使う矢毒ですが」

記者たちは、勢いこんでメモをとる。

「それでは、故人の死因はクラーレによるものではないかとお考えなんですね」

「いや、そうではありません」ウィンタースプーンは否定した。「もとの薬液の痕跡はわずかに残っていただけでして。わたしの分析では、この針は最近、ディスフォリダス・タイパス、というよりブームスラングという名前のほうが通りがいいが、その毒液を塗られています」

「ブームスラング？　ブームスラングとはなんですか？」

「南アフリカ産のヘビで、もっとも強力な毒を持っている生物のひとつです。人間に対する効果はまだ知られていませんが、強い毒性があるようでハイエナに注射すると、針が引きぬかれないうちに死んでしまいます。ジャッカルならば、銃で撃たれたかのように死んでしまいます。この毒は激烈な皮下出血を起こすと同時に心臓にも作用して、その動きを麻痺させてしまうのです」

記者たちは書いた。〝おどろくべき展開。機内の死にヘビ毒が関係。コブラ以上の猛毒〟

「その毒が、毒殺事件にもちいられた事例をご存じですか？」

「知りません。たいへん興味深い事例です」

「ありがとうございます、ウィンタースプーンさん」

つづいて部長刑事のウィルスンが、ある座席のクッションのうしろから発見された吹矢筒について報告をおこなった。その筒には指紋はついていなかった。吹矢筒と針を使って実験をおこなった結果、およそ十メートルまでなら、いわゆる命中精度はかなり高いことがわかった。

「エルキュール・ポアロさん」

場内がちょっと騒然となったものの、ポアロの証言は、とても控えめだった。ポアロは、なにも変わったことには気づかなかったという。そう、機内の床に小さな針を発見したのは自分だ。それは死んだ女性の首から落ちたと考えて自然な場所にあった。

「ホーバリー伯爵夫人」

記者たちがペンを走らせる。〝貴族夫人、飛行機内の謎の死亡事故について証言〟あるいは〝謎のヘビ毒事件〟と書く者もいた。

女性に人気の新聞の記者は、こんな具合だ。〟ホーバリー伯爵夫人は、最新の若者風帽子をかぶり、キツネの毛皮をまとっていた〟とか、〟ホーバリー伯爵夫人は、ロンドンにおけるもっとも洗練された婦人のひとりであり、最新流行の帽子に、黒い服をまとっていた〟とか、〟結婚するまえはシスリー・ブランド嬢と呼ばれていたホーバリー夫人は、黒い服に最新型の帽子というおしゃれなスタイルで……〟とか。

だれもが、おしゃれな若い美女を惚れぼれとながめていたけれど、その証言はあっというまにおわった。なにも気づかなかったし、以前に故人を見たことはないという証言だった。

つぎにヴェニーシャ・カーが出てきたが、あきらかに、伯爵夫人ほどの興奮は呼ばなかった。

飽きもせず女性読者にニュースを提供するべく、記者たちは書く。〟コテスモア卿の令嬢は、仕立てのいい上着とスカート、新しいストックタイ姿〟として、〟上流婦人、検死審問に〟と見出しをつけた。

ジェイムズ・ライダーが証言に立った。

「あなたはジェイムズ・ベル・ライダー、住所は北西区のブレインベリー街十七番地ですね？」

「そうです」

「お仕事、またはご専門は？」

「エリス・ヴェイル・セメント社の社長です」

「お手数ですが、この吹矢筒をよく見てください」間をおいて、「以前にこれを見たことはありますか？」

「いいえ」

「プロメテウス号の機内で、だれかがそういうものを持っていたのを見たことは？」

「ありません」

「あなたは四番の席にすわっていましたね？　故人のすぐまえの席に」

「だから、なんなんです？」

「そういう言いかたはなさらないでください。あなたは、四番の席にすわっていた。そこは、客室内のほぼ全員が見える席だ」

「いや、そんなことはありませんでしたよ。自分のいる側の人はまったく見えなかった。座席の背もたれが高かったのでね」

「とはいっても、そのなかのひとりが、故人を吹矢でねらえる位置に立とうとして通路に踏みだしたとしたら、それは見えたでしょうね？」

「そう、それはたしかに」

「そのような者はごらんになりませんでしたか？」

「見ませんでした」

「だれか、あなたよりまえの人たちが、席から動きませんでしたか？」

「わたしのふたつまえの席の人が、立ちあがってトイレへ行きました」

「それは、あなたと故人のいた席とは反対側の方向でしたね？」

「そうです」

「その人は、あなたのほうへはまったくやってきませんでしたか？」

「来ませんでした。その人は、まっすぐ自分の席にもどりました」

「なにか手に持っていませんでしたか？」

「なにも、持っていませんでしたね」

「まちがいありませんか？」

「ありません」

「ほかに自分の席から移動した人はいませんでしたか？」

「わたしのまえの人が動きました。まえから来てわたしの横を通り、客室のうしろのほうへ行ったんです」

「待ってください」クランシーが法廷内の自分の席から飛びあがって、興奮した声で抗議した。「それはもっとまえのことで――ずっとまえでした――一時ごろだったんだ」

「まあまあ、すわってください」検死官は言った。「すぐにあなたのご意見もうかがいますから。では先をつづけて、ライダーさん。この紳士は、手になにか持っていましたか？」

「万年筆を持っていたと思います。もどってきたときには、オレンジ色の本を持っていましたな」

「あなたのほうにやってきたのは、その人だけですか？　あなた自身は席を立ちましたか？」

「ええ、トイレへ行きましたよ――といって、わたしも手に吹矢筒など持っていなかったが」

「あなたは、ひどく無遠慮な口をきくようですな。おさがりください」

歯科医のノーマン・ゲイルは、なにも知らないと証言した。つぎに、憤慨したクランシーが証言台に立った。

クランシーは、ちょっとしたニュースの種ではあったが、伯爵夫人にくらべればぐっと注目度はさがる。

〝探偵小説作家の証言。著名な作家、凶器の購入をみとめる。法廷に衝撃〟

とはいえ、その衝撃は、やや早合点だった。

「ええ、そうです」クランシーは高い声で言った。「たしかにわたしは吹矢筒を買いました。それどころか、きょうはそれを持参しております。凶器になった吹矢筒がわたしのものだという推測に強く抗議するためにね。これがわたしの吹矢筒ですが」

そういって、自慢げに吹矢筒をとりだして見せた。

記者たちがペンを走らせる。〝法廷に第二の吹矢筒〟

検死官はクランシーに対してきびしい態度でのぞんだ。あなたは、裁きの手助けとなるべくここに来たのであって、自分に対するまったくありもしない告発に反論するためではないと釘を刺し、それからプロメテウス号の機内で起きたことがらについて質問をしたが、はかばかしい収穫はなかった。当人がまったく不必要な時間をかけて説明したように、クランシーは、外国の列車の摩訶不思議な運行や、二十四時間という時間のあつかいのむずかしさに頭を悩ませるあまり、周囲でなにが起きているかなどまったく気づいていなかったのだ。もしも、飛行機の乗客全員が吹矢筒からヘビの毒を塗った矢を飛ばしていたとしても、クランシーは見向きもしなかっただろう。

美容室の助手のジェーン・グレイ嬢が証言台に立っても、記者たちのペンはなんの物音も立てなかった。

ふたりのフランス人がそのあとに登場した。

アルマン・デュポンは、ロンドンへむかっていたところで、現地では王立アジア協会で講演をする予定だったと述べた。息子と専門的な論議に熱中していたので、周囲でなにが起きているかにはほとんど気づいていなかった。女性が死んでいることがわかって大騒ぎになり、そっちに注意をむけるまでは、彼女が目にはいっていなかったほどだ。

「マダム・モリソー、あるいはマダム・ジゼルという人を、見知っていましたか？」

「いいえ、会ったこともない人でした」

「しかし、パリでは知られた人物だったのではありませんか？」

父親のデュポンは肩をすくめた。

「わたしは知りませんでしたね。どっちにせよ、最近はあまりパリにはおりませんので」

「たしか、最近、東洋からお帰りになったとか？」

「そうです――ペルシャからね」

「あなたとご子息は、世界じゅうの人里離れた場所をよく旅していらっしゃる？」

「なんですと？」

「外国人の立ち入らないような土地を旅しておいでですね？」

「そういう意味ですか。ええ、たしかに」

「ヘビの毒を、矢毒に使用する部族に出会ったことがおありなのでは？」

これは通訳を介さなければならなかった。デュポンは、質問の意味を理解すると、強くかぶりをふった。

「そんなことはありません——そういうことには一度たりとも遭遇したためしはない」

つぎは息子の番だった。その証言は、父親のいったことの繰りかえしだった。なにも気づかなかった。故人が蜂に刺された可能性があると思った。なぜなら、自分自身が、蜂がそばを飛びまわるのがうるさいと思い、とうとう殺してしまっていたからだ。

証人はデュポン親子が最後だった。

検死官は咳ばらいをして、陪審員のほうをむいた。

これは、と検死官は言った。疑いもなく、この法廷で取りあつかわれた事件のなかでも、もっともおどろくべき、そしてもっとも奇怪な事件だ。ひとりの女性が殺害された……自殺だとか事故だとかいう問題は、かかる空中において、しかも小さな密室においてはありえないこととして除外していいだろう。外部の人間が犯罪をおこなったのかという点も問題にならない。単独犯であれ複数犯であれ、犯人は、必然的に、今朝ここに証人として出廷したなかにいるにちがいない。その事実を退けることは不可能であり、それは、じつにおそろしく、いまわしい事実だ。この人びとのだれかが、破れかぶれで途方もないうそをついていたということなのだから。

その犯行は、前代未聞の大胆不敵なもののひとつだ。十人——乗務員を勘定に入れれば十二人——の人の目のあるところで、犯人は口に吹矢筒をあてて毒矢を飛ばしたというのに、だれひとりとしてその犯行を見なかったとは。まったくもって信じがたいと思われるが、吹矢筒や、床に落ちていた毒矢、故人の首の刺し傷、そして医学的な証拠もある。信じられようと信じられまいと、事件は起きたのだ。

ただしまだ、特定の人物を犯人だと決定する証拠はないので、犯人不明のまま殺人罪であるという評決を、いまは陪審員に期待するばかりである。証人たちは全員、故人を知っているということを否定している。故人と証人たちとが、どこでどう結びつくかを突きとめるのは、警察の仕事になるだろう。犯行の動機がいっさい不明なので、いま自分が言ったような評決をもらえるようアドバイスすることしかできない、と検死官は言った。では、陪審員には評決の検討にはいっていただきたい。

四角ばった顔つきの陪審員のひとりが、疑いぶかい目をして、重おもしく息をつきながら身を乗りだした。

「ひとつ質問してもよろしいですか？」

「どうぞ」

「吹矢筒がある座席の下に押しこまれていたという話ですね？　それはだれの席だったのですか？」

検死官はメモをしらべた。ウィルスン部長刑事が歩みよってささやいた。

「ああ、そう。問題の席は九番で、エルキュール・ポアロ氏の席でした。言っておきますが、ポアロ氏は、ひじょうに有名かつ尊敬すべき私立探偵で――その――何度となく警察の捜査に力を貸してくださったかたです」

四角ばった顔の陪審員は、ポアロの顔をしげしげとながめ、小柄なベルギー人の長い口ひげを見た、その目つきはひどく不満げだった。

〝外国人だ。外国人は信用できない。たとえ警察の捜査に協力的だといってもな〟と、その目は言っていた。

声に出して、その陪審員は言った。

「毒矢をひろいあげたのは、このポアロさんだったのですね？」

「そうです」

陪審員たちは退場した。五分後にもどってくると、陪審員長が検死官に一枚の紙片をわたした。

「いったいこれはどういうことです？」検死官は眉をひそめた。「ばかばかしい。こんな評決を受けつけるわけにはいきませんよ」

数分後、訂正された評決がもどってきた。「被害者は毒物によって殺害された。その毒物を使用した者を特定する証拠は不十分である」

5　審問のあとで

評決のあとで法廷を出たジェーンは、そばにノーマン・ゲイルがいるのに気づいた。彼は言った。「検死官が受理しようとしなかったあの紙には、なんて書いてあったんでしょうね？」

「わたしが教えてあげられると思いますよ」うしろから声がした。

ふたりがふりかえると、そこには、エルキュール・ポアロがいたずらっぽく目をかがやかせていた。

「それは、わたしによる殺人だとする評決だったんですよ」ポアロは言った。

「あら、まさか――」ジェーンが声をあげた。

ポアロはおもしろそうにうなずいた。

「そうなんですよ。出てくるときに、ひとりの男が連れに、〝あのチビの外国人――おれが思うに、あいつが犯人だな〟と言っているのを聞きました。陪審員も、おなじように思ったでしょうね」

ジェーンは、慰めたらいいのか笑ったらいいのか迷い、笑うほうに決めた。ポアロもいっしょになって笑った。

「とはいえ、ここはぜひとも仕事にとりかかって、汚名をそそがねばなりません」

そういうと、ポアロはにこやかにお辞儀をして、その場を去った。

ジェーンとノーマンは、そのうしろ姿を見送った。

「なんて風変わりなやつなんだろう」ノーマンは言った。「自称私立探偵だそうだけれど、あれじゃたいした探偵とはとても思えないな。どんな犯罪者だって、一キロ先からでも感づいてしまいますよ。どんな変装をしても、正体をごまかすことはできないだろうし」

「探偵ってものをずいぶん旧式に考えてらっしゃるんじゃありません？」ジェーンが問いかけた。「つけひげやなんかで変装するのは、もう時代おくれですわ。いまどきの探偵は、ただすわっていて、心理的に事件を分析するんです」

「そのほうが楽そうですね」

「肉体的にはそうかもしれませんけど、もちろん冷静で明瞭な頭脳が必要ですよ」

「なるほど。熱があって混乱した頭じゃ、だめでしょうね」

ふたりとも笑った。

「あの」ノーマンが、頬をかすかに赤らめて、早口になる。「よかったら……つまり、そうできればとてもうれしいんだけど——もう遅い時間ですが——いっしょにお茶でもいかがですか？　なんだか——おたがい、運わるく事件に巻きこまれた仲間のような気がするし——だから——」

ノーマンはことばを切り、内心でつぶやいた。

〝なにをやってるんだ、ばかだな。女の子ひとりお茶に誘うのに、口ごもったり赤くなったりして、みっともないったらありゃしない。相手にどう思われる？〟

ノーマンがどぎまぎしているので、ジェーンはむしろ冷静に落ちついていられた。

「ありがとう。ぜひお茶をいただきたいわ」

ふたりは喫茶店をみつけた。無愛想なウェイトレスが、むっつりと注文をとった。ほんとうに客だとは思っていないかのようで、「がっかりしても、あたしのせいじゃありませんからね。ここではお茶を出すと思われているようですけど、あたしはそんなこと聞いたこともありませんからね」と言わんばかりだ。

店にはほとんど客がいなかった。人がいないせいで、いっしょにお茶を飲んでいるという親近感が強まるようだ。ジェーンはくつろいで、テーブルのむこうにいる相手を見た。やっぱり魅力的だ――あの青い瞳も、あの笑顔も。それに、やさしいし。

「この殺人は、妙な事件ですね」ノーマンは、あわてて話をはじめた。急に気恥ずかしくなったことから、まだ完全には立ちなおっていないのだ。

「そうですわね」ジェーンは言った。「わたし、なんだか心配なんです――つまり、仕事のことが、ですけど。お客さまがどうお思いになるかわかりませんもの」

「そ、そうですね。ぼくは、そこまで頭がまわってなかった」

「うちのお店は、殺人事件に巻きこまれて、証言するとか、いろいろあるような娘をやとっておきたくないかもしれないわ」

「世間の人はおかしなものです」ノーマン・ゲイルは考えぶかそうにいった。「人生はとても――とても不公平だ。こんなことになったのは、あなたにはちっとも非がないのに――」腹だたしそうに顔をしかめる。「ひどすぎますよ！」

「でも、まだそうなったわけじゃありませんし」ジェーンは言った。「まだ起きてもいないことに怒ったり、気をもんだりするのはつまらないことですわ。なんといっても、警戒されてもしかたがないことですもの――わたしがあの人を殺したのかもしれないいんだから！　それに、人ひとり殺した者は、その後も何度も犯行をくりかえすっていうじゃありませんか。そんな人に髪をいじられるなんて、あまりきもちのいいものじゃないでしょうしね」

「だれだって、あなたを見れば、人殺しなんかするはずがないってわかりますよ」ジェーンをじっと見つめて、ノーマンは言った。

「それはどうかしら。ときどき、わたし、お客さまを殺したくなりますもの――ぜったいにつかまらない自信があれば、ですけどね。とくにひとりのお客さまなんかは――ウズラクイナみたいにやかましい耳ざわりな声で、文句ばかり言う人なの。ほんとに、この人を殺すのは世のなかのためで、ちっともわるいことじゃないって、ときどきそんな気がするぐらい。ね、わたしって、犯罪をやりかねない人間だっておわかりでしょ」

「そうはいっても、ともかく、この事件にかぎっては、あなたは犯人じゃない。ぼくが保証する」

「そしてわたしには、あなたが犯人じゃないって保証できるわ。でも、わたしが保証したからって、患者さんたちがあなたを犯人だと思ったら、なんの役にも立ちませんわね」

「ぼくの患者たちか、そうですね――」ノーマンはすこし考えこむようなようすで、「たしかにそうだ――そんなことは考えてもみませんでしたよ。殺人犯の歯科医だなんて――いや、そんなふうに思ったら、だれも好きこのんでかかりたがりませんよね」

とつぜん、彼は矢も盾もたまらずにたずねた。

「ねえ、あなたは、ぼくが歯科医だということを気にしませんよね？」

ジェーンは目を丸くした。

「わたしが？　気にするですって？」

「つまりですね、歯科医というものには、いつもどちらかといえば――その、滑稽な感じがつきまとうんですよ。なんとなくロマンチックな職業じゃないというか。これが、ふつうの医者だとまともにあつかってもらえるんですがね」

「元気を出してくださいな」ジェーンはいった。「歯医者さんのほうが、美容室の助手よりずっと立派ですよ」

ふたりで笑って、ノーマンは言った。「ぼくたち、お友だちになれそうな気がするな。あなたはどうです？」

「ええ、そんな気がしますわ」

「そのうち食事をごいっしょして、舞台でも観に行きませんか？」

「ありがとう」

ちょっと間があいて、それからノーマンが言った。

「ル・ピネはどうでした？」

「とても楽しかったですわ」

「まえにもいらしたことがあるんですか?」

「いいえ、それがね――」

ジェーンは急にうちとけて、アイリッシュ・スウィープのくじがあたった話をした。そしてふたりは、くじが一般大衆に夢をあたえるすばらしいものだという点で意見があい、イギリス政府がそれに対して冷淡な態度をとっていることをなげいた。

ふたりの会話に、茶色いスーツ姿の青年という邪魔がはいった。その青年が、しばらくまえからなにげなくあたりをうろついていたことに、ふたりとも気づいていなかったのだ。

とはいえ、いまや青年は帽子をとって、さも自信たっぷりなようすでジェーンにあいさつした。

「ジェーン・グレイさんですね?」

「そうですけど」

「週刊誌の《ハウル》の者です。この空中殺人事件について、短い文章をお願いできないかと思っているのですが? 乗客のひとりのお立場で」

「せっかくですが、お断りします」

「まあ、そうおっしゃらずに、グレイさん。原稿料ははずみますので」

「どのくらい？」ジェーンはたずねた。

「五十ポンド——いや、そうですね——もうすこしさしあげましょう。六十ポンドほどなら」

「お断りします」ジェーンは言った。「わたしにはできそうにありませんもの。なにを書けばいいのかわかりませんし」

「それは大丈夫」青年は気軽に言った。「じっさいに書いていただくにはおよびません。当社の者が、いくつかあなたにうかがって、あなたのかわりに記事をそっくり書きあげますので。すこしもお手数かけませんよ」

「それでも、おなじです。お断りします」

「百ポンドではいかがですか？　ねえ、ほんとうに百ポンドまでならお出ししますから。お写真つきということで」

「いやです」ジェーンはうんと言わない。「気がすすみません」

「こう言ってるんだから、もう引きさがったほうがいい」ノーマン・ゲイルが言った。「グレイさんは、しつこくされて、いやがってるんだ」

青年は、しめたとばかりにふりむいた。

「ゲイルさんですね？　こうしましょう、ゲイルさん、グレイさんがどうしてもうんと言ってくださらないなら、あなたはどうです？　五百語ばかりの記事です。グレイさんの場合とおなじ金額をお支払いします——いい条件だと思うな。女性の殺人事件の場合、女性の話のほうがニュース・バリューは高いんですがね。この機会を逃す手はないでしょう」

「けっこうだ。おたくにはひとことも書く気はない」

「金のことはさておいて、書けば宣伝になりますよ。前途洋々たる新進気鋭の歯科医——患者さんたちはこぞって読むでしょう」

「それこそ」ノーマン・ゲイルは言った。「ぼくが、もっともおそれていることだ」

「でもまぁ、宣伝なしでやっていける世の中じゃありませんからね」

「かもしれない。とはいっても、その宣伝にもよりけりだろう。ぼくは、患者のなかにひとりでもふたりでも新聞を読まないで、ぼくが殺人事件に巻きこまれた事実を知らないままでいてくれる人がいることを祈るよ。さあ、もうぼくたちふたりの返事を聞いたんだから、おとなしく引きさがりたまえ。それとも、蹴りだされたいのか？」

「べつに怒らなくてもいいじゃないですか」青年は、この脅し文句をさらりと受け流して、そう言った。「帰りますよ。もし気が変わったら会社へ電話してください。これがわたしの名刺です」

青年はうきうきと喫茶店を出ていきながら、こう考えていた。「悪くない。なかなか実のあるインタビューができたってものさ」

そしてじっさい、翌週の《ハウル》誌には、空中殺人の証人ふたりの意見について見のがせない記事が掲載されることになるのだ。〝ミス・ジェーン・グレイは、心労で事件のことを口にするのもいやだと言う。事件はたいへんなショックで、そのことは考えたくもないほどなのだ。ミスター・ノーマン・ゲイルは、いくら潔白な身とはいえ、殺人事件に巻きこまれたことで職業人としてのキャリアが左右されかねないと延々と力説した。ミスター・ゲイルはユーモアまじりにいわく、患者さんのなかに、ファッション欄しか読まないでくれる人がいるといいのだが。そうすれば、拷問を受けに歯科医院の椅子にすわるとき、最悪の予想をしないでいてくれるだろうから〟

青年が行ってしまうと、ジェーンが言った。

「どうして、もっと重要な人たちのところへ行かなかったのかしら？」

「あいつは下っぱなんでしょう」ノーマンが、浮かないようすで、こたえた。「話を持っていっても相手にされなかったのかもしれませんよ」

一、二分、むずかしい顔をしていたが、「ジェーン――これからはジェーンと呼んでもかまわないでしょう？——あのジゼルって女を殺したのは、ほんとうはだれだと思います？」

「さっぱり見当がつかないわ」

「考えてみたことはある？　本気で考えてみたことは？」

「そうね、いいえ、考えてないと思う。わたしは自分の立場ばかり考えて、ちょっと悩んでいたの。ほかのだれがやったかなんて、真剣に考えてみたことはなかったわ。きょうまで思ってもみなかったけれど、考えてみれば、あの人たちのだれかがやったことにはまちがいないのよね」

「そう。検死官もはっきり言っていたとおりですよ。ぼくは自分が犯人じゃないことを知ってるし、あなたがやったんじゃないこともわかっている。なぜって——それは、ぼくがずっとあなたを見てたから」

「そうね」ジェーンは言った。「あなたが犯人じゃないことは、わたしにもわかってます——おなじ理由でね。そしてもちろん、自分自身がやったんじゃないってこともわかってる。となると、ほかのだれかが犯人にちがいない。だけど、だれかはわからない。さっぱりわからないわ。あなたはどう？」

「わからない」

ノーマン・ゲイルは、ひどく考えこんでいるように見えた。なにやらあれこれと思いをめぐらしているようだ。ジェーンは先をつづけた。

「わたしたちにわかるわけがないわよね。だってそうでしょう。わたしたちはなにも見てないんだもの——すくなくとも、わたしは見てないわ。あなたはどう？」

ノーマンはかぶりをふった。

「なにも見てない」

「そこが、とってもへんだと思うの。あなたは、なにも見てなくてもふしぎではないでしょうね。そっちをむいていなかったんだから。でも、わたしはちがう。わたしは、まともに客室のほうをむいていたんだもの。つまり——見たはずなのよ——」

ジェーンはことばを切って、顔を赤らめた。あのとき、自分の目がほとんど青紫のセーターに釘づけになっていたこと、そのセーターを着た人がどういう人柄なのかということが気になって、周囲でなにが起きているかなどにはおよそ無関心だったことを思いだしていたのだ。

ノーマン・ゲイルは思った。

〝どうしたのかな？　あんなふうに赤くなったりして……すてきな人だ……ぼくは、この人と結婚するぞ……そうだ、そうしよう……でも、あんまり先のことを考えちゃいけないな。なんとか口実を作ってちょくちょく会うようにしなきゃ。この殺人事件なんか、もってこいだ……それに、なにか手を打っておくのもいいかもしれないし――あの生意気な記者や、あいつの言ってた宣伝も……〟

声に出して、ノーマンは言った。

「じゃあ、そのことを考えてみようか。あの女性を殺した犯人はだれなのか？　関係者全員について検討してみましょう。乗務員たちは？」

「ちがうわね」ジェーンは言った。

「ぼくもそう思う。むこう側にいた女の人たちは？」

「ホーバリー伯爵夫人のようなかたが人を殺すなんて考えられないわ。それに、もうひとりの、ミス・カーのほうはねぇ、せいぜい田舎のお金持ちだし。フランスの老婦人を殺すなんて、ぜったいにありそうにないわ」

「殺すとしても悪どい狐狩りの猟犬管理者《マスター》ぐらいかな？　たぶんそんなところだろうね、ジェーン。つぎは、あの口ひげの男。陪審員たちはいちばん犯人らしいと思ったわけだけど、審問の結果、犯人リストからはずれた。ブライアント医師はどうか？　やっぱり、犯人とは思えない」

「彼が殺そうと思ったなら、だれにも気づかれないような、犯行の痕跡が残らない方法を使ったはずだわ」

「うん、まあね」ノーマンはあいまいに言った。「そういう痕跡が残らなくて無味無臭な毒物というのはとても都合がいいけど、ほんとうにそんなものがあるのかというと、疑わしいと思うな。吹矢筒を持っていると白状した小男はどうでしょうね？」

「ほんとに持っていたのかしらね。でも、とてもいい人らしいし、吹矢筒を持っていることだって、言わなくたってよかったわけだし、だから犯人じゃなさそうね」

「それから、ジェイムスン――じゃなかった――なんて名前だったかな――ライダーは？」

「そうね。犯人かもしれませんわね」

「それと、ふたり連れのフランス人は？」

「それがいちばんありうるわ。あの人たち、風変わりな場所へよく行っていることだし。それにもちろん、わたしたちがまったく知らない動機があったのかもしれないしね。息子のほうは、とても不幸せそうで、心配ごとがあるように見えましたもの」

「人を殺せば、だれだって心配になるだろうからね」ノーマンは暗い口ぶりで言った。

「でも、わるい人じゃなさそうだけど」ジェーンは言う。「それに、お父さんのほうは、感じがいいし。あの人たちじゃないといいのに」

「これじゃ、すぐに結論は出そうにありませんね」

「結論が出せるわけもないでしょう。わたしたちは殺された老婦人のことを、あまりよく知らないんだから。敵はいたのか、遺産を相続するのはだれなのか、そういったことをね」

ノーマン・ゲイルは考え考え言った。

「こんなの、ばかげた空論だと思ってる？」

ジェーンは冷静に問いかえす。「ちがうの？」

「とんでもない」ノーマンはためらってから、ゆっくりとことばをつづけた。「ぼくには、役に立つかもしれないという気がしますね――」

ジェーンはけげんそうに彼を見つめた。

「殺人は」ノーマン・ゲイルは説明した。「被害者と加害者だけにかかわることじゃない。それは罪のない者にも影響をおよぼすんです。あなたもぼくも犯人じゃないけれど、殺人の影はぼくたちにもおよんでいるんだ。その影が、ぼくたちの人生にどう影響するかはわからないんですよ」

ジェーンは冷静な常識をもちあわせた人間だったが、それでも急にぞくっと震えがきた。

「やめて」と訴えた。「そんなこと言われると、こわくなるわ」

「ぼく自身、ちょっとこわいと思ってるんですよ」ノーマンは言った。

6　協　議

エルキュール・ポアロは、友人のジャップ警部に再会した。警部はにやにや笑っていた。

「やあ、ポアロさん、このあいだはあやうくブタ箱に放りこまれるところだったじゃありませんか」

「そんなことになれば、職業柄わたしは大損害をこうむったでしょうな」と、ポアロはまじめくさって言った。

警部はまた笑いながら、「そういえば、小説じゃ、探偵がじつは犯人だったっていうのがよくありますよ」

そこへ、利口そうだが憂鬱な顔をした、長身でやせた男がやってきた。ジャップ警部が紹介した。

「こちらはフランス警察のフルニエさんです。この捜査に協力くださるために、はるばるおいでになったんです」

「何年かまえに一度お目にかかったことがあると思うんですがね、ポアロさん」フルニエは頭をさげて握手しながら、「ジローさんからも、あなたのことはうかがっております」

かすかな笑いがフルニエの唇にのぼったように見えた。ポアロはフランス警察のジロー警部のことを、常日頃〝人間猟犬〟といってばかにしていた。その男が自分のことをどんなふうに言ったか想像がつくから、ポアロもまた、用心ぶかくわずかにほほえみかえした。

「おふたりとも、わたしの自宅でごいっしょに食事をしていただきたいのです。弁護士のチボーさんもお招きしてあります。あなたもジャップさんも、わたしが協力することにご異存がなければですが」とポアロは言った。

「いいですとも」ジャップはポアロの背中を勢いよくたたきながら、「あなたはこの事件の中心人物だしね」

「よろこんでお招きにあずかります」とフランス人は丁重に言った。

「つい先刻」とポアロは言った。「若い美しい女性にもお話ししたんですが、わたしは、どうしても自分の評判を回復したいと願っておりますので」

「あの陪審員は、あなたのようすが気にくわなかったんですよ」ジャップはまた例のにやにや笑いをはじめた。「こんな最高のお笑いぐさは、ひさしぶりだな」

この小柄なベルギー人が友人たちのために用意しておいたすばらしい食事のあいだは、暗黙のうちに例の事件のことにはだれも触れなかった。

「いやはや、イギリスでもすばらしい食事ができるものですなぁ」フルニエは主人役が気をきかせて出しておいた爪楊枝をたくみに使いながら、感謝をこめて言った。

「ごちそうさまでした、ポアロさん」チボーが言った。

「すこしフランス風だったけれど、じつにうまかったですよ」ジャップが感想を言った。

「食事というものは、胃《エストマ》に軽くおさまるのがよろしいのです。胃にもたれて、思考力が麻痺するような重たいものではいけません」ポアロが言った。

「わたしは、自分の胃袋で苦労した、なんてことはないが」と、ジャップ警部が言った。「しかしまあ、そんな議論はどうでもいい。さあ、仕事にかかりましょう。チボーさんは今夜、約束があるんだそうです。だから役に立ちそうなことを、まず、このかたから聞くことにしましょう」

「みなさん、お役に立てるならなんなりと。検死審問よりもここのほうが、気楽にお話しできますしね。審問のまえにジャップ警部とちょっとお話ししたのですが、できるだけ余計なことはしゃべらぬようにと、まあ、そんなご注意もあったものですから」と、チボー弁護士が言った。

「そのとおりですよ」とジャップ。「あまり早く手のうちを明かしたくなかったんでね。でもここではどうぞ、ジゼルという女性のことを、すっかり聞かせてください」

「じつを言えば、わたしもほんのすこししか知らないのです。あの人のことは、世間一般の知るていど、つまり有名人として知るのみです。個人的な生活に関しては、ほとんどわからないのでしてね。たぶん、それについては、フルニエさんのほうがわたしよりも、よくご存じでしょう。で、わたしとしましては、これだけのことは言えます。つまりマダム・ジゼルという人は、あなたのお国でいう〝変わり者〟ですな。独特の人物でした。素性については、なにも知られていません。若いころは、なかなかの美人だったのではないかと思います。それが天然痘で見た目が変わってしまったようです。あの人は——これはまあわたしの感じたところですが——権力を行使するのが好きで、また事実、権力を持っていました。抜け目のない実務家でした。自分の感情で事業に影響をあたえることなどぜったいにしない、頑固なフランス女のタイプでした。でも、仕事は慎重かつ誠実に運営しているという評判でした」

そう言って、フルニエのほうを、同意を求めるように見やった。フルニエは、その黒い陰気な感じの頭をうなずかせた。

「そうです」とフルニエは言った。「誠実でしたよ、あの人なりにね。しかし、証拠さえそろえば、警察も責任を問うことができたでしょうが、それも……」そして、失望したように肩をすくめると、「いわゆる人間の性質では、望めないですね」と言った。

「と、おっしゃると？」

「恐喝《シャンタージュ》です」

「つまり、ゆすりを？」ジャップ警部が声をあげた。

「そう、特定の条件でおこなわれる、一風変わった脅迫ですよ。マダム・ジゼルは、この国では〝借用証書〟というのでしたか、それをもとに、金貸しをやっていたのですが、貸す金額と支払いの方法にはひじょうに慎重でした。そして、独特の回収方法をとっていたのです」

ポアロは、興味ぶかげに身を乗りだした。

「チボーさんがきょう言われたように、マダム・ジゼルのお客は、上流階級とか事業家とかでした。そういう階級の人は、とくに世間体を気にします。マダム・ジゼルは自分の情報網を持っていましてね。金を貸すまえに――大口の場合ですが――依頼者に関して、できるだけ多くの事実をあつめておく。また、この情報網がたいへん優秀なものだったのです。ここで、チボーさんの意見にわたしも同感です。マダム・ジゼルは、あの人なりにじつに誠実でした。自分に忠実な者に対しては自分も忠実に守りました。貸した金を取り立てる場合以外には、けっして相手の秘密を利用するようなことはしなかった――わたしは、そう信じています」

「するとつまり、その人の秘密が担保として用いられたわけですね？」ポアロがたずねた。

「そうなんです。そして、その情報を用いるとなると、ぜったいに情け容赦しませんでしたね。じっさい、この手段でかならず貸し金を回収したようですよ。ごくまれにしか貸し倒れはなかったのです。有名な人たちは、世間のスキャンダルになるのを避けるためには、どんな思いきったことをしてでも金を作るものですからね。いま言ったように、あの人の活動はよくわかっているのですが、さてそれに対する告発となると――」と、そこでフルニエは肩をすくめて――「これはなんともいえません。人間のやることとですからな」

「もし、お話のように」ポアロがたずねた。「マダム・ジゼルが支払い不能の債務の処理をすることになった場合には？　実際には、いったいどうなるのですか？」

「そんな場合には、持っている情報が世間に発表されるか、またはその関係者にわたされるかするわけです」と、フルニエはゆっくり言った。

　みな、しばらくのあいだ沈黙した。やがてポアロが言った。

「経済的には、それではマダム・ジゼルの利益にならなかったでしょう？」

「そうです。直接にはね」とフルニエが言った。

「それでは間接には？」

「間接には、ほかの人間たちが怖じけづいて支払う？」とジャップが言った。

「そのとおりです。いわば道徳的効果とでもいう点で価値があったんですね」

「不道徳的効果と言ったほうがいいね」と言って、ジャップは考えぶかげに鼻の頭をこすりながら、「殺人の動機としては、はっきりしてきたな――なかなかの線だ。ただ、もうひとつ、だれが遺産を手にするか、という線もある」と、そこで警部はチボー弁護士をうながすように、「そのことでも助言を願えませんかね？」

「娘がひとりいますが、同居してはいませんでした。実のところ、マダム・ジゼルは娘が小さいときに別れたきり、一度も会ってないだろうと思います。しかし、何年も前、メイドにのこす少額をのぞいた遺産のすべてを、その娘であるアンヌ・モリソーにのこすという遺言状を作りました。わたしの知るかぎり、ほかに遺言状は作りませんでした」

「それで、その遺産というのは莫大なものですか？」とポアロがたずねた。

弁護士は肩をすくめた。

「八百万か九百万フランだと思います」

ポアロは、口笛を吹くように唇をすぼめた。ジャップ警部が言った。「そりゃすごい！　まさか、そんな資産家とはね。ええと、換算するといくらだろう――ええと――まちがいなく、十万ポンドは軽く超える額になる。ヒュー！」

「マドモアゼル・アンヌ・モリソーは、若くして大金持ちというわけですな」ポアロは言った。

「娘が飛行機に乗っていなくてよかった」ジャップ警部はそっけなく言った。「その金を手に入れるために母親を殺したと疑われかねないところだったよ。その娘、いくつになるんです？」

「それは存じません。二十四、五ぐらいじゃないかと思うんですが」

「とはいえ、娘さんには事件との接点がなにもないように思います。やはり例の恐喝商売の線にもどるべきでしょう。飛行機の乗客は全員、マダム・ジゼルを知らないと言っている。そのなかのひとりがうそをついているわけだ。それがだれかを突きとめねばならない。マダム・ジゼルの個人的な書類をしらべてみれば参考になるんじゃないかな？

ねえ？　フルニエさん？」

「それがですね」フルニエは言った。「スコットランド・ヤード（ロンドン警視庁《ロンドン》）から電話をもらって事件を知ってすぐに、わたしはマダムの自宅に直行しました。保管用の金庫はあったのに、なかの書類はすべて焼き捨てられたあとだったのですよ」

「焼き捨てられた？　だれに？　どうして？」

「マダム・ジゼルには、エリーズという腹心の召使いがいましてね。エリーズは、マダムの身に何事かが起きたときには、金庫をあけて中身を焼き捨てろという指示を受けていたのです。ダイアルの組みあわせも知っていました」

「なんだって？　しかし、そりゃあすごいな！」ジャップは目を丸くした。

「つまりですね」フルニエは言った。「マダム・ジゼルは自分なりの規律を持っていたわけです。自分に対して誠実な者には、自分のほうも誠実に対応した。お客にも、取引は正直にすると約束していました。情け容赦はなかったが、自分のことばには責任を持つ女性でもあったのです」

ジャップは無言でかぶりをふった。四人の男たちはことばもなく、死んだ女の風変わりな性格に思いをめぐらしていた。

チボー弁護士が立ちあがった。

「みなさん、わたしは失礼しなければなりません。約束があるもので。もしほかにもなにかお訊きになりたいことがありましたら、いつでも連絡してください。住所はご存じですね」

一同とていねいな握手をして、弁護士はポアロのアパートメントを出ていった。

7 可能性

チボーが出ていったあと、三人の男たちは椅子をもうすこしテーブルに引きよせた。

「では、と」ジャップが切り出し、「問題にとりかかるとしよう」そう言って万年筆のキャップをはずした。「飛行機には十一人の乗客がいた――つまり、後部客室にということで、前方の客室の者は除外します――乗客十一人に乗務員がふたり――合計で十三人です。つまり、被害者をのぞく十二人のうちのひとりが、マダム・ジゼルを殺したことになる。客のなかにはイギリス人もいれば、フランス人もいた。フランス人のほうは、フルニエさんにおまかせして、わたしはイギリス人のほうを引きうけましょう。それから、パリでの捜査もしていただかないとならないが――それもあなたにお願いしますよ、フルニエさん」

「パリだけではすまないでしょう」フルニエは言った。「マダム・ジゼルは、夏には海水浴場にも出かけて仕事をしていましたからな――ドーヴィル、ル・ピネ、ヴィメローといったあたりです。もっと南のほうの、アンティーブやニースなど、各地に足をのばしたりもしていました」

「いいことを聞いた。たしかプロメテウス号の乗客のなかにも、ル・ピネのことを口にしていた者がひとりふたりいましたっけ。なるほど、それもひとつの線ですな。さて、殺人そのものに取り組まなくては——まず、だれがあの吹矢筒を使うことのできる位置にいたか、ということです」警部はそう言って、機内の大きな見取図を取りだすと、テーブルの真ん中に広げた。「そこで、予備的な整理をしておきましょう。まず手はじめに、ひとりずつ検討して、さまざまな確率を判断し——さらには実際に手をくだした可能性が高いのはだれかという目星をつける。

そもそも、ここにいるポアロさんは除外することができるから、残りは十一人に減るわけだ」

ポアロは、そう言ったジャップにむかって、悲しげにかぶりをふった。

「あなたはもっと疑うということを知らなければなりませんな。だれも信用してはなりません——たとえ、だれであってもです」

「なに、お望みだったら入れておいてもいいんですよ」ジャップは愛想よく言った。

「それから、乗務員ですが、可能性という観点から見ると、どちらも低いように思うな。

大金を借りていたとは思えないし、どちらも立派な経歴の持ち主です——まじめで、穏やかで。ふたりの乗務員のどちらかがこの事件にかかわっているとしたら、意外というしかないですな。とはいえ、可能性があるかないかという点から考えれば、どうしても除外するわけにはいきません。ふたりとも客室内を行ったり来たりしていたのだから、実際問題、例の吹矢筒を使える位置に立つことも可能だったわけですよ——絶好の角度からね。しかし、乗務員が人が大勢いる客室内で、だれにも気づかれずに吹矢筒を使って毒矢を飛ばすなんてことができるとは、とうてい信じられない。経験上、わたしは人間もコウモリとおなじでろくにものが見えてないんだということは知っていますが、ものには限度がありますよ。もちろん、ある意味で、これは全員に言えることですがね。そんな方法で人を殺すなんて、ばかげてる。とうていまともじゃない。そんなことをしてだれにも気づかれずにすむなんて、百にひとつぐらいしか可能性はありません。それをやってのけた犯人は、悪魔なみの強運の持ち主だったにちがいない。人を殺すのに、よりによってあんなばかげた方法を使うとは——」

ポアロは床に視線を落とし、静かにタバコを吸っていたが、ここで質問をさしはさんだ。

「あなたは、これがばかげた殺人方法だと考えているんですか？」

「ばかげてるに決まってるでしょう。まったく、どうかしてますよ」

「にもかかわらず、うまくいったんですよ。わたしたち三人は、ここにすわってあれこれ議論してはいるが、犯人がだれなのかは、さっぱりわからない！　これこそ成功です！」

「単に運がよかっただけですよ」ジャップ警部が反論した。「犯人は、もう五、六度つかまっていてもおかしくないところだ」

ポアロは不満そうに首をふった。

フルニエは、そんなポアロを興味ありげに見た。

「なにを考えておいでなんです、ポアロさん？」

「あなた《モナミ》、こういうことですよ。事件は、その結果から判断されなければならない。この事件は成功した。わたしは、そこが大事だと思うのですよ」

「そうはいっても」フルニエは考えぶかそうに言う。「ほとんど奇跡のようですよね」

「奇跡であろうとなかろうと、現に事件は起きているんだ」ジャップ警部が言った。「医師の証言はあるし、凶器もみつかった。もし一週間まえに、ヘビ毒を塗った吹矢で女性が殺された事件を捜査することになるなんて言われたら——いやはや、わたしはその人のまえで大笑いしていたでしょうな！　侮辱もはなはだしいですよ——こんな人殺しが起きるとは――警察も見くびられたもんだ」

ジャップは深ぶかとため息をついた。ポアロは微笑した。

「これはたぶん、異常なユーモアのセンスの持ち主によっておこなわれた殺人ですな」フルニエは注意ぶかく言った。「犯罪を捜査するには、殺人犯の心理を知ることがなにより大事です」

ジャップ警部は、〝心理〟ということばを鼻先で笑った。そのことばがきらいだし、疑ってかかっているのだ。

「それは、ポアロさんが聞きたがりそうなたぐいのセリフだな」

「たしかに。でも、わたしはあなたがたのどちらの意見にもたいへん興味がありますよ」

「被害者が毒矢で殺されたということは、疑ってるわけじゃないんでしょう?」ジャップはたしかめるようにたずねた。「あなたが、ひねくれた考えかたをする人なのはわかってるが」

「いやいや、警部。その点については疑問の余地はありません。わたしがひろった毒針が死因です――そこはまちがいない。それはそうなんですが、しかし、この事件にはいくつか――」

ポアロはことばを切って、困惑気味にかぶりをふった。

ジャップは先をつづけた。

「それじゃあ、話をもとにもどしますよ。乗務員たちを完全に白と断定するわけにもいかないが、わたしは、ふたりとも事件にはなんの関係もなさそうに思う。ポアロさん、賛成していただけますか？」

「そうですねぇ、さっき言ったことをおぼえておいでてしょう。わたしとしては、現段階ではだれも白と断定する——ああ、《モン・デュ》なんてことばだろう——気にはなりませんな」

「それはそれでかまいませんよ。さて、乗客ですが、配膳室やトイレに近いほうからはじめましょう。十六番の席」ペンで見取図をしめした。「ここにすわっていたのは、美容師のジェーン・グレイという娘ですな。アイリッシュ・スウィープで当てて——ル・ピネで散財してきた。つまり賭け事が好きだということだ。金に困って、ばあさんから借金していた可能性はなきにしもあらず——だが、大金を借りたとか、マダム・ジゼルに弱味をおさえられていたということはやっぱり考えにくい。われわれがさがしている犯人にしては、あまりに小魚すぎるといったところですな。それに、美容室の助手では、ヘビ毒を入手する機会なんぞ、まずないでしょうね。髪を染めるのにも、顔のマッサージにも、そんなものは使わないし。

ある意味では、ヘビの毒を使ったというのが大きなまちがいだったな。いろいろな面でかなり限定されてきますからね。そんな知識を持っていて、入手できそうなのは、百人中ふたりぐらいなものですよ」

「となると、すくなくともひとつは、明々白々なことが出てきますね」ポアロが言った。

それはなにかと訊きたそうな目でちらっとポアロを見やったのは、フルニエだった。

ジャップ警部は自分の考えに夢中だ。

「わたしに言わせれば、こういうことですよ。犯人は、ふたつの分類のどちらかにはいる。ひとつは、世界中の秘境を旅してまわってきた人物——つまり、ヘビはおろか、もっと強力な毒物や、敵を倒すのに毒物を使用する民族の習慣についても知っている人物——これが第一の分類」

「もうひとつは？」

「科学の線です。研究者とかね。このブームスラングという代物は、非常に専門的な研究所で実験材料にされるようなたぐいの毒物です。ウィンタースプーンと話したんですが、ヘビ毒は——正確にはコブラの毒ですが——医療に使われることもある。ある種の病気の治療に使うとかなり効果があるそうです。ヘビに嚙まれた場合の科学的研究も、いろいろおこなわれているとか」

「興味深いですな」フルニエが言った。

「そう、それはさておき、先に進みましょう。ジェーン・グレイという娘は、このどちらの分類にも当てはまらない。この娘にかんするかぎり、動機もありそうにないし、毒を入手する機会もまずないでしょう。吹矢筒を使うという行為そのものだって、とうてい考えにくい――ほぼむりな話です。これを見てください」

三人の男たちは見取図のうえに身を乗りだした。

「これが十六番の席です」ジャップが言った。「そしてここが、マダム・ジゼルがすわっていた二番の席ですが、あいだには大勢の人もいるし、座席もある。席を立たなければ――みんな、ジェーンは席を立たなかったと言っているわけですが――ジェーン・グレイがマダム・ジゼルの首の横をねらって毒針を発射することなどできるはずがない。まず容疑者リストからはずしていいと思いますね。

で、つぎに、むかい側の十二番。ここには歯科医のノーマン・ゲイルがすわっていました。この男についても、ほぼおなじことが当てはまる。小魚です。ゲイルのほうが、ヘビ毒を入手する機会はいくらか多かっただろうと思いますが」

「歯科医は、ふつうヘビ毒を注射したりはしない」ポアロがそっとつぶやいた。「使うとすれば、治療よりもむしろ人殺しをするためです」

「歯医者は、患者をいたぶるだけでじゅうぶんというわけですか」ジャップはニヤニヤ笑いながら言った。「しかし、職業柄、怪しげな薬品を入手できるつてがあるかもしれない。科学関係の仕事をしている友人がいるかもしれない。だが、可能性の有無という点では、まあ除外してもいいでしょう。たしかに席を立ったことはあるけれど、単にトイレへ行くためだったんだし――トイレは被害者の席とは反対方向ですからね。席にもどるにはあまり通路からはずれるわけにはいかないし、吹矢を吹いて毒針をばあさんの首に命中させるには、直角にまがるような芸当ができる特殊な毒針でも持っていなきゃならなかったでしょう。だから、この男はまず犯人じゃない」

「同意見です」フルニエが言った。「つぎへ行きましょう」

「では、通路をわたった十七番」

「そこは、もともとわたしの席でした」ポアロが言った。「ひとりの女性が、お友だちのそばへ行きたがっていたので、席をゆずってあげたのです」

「それはヴェニーシャ・カーだ。で、この女性はどうかな？　上流階級の令嬢だが、ジゼルから金を借りていた可能性はありますね。なにもうしろ暗い秘密を持っていそうには見えないが――しかし、競馬で八百長をやったとかなんとか、そんなことはあるかもしれない。この人には、ちょっと注目する必要がありそうだ。座席の位置も可能性はあるしね。もしジゼルがちょっと横をむいて窓の外でも見ていれば、ヴェニーシャ・カーは通路をはさんで対角線上から、一《ひと》撃ち——というより一《ひと》吹きかな？——できたはずだ。とはいっても、いささかまぐれに近いでしょうがね。しかし、それをやるには立ちあがらなければならなかったと思いますよ。秋には猟銃を持って狩りに出かけるたぐいの女性ですが、猟銃を撃つからといって、外国の吹矢を使うのに役に立つかどうかはわからんでしょう？　たぶん問題は視力だろうとは思うが——視力と訓練が大事だ。それに、この女性には友人もいたかもしれない——男友だちがね——そういう友人が世界の秘境へ大物狩りに行ったことがあって、そのつてで、なにかどこかの民族が使う珍しい品物を手に入れたことも考えられる。とはいえ、どれもこれも、とうていまともな考えとは思えませんな！　まるで筋が通らない」

「たしかに、ありえないと思いますね」フルニエが言った。「ミス・カーにはきょうの審問でお会いしましたが——」かぶりをふりふり、「人を殺すようなかたとはとても思えません」

「では十三番の席」ジャップ警部が言った。「ホーバリー伯爵夫人。この人はダークホースです。この人についての情報があるので、あとでお話ししましょう。この人には、うしろ暗い秘密のひとつやふたつあってもふしぎではありませんね」

「たまたま知ったのですが」フルニエが割ってはいった。「問題の夫人は、ル・ピネのカジノで大損をしたそうです」

「それは早耳ですな。そう、マダム・ジゼルともめごとを起こすようなタイプですよ」

「まったく同感です」

「よろしい、すると——そこまではいいとして、問題は、どうやってやったかということだが？　おぼえておいでだろうが、彼女は席を立たなかった。となると、座席に膝をついて背もたれから身を乗りださなければできなかったはずだ——十人の人間の目があるところでね。いや、ありえない。つぎに行きましょう」

「九番と十番」フルニエが見取図をなぞりながら言った。

「ポアロさんとブライアント医師ですな」ジャップが言った。「自分のことについて、ポアロさんの口から聞きましょうか？」

ポアロは悲しそうに首をふった。

「わたしの胃袋《モネ・ストマ》がね」と、なげいた。「ああ、この頭脳が胃袋の召使いになろうとは」

「わたしもですよ」フルニエが同情して言った。「飛行機に乗ると気分がわるくなるんです」

目をとじて、表情たっぷりにかぶりをふる。

「じゃあつぎ、ブライアント医師。ブライアント医師はどうか？　ハーレイ通りの大物です。フランスの女金貸しのところになんか行きそうには思えないが、わかったもんじゃありませんからね。もしなにか怪しげな噂が立てば、一巻のおわりだ。ここで、わたしの科学的な推理の出番です。医学界で頂点に立っているブライアントのような人間は、あらゆる研究者に顔がきく。たまたま入ったどこかの実験室からヘビ毒のはいった試管をちょっと失敬してくることなんか、まばたきするぐらい簡単なことですよ」

「研究所では毒物をきちんと管理するものですよ」ポアロが異を唱えた。「野原でキンポウゲの花を摘むようなわけにはいきません」

「そうだとしても、目端のきく人間なら、なにか当たりさわりのないものとすり替えられるでしょうよ。難なくできるはずです。なにせブライアントのような人間を疑う者はいませんからね」

「おっしゃること、大いに納得です」フルニエも同意した。

「ただひとつ、どうして本人が、わざわざ毒殺に注意をむけるようなことをしたのか？どうして、マダム・ジゼルの死因は心臓麻痺だ、自然死だと言わなかったのか？」

　ポアロが咳ばらいしたので、ほかのふたりは、けげんそうな目をむけた。

「わたしが思うに」ポアロは切りだした。「それがドクターの初めの見立てでしたよ──

――その、第一印象というんですか？　とにかく、不自然なところはなにもないように見えたんです。蜂に刺されて死んだかと思うような、ね。ほら、機内に蜂がいたのをおぼえているでしょう――」

「あの蜂のことを忘れるもんですか」ジャップが割ってはいった。「あなたはなにかにつけて、蜂が蜂がと言いつづけているし」

「しかしながら」ポアロは先をつづけた。「たまたまわたしが、床の上に毒針を発見して、拾いあげた。ひとたびそれがみつかったからには、すべては殺人を示唆していたというわけです」

「あなたがみつけなくても、毒針はいずれは発見されたでしょうな」

ポアロは首を横にふった。

「殺人犯が、人目を盗んでひろいあげるチャンスも、なかったとは言えません」

「ブライアントがですか？」

「ブライアントか、あるいはほかのだれかがです」

「ふむ――それは、ちょっとむずかしそうですな」

フルニエが反論した。

「いま警部がそう思うのは、あれが殺人事件だったとわかっているからですよ。しかし、ひとりの女性が心臓麻痺で急死したとして、男がハンカチを床に落とし、かがんでそれをひろったからといって、だれがその動作を気に留めたり、おかしいと思ったりするでしょう?」

「ほんとうにそうだな」ジャップは賛同した。「そうすると、ブライアントはまちがいなく容疑者リスト入りだ。彼は座席の角に頭を寄せて吹矢筒を使うこともできたし——これもやはり通路をはさんで斜めうしろを狙ってね。しかし、どうしてだれもそれを見ていなかったのか! だが、このことはもう繰りかえさないでおきましょう。犯人がだれであれ、だれにも見られていないんですからね!」

「その点についてはですね、きっとなにか理由があると思います」フルニエが言った。「これまでうかがったことからして」彼は微笑した。「ポアロさんには気に入っていただける理由がね。つまり、心理学的理由というやつです」

「つづけてください」ポアロは言った。「どういうことか興味があります」

「たとえば」フルニエは言った。「汽車で旅行しているときに、燃えている家の横を通りかかったとする。すべての人の目は、たちまち窓の外にむけられるでしょう。みんなの注意が、ある一点に集中する。そういう瞬間に、ひとりの男がすばやく短剣を取りだして、べつの男を刺したとしても、その行動を見る者はいないでしょう」

「それはほんとうです」ポアロが言った。「わたしが関係した事件でも、こんなことがありました――毒殺事件で、まさしくいま指摘のあったようなことが起きたのです。あなたが言われたような、心理的な〝瞬間〟があったわけです。プロメテウス号の飛行中にも、そうした〝瞬間〟があったことがわかれば――」

「乗務員や乗客に質問して、それを発見すべきですね」ジャップが言った。

「そうですな。しかし、論理的には、そのような心理的瞬間があったとしたら、原因は殺人犯が作ったのでなければならない。犯人は、その瞬間をひきおこすようなとくべつな効果を生み出すことができなければならないわけです」

「おっしゃるとおり。そのとおりです」フルニエが言った。

「じゃあ、それは疑問点として記録しておきましょう」と、ジャップ警部。「つぎは八番の席――ダニエル・マイクル・クランシーです」

ジャップ警部は、ちょっとおもしろがっているような調子でその名前を口にした。

「わたしに言わせれば、この男がいちばん怪しい。探偵小説の作家なら、ヘビの毒に興味を持っているふりをしてなにも疑わない科学者をごまかし、毒液を手に入れるなんて、いちばん簡単なことでしょう？　この男がジゼルの席の横を通ったことを忘れないように――そんなことをした乗客はクランシーだけです」

「ご心配なく」ポアロが力をこめて言った。「その点は忘れてませんとも」

ジャップは先をつづけた。

「こいつは、あなたがたの言う〝心理的瞬間〟なんてなくても、すぐ近くから吹矢筒を使うことができた。そして、だれにも気づかれずにすむチャンスも大いにあった。思いだしてください。この男は吹矢筒のことを知りぬいている――自分でそう言っていたのです」

「だからこそ、かえって犯人らしくないと言えるのでは」

「そう思わせるのが巧妙なところだ」ジャップが言った。「それに、きょう提出した吹矢筒に関しても、二年前に買ったものだなんて、だれにわかります？　わたしが思うに、すべてがにおう。四六時中、犯罪小説や探偵小説のことばかり考えたり、事件についての読み物に片っ端から目を通したりしてるのは、人間として不健全じゃないですか。そんなことだから、いろいろと良くないアイディアまで頭に浮かぶんですよ」

「いろいろなアイディアを考えることは作家にとってどうしても必要なことですからね」ポアロもそれについてはおなじ意見だった。

ジャップ警部は機内の見取図にもどった。

「四番はライダー――死んだ女のすぐ前の席です。これは犯人じゃないでしょう。だからといって除外するわけにもいかない。この男はトイレに行っています。もどってくるとき、至近距離から毒針を吹くことはできたはずだ。ただ、吹矢を飛ばすとき、考古学者の親子と面とむかうことになる。ふたりは気づくでしょう──そうならないはずがない」

ポアロは考えぶかげにかぶりをふった。

「どうやらあなたは、考古学者とあまりつきあいがないようですね。もしこの親子がなにかの問題に関する議論に没頭していたなら、ええ《エ・ビアン》、夢中になるあまり、外の世界のことなどおよそ眼中になかったでしょう。考古学者は紀元前五千年の時代に生きているようなもので、一九三五年なんて、あの親子にとっては存在しないも同然だったのですからね」

ジャップは完全には納得していないようだった。

「では、その親子のほうに移りましょうか。フルニエさん、デュポン親子についてなにかご意見は？」

「アルマン・デュポンは、フランスでもっとも高名な考古学者のひとりです」

「それは、たいして参考にはなりませんな。機内でのふたりの位置は、わたしに言わせれば絶好の場所だ──通路をはさんで、ジゼルからやや前方にあたるところでね。それに、ふたりは世界各地を歩きまわって、あちこちの風変わりな場所で発掘をおこなっているわけでしょう。ヘビ毒も簡単に手にはいったかもしれない」

「そう、それはありうることですね」フルニエが言った。

「でも、あなたはこの親子がやったとは信じていないのですね？」

フルニエは疑わしげに首を横にふった。

「デュポンさんは、考古学を生きがいとしている人です。熱意があって、以前は骨董商だったのが、発掘に専念するため繁盛している店をなげうったほどなのですよ。息子ともども仕事に心血をそそいでいる。わたしには、このふたりがやったとは思えない――可能性がないとは言いませんがね、スタヴィスキー事件を手がけてからというもの、わたしはどんなことでもありうると思っているので――しかし、デュポン親子がこの一件にかかわっているとは考えにくいですな」

「わかりました」

ジャップ警部は言うと、メモをとっていた紙片を手にとり、咳ばらいした。

「現段階では、こういうことになりました。ジェーン・グレイ、公算――小、可能性――実質的にはゼロ。ノーマン・ゲイル、公算――小、可能性――おなじく皆無といっていい。ミス・カー、公算はほとんどなく、可能性も疑わしい。ホーバリー伯爵夫人、公算——大いにあり、可能性はほぼなし。つぎはポアロさんですが、犯人であることはまずまちがいない。心理的瞬間を作り出せる、機内で唯一の人物だから」

ジャップは自分のちょっとした冗談に大笑いし、ポアロは鷹揚に微笑して、フルニエはすこし控えめに笑った。そして、警部が話を再開した。

「ブライアント、公算、可能性、ともにあり。クランシー、動機は不明——公算、可能性ともに大いにあり。ライダー、公算は不明——可能性はかなりあり。デュポン親子、動機の面から見た公算は小——毒物入手の手段はじゅうぶんにあり、可能性もある。

以上が、わかっている範囲でのかなり正確なまとめだと思いますよ。今後は型どおりの尋問を山ほどしなければならないでしょう。まずはクランシーとブライアントからはじめて——暮らしぶりがどうだったかを突きとめようと思います——過去に金に困ったことはないか——最近、なにか心配そうだったり、いらだったりしているようすはなかったか——この一年の動向はどうだったか——そういったことをね。ライダーにもおなじ調査をします。だからといって、ほかの容疑者は完全に無視ということにはなりませんよ。そっちはウィルスンに嗅ぎまわらせます。デュポン親子は、ここにいるフルニエさんにお願いしましょう」

フランス警察の警部はうなずいた。

「ご安心ください——そちらはわたしが責任を持ってやります。今夜パリへもどりますが、情報が多少なりとも把握できたいまなら、ジゼルのメイドのエリーズからなにか聞きだせるかもしれませんからね。それに、ジゼルの動静についても慎重にしらべあげるつもりです。夏のあいだ、どこにいたかがわかれば役に立つでしょう。ル・ピネに一、二度行っているのはわかっているんだが。事件の関係者のイギリス人のだれかと接触したという情報が得られるかもしれません。ああ、まったく、あれもこれもやらないとね」

ふたりは、考えにふけっているポアロを見た。

「ポアロさん、あなたはなにも手を出さないつもりですか？」ジャップ警部がたずねた。

ポアロはわれわれにかえった。

「そうですな、わたしはフルニエさんといっしょにパリへ行きたいと思っておりますよ」

「歓迎します《アンシャンテ》」フルニエが言った。

「なにを考えているんです？」そう言って、ジャップは興味ありげにポアロを見た。

「ずっとひどく静かだったけれど、なにか思いついたことでもあるんですかな？」

「ひとつふたつね。すこしはあるが、これはじつにむずかしい」

「聞かせてくださいよ」

「ひとつ気にかかっているのはですな」ポアロはゆっくりと言った。「吹矢筒が発見された場所です」

「そりゃとうぜんだ！　そのせいで、あなたは危うく投獄されるところだったんだから」

ポアロはかぶりをふった。

「そういうことではありませんよ。気になるのは、それがわたしの座席のわきに押しこんであるのが発見されたからではなくて――だれの席にせよ、そこに押しこんであったということなんです」

「どういうことかわからないな」ジャップ警部が言った。「だれであるにせよ、犯人は吹矢筒をどこかに隠さなければならなかった。自分が持っているのを発見される危険をおかすわけにいきませんからね」

「あきらかにね。しかし、機内を捜索して気がつかれたかもしれないが、開けることはできないものの、窓にはそれぞれ通風孔がついています――扇形のガラスをまわすことで開閉できる小さな丸い穴がね。その穴は、問題の吹矢筒が通るのにじゅうぶんな大きさだ。そこから吹矢筒を捨ててしまうほうがずっと簡単でしょう？　それははるか下の地上に落ちて、発見される可能性は万にひとつもないんですからね」

「それには、こう反論できると思いますよ——殺人犯は、見られるのがこわかったんだ。通風孔から吹矢筒を捨てようとすれば、だれかに気づかれたかもしれないし」

「なるほど」とポアロ。「吹矢筒を口に当てて、毒矢を発射するところを見られるのはこわくなかったが、吹矢筒を窓から捨てるのを見られるのはこわかった、と！」

「たしかに変な話だというのはみとめますよ」ジャップは言った。「しかし、吹矢筒はそこからみつかってるんだ。犯人は、座席のクッションの奥に吹矢筒を隠したってわけです。それは動かしようのない事実ですからね」

ポアロはなんとも答えない。フルニエが興味深そうにたずねた。

「それで、なにかひらめいたんですね？」

ポアロは肯定するように首をたてにふった。

「浮かびましたよ。いわば、とある推測が頭のなかにね」

せっかちなジャップ警部がちょっと曲がって置いたまま、使わずじまいだったインクスタンドを、ポアロは無意識のうちにまっすぐに直した。

それから、はっと顔をあげて、たずねた。

「それはそうと《ア・プロポ》、お願いしておいた乗客の手荷物の詳細なリストはお持ちですか？」

8 リスト

「わたしは約束を守る男ですよ。ほんとうにね」ジャップは言った。

にやりと笑って、ポケットに手をつっこむと、びっしりタイプされた紙の束をとりだす。

「これです。全部載っていますよ――ごく細かなことまでね。それから、ひとつふしぎなものがあることもみとめましょう。その話はあとにして、まずは目を通してみてください」

ポアロはリストをテーブルに広げて読みはじめた。フルニエがそばに寄って、肩ごしにのぞきこんだ。

ジェイムズ・ライダー

ポケットのなか――Jの文字入りの麻のハンカチ。豚革の札入れ――一ポンド紙幣七枚、名刺三枚。共同経営者のジョージ・エバーマンからの手紙。内容は、「融資の話がうまくいくよう期待している――さもなくば破産だ」。つぎの晩にトロカデロで会う約束の手紙（安い便箋に学問のない人間とおぼしき筆跡）には、モーディと署名あり。銀のシガレットケース。紙マッチ。万年筆。鍵束。エール錠の鍵。フランスとイギリスの小銭。
アタッシェケースのなか――セメント販売に関する大量の書類。書籍『無益な経験』（この国では発禁）。風邪薬一箱。

ブライアント医師
ポケットのなか――麻のハンカチ二枚。二十ポンドと五百フラン入りの札入れ。フランス、イギリスの小銭。予定帳。シガレットケース。ライター。万年筆。エール錠の鍵。鍵束。
ケースにはいったフルート。『ベンヴェヌート・チェッリーニ回想録』および『耳の痛み』を携帯。

ノーマン・ゲイル

ポケットのなか——絹のハンカチ。一ポンドと六百フラン入りの財布。小銭。フランスの会社名が書かれた名刺二枚——歯科医療器具製造会社のもの。ブライアント&メイ社製のマッチ箱——中身は空。銀のライター。ブライヤーの木でできたパイプ。刻みタバコを入れるゴム製の袋。エール錠の鍵。

アタッシェケースのなか——白い麻の上着。歯科用小型鏡二個。歯科用綿。《ラ・ヴィ・パリジェンヌ》誌。《ストランド》誌。《オートカー》誌。

アルマン・デュポン

ポケットのなか——千フランと十ポンド入りの財布。ケース入りのメガネ。フランスの小銭。綿ハンカチ。箱入りタバコ。紙マッチ。ケース入りの名刺。爪楊枝。

アタッシェケースのなか——王立アジア協会での講演原稿。ドイツ語の考古学出版物二冊。陶器のスケッチ二枚。装飾のある管（クルド人のパイプの柄《え》といわれている）。かご編みの小盆。台紙のない写真九枚——写っているのはすべて陶器。

ジャン・デュポン

ポケットのなか——五ポンドと三百フラン入りの財布。シガレットケース。シガレットホルダー（象牙製）。ライター。万年筆。鉛筆二本。ぎっしりメモが書きこまれた小型手帳。L・マリナー名義の英文の手紙――トテナム・コート・ロード付近のレストランでの昼食の招待状。フランスの小銭。

ダニエル・クランシー

ポケットのなか――ハンカチ（インクじみあり）。万年筆（インク漏れ）。四ポンドと百フラン入りの札入れ。最近の犯罪について報道する新聞の切抜き三枚（砒素による毒殺の記事が一件と、横領罪の記事二件）。田舎の土地に関する不動産業者からの手紙二通。予定帳。鉛筆四本。ペンナイフ。領収書三枚と未払いの請求書四枚。汽船ミノタウロス号の専用便箋を使った「ゴードン」なる人物からの手紙。《タイムズ》紙から切り抜いた、解きかけのクロスワードパズル。小説の筋書きの素案をメモした手帳。イタリア、フランス、スイス、イギリスの小銭。ナポリのホテルの領収書。大きな鍵束。

コートのポケットのなか――『ヴェスビオ山殺人事件』の原稿。大陸鉄道時刻表。ゴルフボール。靴下一足。歯ブラシ。パリのホテルの領収書。

ミス・カー
ハンドバッグのなか——口紅。シガレットホルダー二本（象牙製と翡翠製）。コンパクト。シガレットケース。紙マッチ。ハンカチ。二ポンド。小銭。信用状の半片。複数の鍵。
化粧カバンのなか——内部はシャグリーン革張り。化粧壜、ブラシ、櫛など。爪の手入れ用具一式。歯ブラシ、スポンジ、歯磨き粉、石鹸のはいった洗面道具入れ。ハサミ二個。イギリスにいる家族や友人からの手紙五通。タウフニッツ社の廉価版小説本二冊。二匹のスパニエル犬の写真。
《ヴォーグ》誌および《グッド・ハウスキーピング》誌を携帯。

ミス・グレイ
ハンドバッグのなか——口紅、頬紅、コンパクト。エール錠の鍵、トランクの鍵一個。鉛筆。シガレットケース。ホルダー。紙マッチ。ハンカチ二枚。ル・ピネのホテルの領収書。フランス語会話表現集。百フランと十シリング入り札入れ。イギリスとフランスの小銭。カジノの五フラン賭け札。
旅行用コートのポケットのなか——パリの郵便はがき六枚、ハンカチ二枚と絹のスカーフ。グラディスという署名のはいった手紙。チューブ入りアスピリン。

ホーバリー伯爵夫人

ハンドバッグのなか――口紅二本、頬紅、コンパクト。ハンカチ。千フラン札三枚。六ポンド。フランスの小銭。ダイアモンドの指輪。フランス切手五枚。シガレットホルダー二本。ケース入りのライター。

化粧カバンのなか――化粧用具一式。爪の手入れ用の豪華なセット（黄金製）。「ホウ砂粉末」と（インクで）書いた貼り紙のある小壜。

ポアロがリストのおわりまでくると、警部が最後の項目を指さした。

「うちの部下は利口でね。これが他の品物と場違いだと思ったのですよ。ホウ砂とはね！　壜にはいっている白い粉末はコカインと判明しました」

ポアロはちょっと目をみひらいて、納得したようにゆっくりうなずいた。

「この事件にはたいして関係ないでしょう、おそらくは」ジャップが言った。「しかし、わたしが言うまでもなく、コカイン常習者の女に道徳観念があるとは言えない。いかにもか弱い女性らしく見えて、伯爵夫人は望むものを手に入れるためには世間体もなにもかまわない人だと思いますね。とはいいながら、この女にこんな人殺しをする度胸があるかどうかは疑わしい。率直にいえば、ホーバリー伯爵夫人にそんなことができたとは思えません。すべてを考えあわせると、ちょっとむずかしいんじゃないですかね」

ポアロはばらばらになったタイプ打ちのリストをあつめて、もう一度読みかえした。それから、ため息をついて下におろした。

「見たところ、このリストは、殺人を犯した人物を明確に示しているようです。にもかかわらず、わたしには、犯人の動機もわからないし、ましてやどうやって犯行におよんだかもわからない」

ジャップはじっとポアロを見つめた。

「このリストを読んで、だれが犯人かわかったふりをしているんですか？」

「わかったと思いますよ」

ジャップはポアロの手からリストをひったくって目を通し、読みおわった分を一枚一枚フルニエにわたしていった。そして、それらをテーブルに勢いよくたたきつけ、ポアロに目を凝らした。

「わたしをからかってるんですか、ポアロさん？」

「いやいや、まさか《ケル・イデー》！」

こんどはフルニエが紙をならべた。

「あなたはどうです、フルニエさん？」

フルニエはかぶりをふった。「わたしがばかなのかもしれないが、このリストでそこまで話が進むとは解《げ》せませんな」

「リストだけではだめですよ」ポアロが説明した。「しかし、この事件の特徴と関連づけて見てみたら、どうです？　ひょっとしたら、わたしがまちがっているのかもしれない――完全に誤解しているのかもしれませんがね」

「じゃあ、あなたの推理を話してくださいよ」ジャップが言った。「ぜひとも聞かせてもらいたいですね」

ポアロはかぶりをふった。

「いや、おっしゃるとおり、これは推理です――単なる推測にすぎません。わたしは、そのリストに、ある品物がみつかるといいがと思っていたのです。案の定《エ・ビアン》、みつかりました。あるにはあったが、しかしそれは、まちがった方向を示しているように思えるんです。正しい手がかりが、まちがった人物にあった。つまり、まだいろいろとしらべることがあるということで、じっさい、わたしにはまだわかっていないことがたくさんあります。わたしは道が見えていない。ただ、ある事実が目立っていて、意味ありげなパターンをこしらえているように思えるんです。あなたはそうは思いませんか？　いや、思っていないようだ。だったら、それぞれ自分の考えで調査してみましょう。わたしにも、確信があるわけではないんです。ただ、ある疑念を持っているだけで……」

「どうやら、自信もないのに大口をたたいていただけのようですな」ジャップはそう言って立ちあがった。「じゃあ、きょうはこれまでにしましょう。ロンドンでの捜査はこちらがやります。フルニエさん、あなたはパリへもどってください――で、あなたはどうしますか、ポアロさん？」

「やはりパリへごいっしょしたいですな、フルニエさん――こうなると、ますますその必要がある」

「ますますですって？　いったい、あなたは頭のなかにどんな虫を飼っているのか知りたいもんだ」

「虫？　それはおもしろいことばですな、ほんとに《ス・ネ・パ・ジヨリ・サ》！」

フルニエは礼儀正しく握手した。

「おやすみなさい。すばらしいお料理をほんとうにありがとう。では明朝、クロイドン空港でお会いするとしましょう」

「けっこうですよ。では、また明日《ア・ドゥマン》」

「こんどは旅の途中でだれも殺されないよう祈りましょう」フルニエは言った。

ふたりの警部は去った。

ポアロは、しばし夢でも見るようにすわっていた。それから、立ちあがると、乱れたテーブルをすっかり片づけ、灰皿を空にして、椅子の位置を直した。

サイドテーブルに行って、《スケッチ》誌を手にとる。自分がさがしているページが出るまでページをめくった。

「ふたりの太陽崇拝者」と見出しが出ている。「ル・ピネにて。ホーバリー伯爵夫人とレイモンド・バラクラフ氏」腕をからめ、水着姿で笑っているふたりを、ポアロはながめた。

「どうだろう」エルキュール・ポアロはひとりごちた。「この線をさぐってみるのもいいかもしれんな……そう、いいかもしれない」

9 エリーズ・グランディエ

翌日はじつに文句なしの上天気で、さすがのポアロも胃袋《エストマ》はまったく快調だとみとめざるをえなかった。

今回、ふたりは八時四十五分の便でパリへ飛んだ。

客室には、ポアロとフルニエのほかに七、八人の客がいたので、フルニエはこの旅を利用して、ある実験をした。ポケットから小さな竹の筒を取り出して、旅のあいだに三回ほどそれを口もとに持っていき、ある方向へむけた。一度は、座席の角から身を乗り出すように体をまげて、二度目はちょっと首をかしげて、三度目はトイレから帰ってくる途中で。そのたびに、乗客の何人かが、軽くおどろいたようにこちらを見ているのがフルニエの目についた。じっさい、三度目などは、客室の全員の目が彼に釘づけだった。

フルニエはがっかりして座席に沈みこみ、ポアロがおもしろがっているのを隠そうともしないので、ますます落ちこんだ。

「おもしろいですか？　でも、実験をしてみなければならないという点には賛成でしょう？」

「もちろんですとも《エヴィデモン》！　あなたの徹底ぶりには、じつに感服します。実地検証にまさるものはありませんからな。あなたは吹矢筒を持った犯人役を演じられた。その結果は文句なしに明らかだ。どの客も、あなたを見るわけです！」

「全員が、というわけじゃありませんがね」

「ある意味では、そうですな。三度とも、あなたを見ない人が、だれかしらいました。しかし、完全犯罪のためには、それではじゅうぶんではない。だれにも見られていないことが、ぜったい確実でなければならないのです」

「そして、それはふつうの状態では不可能です」フルニエは言った。「となるとやはり、わたしの説が有力ですね。ふつうではない条件があったにちがいない――つまり心理的瞬間ですよ！　あらゆる人の注意が、まちがいなくどこかよそにむくような心理的瞬間があったはずなんだ」

「その点については、われらが友のジャップ警部が綿密な調査をしてくれるでしょう」

「わたしの意見に賛成ではないのですか、ポアロさん？」

　ポアロはすこしためらって、やがてゆっくりと言った。

「犯人がだれにも見られなかったことについては、心理的理由があったにちがいない――それについては賛成です。しかし、わたしは、あなたとはちょっとちがった考えかたをしております。この場合、単に視覚的な事実だけをもとにしたのでは誤った結論に達する危険がある。ねえ、大きく目をひらくかわりに、目をとじてごらんなさい。肉眼ではなくて、心の目を使うのです。心の機能に関する小さな灰色の脳細胞を働かせて……ほんとうはなにが起きたのかを、頭で考えるのです」

フルニエはふしぎそうに彼をみつめた。

「わかりませんな、ポアロさん」

「それは、自分の見たものごとから推理しているからですよ。目で見たことは、なにより人をまどわせるものですからな」

フルニエはかぶりをふって、お手上げだというように両手を広げた。「降参です。おっしゃりたいことがつかめません」

「われらが友人のジロー警部は、わたしの突拍子もない考えなど気にするなとあなたに勧めるでしょう。〝立って、行動しろ。肘掛け椅子にすわって考えるのは、ご隠居さんのやりかただ〟と、あの人なら言いそうだ。しかし、若い猟犬は、においをたどるのに夢中になるあまり、かえって行きすぎてしまうことが多いのですよ。訓練のために置かれた燻製ニシンにひっかかってしまうわけです。いまわたしが言ったことは、たいへんいいヒントなのですがね……」

そう言うと、ポアロは座席にもたれかかって目をとじた。考えるためだったかもしれないが、まちがいなく五分もすると、ぐっすり寝入ってしまっていた。

パリに到着すると、ふたりはジョリエット通り三番地に直行した。

ジョリエット通りはセーヌ川の南岸にあり、三番地は、とくにほかの家とちがったところなどなかった。年老いた門番がふたりをなかへ入れ、渋い顔でフルニエをむかえた。

「またぞろ警察のお出ましか！　なんの得にもなりゃしない。この家の評判が落ちるだけなんだから」

ぶつぶつ言いながら、門番は家のなかへひっこんだ。

「ジゼルの事務所へ行きましょう」フルニエが言った。「二階です」

フルニエ警部はポケットから鍵を出しながら、フランス警察はイギリスでの審問の結果を待つあいだ、ドアに鍵をかけ、封印をしておいたのだと説明した。

「べつにここには、われわれの参考になるものはありそうにもないんですがね」

封印をはがし、ドアをあけて、ふたりはなかへはいった。マダム・ジゼルの事務所は、狭苦しい一室だった。隅のほうに旧式の金庫があり、いかにも事務所らしいライティングデスクと古ぼけた布張りの椅子がいくつかある。ひとつだけある窓は汚れていて、どう見ても、一度もあけたことがないようだ。

フルニエはあたりを見まわして肩をすくめた。

「ほらね？　殺風景なもんです。なにもないでしょう」

ポアロはデスクのうしろにまわった。椅子に腰をおろし、デスクごしにフルニエを見た。デスクの上をそっとなで、それから下をさわってみた。

「ここにベルがありますね」

「そう、下の門番に通じているんです」

「ああ、用心するに越したことはありませんからね。マダムの顧客のなかには、暴れたりする者がいたかもしれないし」

ポアロは引出しをひとつふたつあけてみた。便箋やカレンダー、ペン、鉛筆などがはいっていたが、書類や私物はひとつもなかった。

ポアロは、それらにざっと目を通しただけだった。

「あまりしつこくしらべたりして、あなたに恥をかかせはしませんよ。なにかみつけるべきものがあるなら、まちがいなく、あなたがたがすでにみつけているはずですからね」そして、部屋の隅の金庫に目をむけた。「あまり役に立ちそうな金庫じゃないですな」

「ちょっと時代遅れですし」フルニエも賛同した。

「なにもはいっていなかったんですね？」

「そうです。あのいまいましいメイドが、なにもかも焼いてしまったので」

「ああ、そうそう、メイドね。腹心のメイドがいたんでしたな。その女に会わなくてはなりません。あなたのおっしゃるように、この部屋はわたしたちになにも教えてはくれません。これは重要な点ですよ、そう思いませんか？」

「どういうことです、重要って？」

「つまり、この部屋にはマダム・ジゼルの印象がなにもないということです……興味深いですな」

「感情にとらわれる女性ではありませんでしたからね」フルニエはそっけなく言った。

ポアロは立ちあがった。

「さあ、問題のメイドに会いに行きましょう——マダムが大いに信頼を置いていたメイドにね」

エリーズ・グランディエは、背が低くて骨太な中年女で、ずいぶんひどい赤ら顔に鋭い目をしていた。フルニエからその連れへとすばやく目を走らせ、またフルニエを見た。

「すわってください、マドモアゼル・グランディエ」フルニエが言った。

「ありがとうございます」

エリーズは、あわてることなく椅子にすわった。

「ポアロさんとわたしは、きょうロンドンからもどってきたんだ。審問が――マダムの死についての検死審問が、きのうひらかれたんでね。なんら疑問の余地はない。マダムは毒殺されたんだ」

フランス女は沈痛な顔でかぶりをふった。

「そうでしたか。おそろしいことです。マダムが毒殺されたなんて。そんなこと、いったいだれが考えたんでしょうか？」

「そこなんですよ。たぶん、あなたに力を貸してもらえるんじゃないかと思うのは」

「もちろんですわ。警察のお力になれるなら、できるかぎりのことはいたします。でも、わたしはなにも存じません――なにも知らないんです」

「マダムに敵がいたのは知ってるね？」フルニエが鋭くたずねた。

「それはうそです。マダムに敵なんているはずないじゃありませんか？」

「おいおい、マドモアゼル・グランディエ」フルニエはそっけなく言った。「商売で金貸しをやっていたからには――不愉快なこともあったに決まっているだろう」

「おっしゃるとおり、マダムのお客さまのなかには、ときどき話のわからないかたもいらっしゃいましたよ」

「そういう連中はもめ事を起こしただろう？　マダムをおどしたりしたんじゃない

か？」

エリーズは首を横にふった。

「とんでもない。それは誤解です。そういうお客さまは、おどしたりはしませんでした

わ。泣き言を言ったり――不平をならべたてたり――払えないと文句を言ったり――あ

れこれありましたけど」いかにも軽蔑したような口ぶりだった。

「おそらく、マドモアゼル、ときには」ポアロが言った。「支払いができないこともあ

ったでしょうな？」

エリーズは肩をすくめた。

「ときにはね。それは、あちらがなんとかしてくれないと！　たいてい、けっきょくは

支払ったものですけど」

その口ぶりには、かなりの満足感がこもっていた。

「マダム・ジゼルは情のない人だったんだね」フルニエが言った。

「マダムには、そうする理由があったのです」

「マダムの犠牲になった人たちをちっともかわいそうだと思わないのかね？」

「犠牲――犠牲ねぇ……」エリーズは、じれったそうにくりかえした。「あなたにはおわかりでないのです。借金なんてする必要がありますか？　分不相応な暮らしをして、あわてて借金して、あげくに、もらったわけでもないのにそのお金を返さないなんて？　そんな筋の通らないことはないでしょ！　マダムはいつだって公平で、まちがったことなどなさいませんでした。お金を貸して、それを返してもらおうとする。それのどこがいけないんです？　マダムご自身には、いっさい借りはございませんでした。借りたものは、いつだってきちんと返済していらっしゃいましたよ。一度たりとも期日に遅れたりしたことはございません。マダムが情のない人だっておっしゃるけど、それはうそですわ！　マダムはやさしい方でした。〈貧しい姉妹の会〉の人たちが来たときは寄付をなさいましたし、慈善事業にも寄付してらっしゃいました。門番のジョルジュの奥さんが病気になったときだって、田舎の病院にかかる費用を出してやったのですよ」

ことばを切ったが、その顔は上気し、怒っていた。

エリーズはもう一度くりかえした。「あなたには、おわかりでないのです。そうですとも、マダムのことなど、なにもわかってらっしゃらない」

フルニエは、彼女の怒りがおさまるまでちょっと待ってから、こう言った。

「マダムの顧客が、たいていけっきょくは支払うといったね。支払いをさせるのに、マダムがどんな方法を使ったかは知ってるかね？」

エリーズは肩をすくめた。

「わたしは存じません——なにも存じません」

「マダムの書類を焼き捨てるぐらいには、じゅうぶん知っていただろう」

「そう指示されていたから、そのとおりにしたのです。マダムはこうおっしゃっていました。なにか事故にあったり、病気になってどこか家から離れたところで死ぬようなことがあったら、仕事関係の書類は焼き捨ててしまうようにと」

「その書類は、階下の金庫にはいっていたのですか？」ポアロがたずねた。

「そうです。お仕事の書類です」

「で、それは階下の金庫のなかにあったのですな？」

しつこくたずねられて、エリーズの顔にまた血がのぼった。

「わたしはマダムに言われたようにやったんです」

「わかってますよ」ポアロはそう言って、微笑した。「しかし、書類は金庫のなかにはなかった。ほんとはそうなんでしょう、ちがいますか？　あの金庫は、あまりにも旧式すぎる——あれじゃ、ずぶの素人にだって開けられそうだ。書類はほかの場所にあったんだ――たぶん、マダムの寝室じゃないですか？」

エリーズは一瞬黙りこんでから、答えた。

「ええ、そうです。マダムはいつも、お客さまに、書類は金庫に保管しているようなふりをしていましたが、ほんとうは、あの金庫はおとりでした。書類はすべて、マダムの寝室にあったんです」

「そこへ案内してくれませんかな？」

エリーズは立ちあがり、ポアロたちはついていった。寝室はかなり広い部屋だったものの、装飾をほどこした重い家具があふれかえっていて、自由に動きまわるにも苦労するほどだった。部屋のすみに、大きくて古風なトランクがある。エリーズはふたを持ちあげて、シルクのアンダースカートがついた古くさいアルパカのドレスを取り出した。そのドレスの内側に、深いポケットがついていた。

「書類は、このなかにございました」エリーズが説明した。「大きな封筒に封をして保管されていたのです」

「わたしには、そんなことはいっさい言わなかったじゃないか」フルニエが強い調子で言った。「三日まえに事情を聞いたのに」

「申しわけありません。金庫にはいっていたはずの書類はどこにあるかとおっしゃったので、それはわたしが焼いたと申しあげたのです。それはほんとうのことでしたから。書類がほんとうはどこに保管されていたかは、重要ではないように思えましたし」

「たしかにそうだ」フルニエは言った。「きみにもわかるだろうが、あの書類は焼却処分すべきじゃなかったんだよ」

「わたしはマダムの命令にしたがったのです」エリーズはむっつりと言いかえした。

「わかってる。きみは、それが一番だと思ってやったんだ」フルニエは言った。「そこで、わたしの話をよく聞いてくれたまえ。マダムは殺されたんだ。自分にとって害になることをマダム・ジゼルに知られている人物、または人物たちがマダムを殺害したと考えられる。その知識は、きみが燃やしてしまったあの書類のなかにあったわけだ。これからひとつ質問をするが、よく考えもしないであまりさっさと答えないでもらいたい。きみは書類を燃やしてしまうまえに、ちらっとのぞいてみたりしたかもしれない――じっさい、わたしの想像だけれども、ありうることだし、きもちは大いにわかる。そうだとしても、責めたりはしないよ。その逆だ。きみが見た書類の内容が警察にとってはたいへんに参考になるかもしれないし、殺人犯に正しい裁きをくだすことになるかもしれないんだからね。だから、おそれずに正直に話してほしい。書類を燃やしてしまうまえに、ちらりとでもそれを見たかね？」

エリーズは大きく息を吸って、つっかかるような姿勢になり、こう断言した。

「いいえ。わたしはなにも見ませんでした。なにも読んでなんかいません。封も切らずに、封筒を焼いてしまったんですから」

10　黒い手帳

フルニエは、一、二分、エリーズをじっと見つめていた。だが、彼女が真実を述べているると納得がいったので、がっかりしたようすで横をむいた。

「残念だな。きみは主人に忠実な行動をしたわけだがね、しかし惜しかった」

「しかたがなかったんです。すみませんでした」

フルニエはすわって、ポケットから手帳をだした。

「前回わたしが質問したとき、マドモアゼル、きみはマダムの顧客の名前を知らないと言っていたね。なのに、いましがた、その人たちが泣き言を言ったり、慈悲を乞うたりしたと言った。となると、マダム・ジゼルの顧客について、すこしは知っていたんじゃないのか？」

「それはこういうことなんですよ、ムッシュー。マダムはけっして名前をおっしゃいませんでした。お仕事の話をしたこともありません。そうはいっても、マダムも人間ですもの。そうでしょう？　思わず声を荒だてて、思っていることを言ったりしたことはございます。ときには、ひとりごとでも言うようにわたしに話しかけたりもなさいました」

　ポアロが身を乗りだした。

「たとえばどんな話か聞かせてもらえれば……」

「そうですね――ああ、そうそう――手紙が来たときなど、マダムは封をあけて、短く、そっけなく笑ったかと思うと、こんなことを言うのです。〝立派な貴婦人さま、泣こうがわめこうが、おなじことですよ。お金ははらっていただかなければね〟と。あるいは、わたしにむかってよくこんなこともおっしゃいました。〝なんてばかなのかしら！　とてつもないばかどもだわ！　たしかな担保もなしに、わたしが大金を貸すと思うなんてねぇ。情報は担保になるのよ、エリーズ。知識は力なのよ〟そんなこともおっしゃってました」

「マダムの顧客が家をたずねてきたこともあるでしょう。そのなかのだれかを見たことはありますか？」

「いいえ――ほとんどございません。お客さまがおいでになるのは二階だけですから。それに、たいていは暗くなってからでしたので」

「マダム・ジゼルは、イギリスに旅行するまえにはパリにいたのですか？」

「そのまえの日の午後、パリにおもどりになったばかりでした」

「どちらへ行ってらしたのですかな？」

「二週間ほど、ドーヴィル、ル・ピネ、それからパリ、プラージュ、そしてヴィメロー――いつも九月におまわりになるところです」

「では、考えてみてください、マドモアゼル。マダムはなにか――なんでもけっこうですので、捜査に役立ちそうなことをおっしゃっていましたか？」

エリーズはしばらく考えてから、かぶりをふった。

「いいえ。わたしはなにもおぼえておりません。マダムはごきげんがよろしくて、仕事は順調だとおっしゃっていました。ご旅行は実り多いものだったのです。それからわたしに、ユニヴァーサル航空に電話をして、翌日のイギリス行きの便をとるように指示なさいました。早朝の便は満席でしたが、十二時の便に席がとれたわけです」

「どんな用事でイギリスへ行くのかは、言っていましたか？　なにか急用だったのでしょうか？」

「いいえ、そんなことはございません。マダムはしょっちゅうイギリスへ行ってらっしゃいましてね。たいてい、前の日になってから出かけるとおっしゃるんです」

「その晩、だれかお客がマダムに会いに来たようなことは？」

「おひとりおいでになったと思います。たしかではありませんけど。ジョルジュなら知ってるはずですわ。マダムは、わたしにはなにもおっしゃいませんでした」

フルニエはポケットから、いろいろな写真をとりだした――ほとんどは、新聞記者たちが撮った、検死審問所から出てくるさまざまな証人たちのスナップショットだった。

「このなかに、見おぼえのある人はいますかな？」

エリーズは写真を手にとって、かわるがわるじっとながめてから、かぶりをふった。

「いいえ、ムッシュー、いません」

「じゃあ、ジョルジュにたしかめてみるか」

「そうですね。あいにく、ジョルジュはあまり目がよくありませんが。かわいそうに」

フルニエが立ちあがった。

「さて、われわれはこれで帰るよ――きみが、なにも言いそびれたことがないのなら、ということだけれど――ほんとに全部話したね――言いわすれたことはひとつもないだろうね」

「わたしが？　なにかって――なにを言いそびれるとおっしゃるんです？」

エリーズは疲れたようすだった。

「そうか、わかりましたよ。行きましょう、ポアロさん。どうかしましたか？　なにかさがしてるんですか？」

なるほどポアロは、どうやらさがしものでもしているように室内を歩きまわっていた。

「そのとおりです。さがしものをしているんだが、見あたらない」

「というと？」

「写真ですよ。マダム・ジゼルの縁つづきの者たちの写真——家族の写真です」

エリーズはかぶりをふった。

「マダムには家族はおりませんでした。天涯孤独だったのです」

「娘がひとりいるでしょう」ポアロが鋭く指摘した。

「ええ、そうです。たしかに、娘さんがおりました」

エリーズはため息をついた。

「なのに、その娘さんの写真はないのですか？」ポアロはさらに食いさがった。

「ああ、わかってらっしゃらないんですね。マダムに娘さんがいたのはほんとうですけれど、それはずっとまえのことなんですよ。マダムは娘さんがまだ小さな赤ちゃんだったときに別れてからというもの、一度も会っていないはずです」

「どうしてそんなことに？」フルニエが問いただした。

エリーズは、大げさな身ぶりで両手をあげた。

「存じません。マダムが若かったころのことですし。そのころ、マダムは美しかったそうですよ——美しく、そして貧しかったと聞いています。結婚していらしたのかもしれないし、そうでなかったかもしれない。わたしは未婚だったと思っていますけどね。娘さんについては、なにか取り決めがあったにちがいありません。マダムはといえば、天然痘にかかり——容態はたいへん悪くて——危うく命を落とすところでした。病気が治ったときには、美貌は失われておりました。もう遊びまわることもなく、浮いた噂もなくなりました。マダムは仕事に生きる女になったのです」

「しかし、その娘さんに財産をのこしたんだね？」

「それはしごく当然のことですわ」エリーズは言った。「自分の肉親以外のだれにのこせとおっしゃるんですか？　血は水よりも濃いと言いますし、マダムには友人もなく、いつもひとりでした。お金が生きがいで——お金をどんどん増やすことだけに心血をそそいでらっしゃいました。マダム自身はほとんどお金を使わないかたでした。贅沢には、およそ関心がなかったし」

「マダムが、あなたにも遺産をのこしたことは知ってますね？」

「もちろんです。通知がありました。マダムはいつだって気前がよいかたでした。毎年、お給料ばかりでなく、たくさんいただきましてね。マダムには、とても感謝しているんですよ」

「ふむ」フルニエは言った。「そろそろ帰るとしましょうか。帰りがけにジョルジュじいさんともまた話をしていこう」

「よろしければ、わたしはじきにあとから行きますよ」

「ご自由に」

フルニエは出ていった。

ポアロはもう一度室内を歩きまわり、それから椅子に腰をすえて、じっとエリーズを見つめた。

しげしげと見られていると、フランス女はやや落ちつきがなくなった。

「わたしにまだなにかお訊きになりたいことがおありでしょうか？」

「グランディエさん」ポアロは切りだした。「あなたは、だれがご主人を殺したのか知っていますか？」

「いいえ、神に誓ってそんなことはありません」

エリーズの口調はとても真剣だった。ポアロはさぐるように相手を見やり、やがてうなずいた。

「いいでしょう。それは信じます。しかし、知っているのと疑うのとは、またべつの話だ。なにか考えは——ただの考えでいいんですが——ありますか？　あんなことをしかねないのはだれなのか？」

「見当もつきません。もう警察のかたにそう申しました」

「警部に言うことと、わたしに言うことは、ちがうかもしれませんからね」

「どうしてそんなことをおっしゃるんですか、ムッシュー？　どうしてわたしがそんなことをしなきゃならないんです？」

「警察になにかを話すのと、民間人に話すのとは、べつのことだからですよ」

「そうですね」エリーズはみとめた。「たしかにそうですすわね」

その顔に、ためらいの表情が浮かんだ。考えているらしい。注意ぶかく相手を観察しながら、ポアロは身を乗りだして言った。

「ちょっといいですか、マドモアゼル・グランディエ？　職業柄、わたしは相手の話を信用しない——つまり、証明されていないことはなにひとつ信用しない、ということです。わたしは、最初にこの人物を疑い、つぎにべつの人物を疑うということはしません。わたしはすべての人を疑うからです。ある犯罪にかかわりのある人物はだれでも、無実が証明されないかぎり、わたしにとっては犯罪者なのです」

エリーズは気分を害したようすでにらんだ。

「わたしを疑っているとおっしゃるんですか――このわたしが――マダムを殺害したと？　ひどすぎます、そんなこと！　そんなことを考えるなんて、信じられないほど心がねじけてるわ！」

エリーズの大きな胸が、はげしく上下した。

「いいや、マドモアゼル」ポアロがなだめた。「わたしは、あなたがマダムを殺したなどと疑ってはいませんよ。マダムを殺したのがだれであれ、それは飛行機に乗っていた人物です。したがって、その行為をおこなったのは、あなたの手ではない。しかし、あなたは共犯者だったかもしれない。マダムの旅行のくわしい予定を、だれかに教えたかもしれませんからね」

「そんなことしてません。誓ってもいいわ」

ポアロは、またしばらくだまってエリーズを見ていたが、やがてうなずいた。

「あなたを信じますよ」彼は言った。「とはいうものの、あなたには、なにか隠しごとがある。うん、たしかにある！　まあ、わたしの話をお聞きなさい。犯罪がからんでくるといつもそうなんだが、証人に質問をするとかならず、ある現象に遭遇するのです。人はだれでも、なにかを隠しているのですよ。ときには――いや、じっさいはよくあることで――隠しごとと言っても、じつに他愛のないものなんです。犯罪とはまったく関係のないものだったりね。しかし――くどいようだが――みんな、なにごとかを隠している。あなたの場合もそうです。ああ、否定してもだめだ！　わたしはエルキュール・ポアロです。わたしにはわかっているんですからね。友人のフルニエ氏が、言いそびれたことはなにもないかとたずねたとき、あなたは困って、無意識のうちに言いのがれの返事をした。いましがた、警察に言いたくないことでもわたしには言えるかもしれないと勧めたとき、あなたは明らかに内心でその勧めを受けいれるべきかどうか決めかねていた。ということは、やはりなにかあるということです。わたしは、それがなんなのかを知りたいのですよ」

「大きな意味のあることじゃないもんですから」

「そうかもしれません。しかし、それでもかまわないから、わたしに話していただけませんか？」エリーズがためらっていると、ポアロはさらに言った。「忘れないでくださいよ、わたしは警察の人間じゃないってことを」

「たしかに、そうですわね」エリーズはそう言ったものの、まだ決めかねて、ことばを継いだ。「わたし、困ってるんです。マダムご自身が、わたしになにをしてほしがるだろうか、それがわからなくて」

「ふたりで考えれば、ひとりより良い考えがわくと言いますよ。わたしに相談してみてはどうですか？　いっしょに問題を検討しましょう」

エリーズがポアロを見る目は、そう言われてもなお疑わしそうだった。ポアロはほほえみながら言った。

「あなたはじつに優れた番犬ですな、エリーズさん。どうやら、亡くなったご主人への忠誠心が邪魔しているようだ」

「そのとおりです。マダムは、わたしを信頼してくださっていました。あのかたのご用をするようになってからというもの、わたしはいつだって忠実に指示を守ってきたものですから」

「あなたは感謝のきもちを持っていたのですね？　マダムに、なにか大きな恩義があるのでは？」

「ムッシューは、とても勘の鋭いかたですね。そう、おっしゃるとおりです。認めますわ。わたし、人にだまされて、貯金をとられてしまいまして——子ども、ひとりおりましたの。マダムはよくしてくださいましてね。マダムの計らいで、子どもは、田舎のほうの親切なかたに育てていただけることになりました——いい農家で、正直な人たちでしてね。そのとき、マダムは自分にも子どもがいるのだとわたしにお話しになったんです」

「その子どもの年齢や、どこにいるかなどといったくわしいことは、話しましたか?」

「いいえ、マダムは、そのことはもう過ぎさったこと、おわったこととしてお話しになりましたから。そうするのが、いちばんいいんだとおっしゃっていました。その小さな娘さんのことは、きちんと手を打って、大きくなったら、なにか商売をするなり仕事につくなりするようにしたのだそうです。それに、マダムが亡くなられたときには、財産も受け継ぐことになるわけですしね」

「その娘や父親については、それ以上のことはなにも聞いていない?」

「ええ。でも、わたし、思うんですけど——」

「なんです?　マドモアゼル」

「ただの思いつきなんですよ、おわかりでしょうけど」

「けっこう。それでかまいませんよ」

「わたし、子どもの父親はイギリス人だと思うんです」

「どんな理由で、そういう印象を受けたんだと思いますか?」

「なにもとくべつな理由があったわけじゃないんです。ただ、イギリス人のことをお話しになるとき、マダムは辛辣な口ぶりだったというだけで。それに、お金を貸した相手のイギリス人が自分に頭があがらなくなるのを、楽しんでいらしたようですしね。これは、ただわたしがそう感じたというだけですけど……」

「うん。しかし、とても貴重な情報かもしれませんよ。いろいろと可能性が出てくるし……。エリーズさん、あなたのお子さんのことも教えてくれませんか？　女の子でしたか？　それとも男の子？」

「娘です。でも、その子は死にました——もう五年になりますわ」

「ああ——それはお気の毒に」

ちょっと話が途切れた。

「それではですね、エリーズさん」ポアロが言った。「あなたがいままで口に出さずにおいたこととは、なんなんですか？」

エリーズは席を立って部屋を出ていき、数分後、使い古した小さな黒い手帳を持ってもどってきた。

「これは、マダムの手帳です。どこへ行くにも持ってらっしゃったものです。それが、イギリスへ出かけようとしているときにはみつからなくて。マダムがお出かけになったあとで、ベッドのヘッドボードのうしろに落ちているのを、わたしがみつけまして、マダムがお帰りになるまでと思って自分の部屋にしまっておりました。マダムがお亡くなりになったと聞いて書類はすぐに焼き捨てましたけれども、手帳は焼きませんでした。これについては、なにも指示されておりませんでしたからね」

「マダムの死を聞いたのは、いつでしたか?」

エリーズは一瞬ためらった。

「警察から聞いたのでしょう?」ポアロが言った。「警察は、ここへやってきて、マダムの部屋を捜索した。金庫がからっぽなのを知り、あなたは書類を焼き捨てたと言ったけれども、じっさいに書類を焼いたのは、あとになってからのことだった」

「そのとおりです、ムッシュー」エリーズはみとめた。「警察が金庫をしらべているあいだに、わたしはトランクから書類を出しました。警察には、焼いたと言いましたけれどね。まあ、結局、それが真実といってもいいぐらいだし。その後、機会がありしだい焼き捨ててしまったのですからね。わたしはマダムの命令を実行しなければならなかったんです。わたしのつらい立場をおわかりでしょう? 警察に言ったりなさいませんわよね? わたしにとっては、たいへんなことになりかねませんもの」

「マドモアゼル、あなたは、それがいちばんだと思って行動なさったのでしょう。とはいうものの、おわかりですかな、残念なことです……たいへんに残念だ。しかし、やってしまったことを悔やんでもなんにもならないし、あの優秀なフルニエ氏に、書類が焼かれた正確な時間を報告する必要があるとも思えませんからな。では、この手帳になにか役に立つことが書かれているかどうか、見てみましょう」

「そんなことは書かれていないと思いますよ」エリーズはそう言って、かぶりをふった。

「マダムの個人的なメモですけど、書いてあるのは数字ばかりですから。書類やファイルがなければ、メモの意味はわかりません」

エリーズは、手帳を渋しぶポアロにさしだした。それを受けとると、ポアロはページをめくった。そこには、斜めにかしいだ癖のある文字が鉛筆で書かれていた。どの書きこみもおなじ形式らしい。数字のあとに手短な説明をつけくわえて、こんなふうに書いてある。

ＣＸ　２５６　大佐の妻。シリア駐屯。連隊の資金。
ＧＦ　３４２　フランス人の代議士。スタヴィスキー関係。

見たところ、どの項目もおなじ調子で、全部でたぶん二十件ほどの書きこみがあった。手帳の末尾に、鉛筆でつぎのような日付や場所のメモが記されている。

ル・ピネ、月曜。カジノ、十月三十日、サヴォイ・ホテルで五時。ABC。フリート通り十一時。

どれも、それだけでは完全ではなく、じっさいの約束のためというより、単にジゼルの覚え書きとして書かれたものらしかった。

エリーズは不安そうにポアロを見つめていた。

「意味をなさないでしょう？ わたしには、そういうふうに見えますわ。マダムにはわかっても、ほかの人が読んでもわけがわからないんですよ」

ポアロは手帳をとじて、ポケットにしまった。

「これはたいへんに貴重なものかもしれませんよ、エリーズさん。わたしにわたしてくれたのは、賢い選択だった。これで、あなたの良心もたいへんに休まるかもしれませんね。マダムは、この手帳を焼き捨てるようにと言ったわけではないのでしょう？」

「そのとおりです」エリーズはそう言って、心なしか晴れやかな顔になった。

「となると、指示がなかったのだから、これを警察にさしだすのはあなたの義務だ。わたしからフルニエ氏に説明しておきましょう。もっと早く提出しなかったからといって、あなたが責められないようにね」

「ご親切にありがとうございます」

　ポアロは立ちあがった。

「では、そろそろ失礼してフルニエ氏に合流するとしよう。最後にもうひとつ聞かせてください。マダム・ジゼルの飛行機の席を予約したとき、あなたはル・ブルジェの飛行場に電話しましたか？　それとも航空会社の事務所へ？」

「ユニヴァーサル航空の事務所に電話いたしました」

「たしか、それはカプシーヌ大通りですね？」

「そうです。カプシーヌ大通りの二五四番地です」

　ポアロは、その番地を自分の手帳に書きこむと、愛想よく会釈して部屋を出ていった。

11 アメリカ人

フルニエは、ジョルジュじいさんと話しこんでいた。フルニエは、ひどく困ったようすだった。

「警察ってのは、これだから」老人はしゃがれ声でぶつぶつと文句を言っている。「何回おなじことを訊けば気がすむんだか。どういうつもりなんだ？　遅かれ早かれほんとうのことを言うのに嫌気がさして、かわりにうそを言うとでも思ってるのかい？　それも、とうぜん望みどおりのうそ、警察にとって都合のいいうそをね」

「わたしはうそじゃなくて、真実が聞きたいんだよ」

「へえ。わしが言ったことはみんなほんとですよ。ええ、マダムがイギリスへ行くまえの晩に、女がひとり会いに来た。そういったら、刑事さんはわしにその写真を見せて、その女がこのなかにいるかとお訊きになる。だからずっと言ってるように、わしはもう目がいけないし、夜で暗かったし、しげしげと見たわけじゃないし。その女の顔は見えませんでしたよ。じかに顔をあわせたって、この人だとわかりゃしません。もういいかげんにしてくださいや！　四度も五度も、はっきりそう言ったでしょうが」

「で、その女が背が高かったか低かったか、黒髪か金髪か、若いか年寄りか、それすらおぼえてないというのかね？　そんなこと、とても信じられんよ」

フルニエは、いらいらして皮肉っぽく言い返した。

「だったら信じないことですね。わしゃかまいませんよ。やっかいなこった——警察とかかわりあいになるなんて！　恥ってもんですよ。マダムが殺された場所が飛んでる飛行機のなかでなかったら、あんたがたは、このジョルジュが毒を盛ったと言いだしかねない。警察なんて、そんなもんです」

ポアロは、怒って反論しようとするフルニエの腕に手を添えた。

「さあさあ、ほら。腹の虫が鳴いてますよ。簡単だがおなかがふくれる料理といきましょう。キノコ入りのオムレツ、舌平目のノルマンディ風——ポールサリュのチーズ、それに赤ワイン。ワインは、なにがいいですかね？」

フルニエは腕時計に目を走らせた。

「ほんとうだ。一時ですな。このわからず屋としゃべっていたものだから——」ジョルジュをにらみつけた。

ポアロは、元気づけるように老人にほほえみかけた。

「わかりますよ。その名も知れぬ女性は、背が高くも低くもなく、髪は黒でも金色でもなく、痩せても太ってもいなかった。しかし、せめてこれだけは言ってください。その女性はお洒落でしたか？」

「お洒落？」すこし面食らったようにジョルジュは問いかえした。

「それが答えですな」ポアロは言った。「その女性はお洒落だった。それに、ちょっとした思いつきですが、水着が似合いそうだったでしょう？」

ジョルジュはポアロを見つめた。

「水着？　水着って、いったいなにを言いだすんです？」

「わたしのちょっとした思いつきですよ。魅力的な女性が水着を着たら、なおさら魅力的になるものです。そう思いませんか？　これをごらんなさい」

ポアロは《スケッチ》誌から破いた一ページを老人に手わたした。

一瞬、ジョルジュ老人はほんのわずかにたじろいだ。

「あなたもそう思いませんか？」ポアロは言った。

「このふたりには、たしかに惚れ惚れしますな」老人は切り抜きを返しながらそう言った。「なにも着ていないのとおなじようなものだから」

「ああ」ポアロはつぶやいた。「それは、最近、太陽には肌のためになる作用があるということが発見されたせいですよ。これは、たいへんに都合がいいことだ」

ジョルジュはしわがれ声で小ばかにしたように笑って立ち去り、ポアロとフルニエは日の当たる通りに踏みだした。

さっき言っていた料理を食べながら、ポアロは小さな黒い手帳をとりだした。

フルニエはひどく興奮したが、エリーズに対しては怒っているのがよくわかった。ポアロはその点についてこう言った。

「むりもない――ごく自然なことなのですよ。警察と聞くと、あの階級の者たちはこわがるものです。どんなことに巻きこまれるかとね。フランスだけのことじゃない――どこの国へ行ってもおなじです」

「そこで、あなたが得をするわけだ」フルニエは言った。「警察の捜査では入手できない情報も、証人たちは探偵相手になら話してくれますからね。しかし、見方を変えればこういうことも言える。警察には公式の記録があるし、大きな機構の全組織が、こちらの指示どおりに動いてくれるのです」

「ですから、力をあわせて働きましょう」ポアロは笑顔で言った。「このオムレツはうまいですな」

オムレツと舌平目の合間に、フルニエは黒い手帳のページをめくり、自分の手帳に鉛筆でメモをとった。

警部はテーブルのむこうからポアロに目をむけた。

「あなたは、これを全部読んだのですね？　そうでしょう？」

「いいえ。ちょっとのぞいただけですよ。いいですか？」

ポアロはフルニエから手帳をとった。

チーズがはこばれてくると、ポアロは手帳をテーブルにおろし、フルニエと目をあわせた。

「気になる項目がいくつかありますな」フルニエが切り出した。

「五件あります」と、ポアロ。

「わたしもそう思う——五件です」

自分の手帳にメモした項目を読みあげた。

CL　52　イギリス貴族夫人。夫。

RT　362　医師。ハーレイ通り。

MR　24　贋造古美術商。

XVB　724　イギリス人。横領罪。
GF　45　殺人未遂。イギリス人。

「すばらしい」ポアロは言った。「おたがい、足並みをそろえて見事に見抜いた。その手帳のすべての書きこみのなかで、わたしが見るに、その五件だけが、あの飛行機に搭乗していた人物となんらかの関係のあるものです。ひとつひとつ検討していきましょう」

「イギリス貴族夫人。夫」フルニエが言った。「これはホーバリー夫人にあてはまると見ていいでしょうな。あの人が常習的なギャンブラーであることはわかっている。ジゼルから金を借りたと考えて、まずまちがいない。ジゼルの顧客は、たいていがこの手の人間です。〝夫〟ということばには、ふたつの意味がありそうだ。ジゼルが妻の負債を夫からとりたてようと考えていたか、あるいは、ホーバリー夫人の弱味をにぎっていて、それを夫に明かすと脅迫していたか、どちらかでしょう」

「そのとおり」ポアロは言った。「そのふたつの可能性のどちらかが当てはまるでしょう。わたしは後者だろうと思います。ことに、空の旅に出るまえの晩にジゼルをたずねてきた女というのがホーバリー夫人であるほうに賭けてもいいと思っているのでね」

「ああ、あなたはそう思っているんですか」

「そう、そして、あなたもおなじように考えていると思いますよ。あの門番はちょっとばかり騎士道的なものの考えかたをするようだ。くだんの訪問客のことをまったくなにもおぼえていないと言い張るところなど、なかなか意味深長です。ホーバリー夫人はたいへんな美人ですからな。それにわたしは、あの男がおどろいたようすも見のがしませんでした——いや、おどろいたようすといっても、ほんのかすかにでしたが——《スケッチ》誌からとった水着姿のホーバリー夫人の写真をわたしたしたときにね。そう、あの晩、ジゼルをたずねてきたのはホーバリー夫人だったのです」

「夫人はル・ピネからパリまで尾けてきたのですな」フルニエはゆっくりと言った。

「よほど切羽つまっていたようだ」

「そういうこともありうるでしょう」

フルニエはふしぎそうにポアロを見た。

「しかし、それではあなたの考えとしっくり来ないと？」

「まえにも申しあげたように、わたしは正しいと確信の持てる手がかりをつかんだのですが、その手がかりの示す相手がまちがっているように見えて……どうにも納得がいかないのです。わたしの手がかりがまちがっているはずはないのに……」

「その手がかりとはなんなのか、わたしに話してみてはいかがです？」フルニエが提案した。

「いいえ、それはだめです。というのも、わたしがまちがっているかもしれませんからね——まったくの見当ちがいなのかもしれない。そうだとしたら、あなたまで迷い道にひきずりこむことになりかねません。いや、やはりそれぞれの考えにしたがって動くことにしましょう。その手帳からえらんだ項目のつづきにもどりましょう」

「RT　362医師。ハーレイ通り」フルニエが読みあげた。

「ブライアント医師を示す手がかりと言えそうですな。これ以上しらべることもあまりなさそうだが、しかし、その線での捜査をおろそかにするわけにはいきません」

「それはもちろん、ジャップ警部の仕事になるでしょうがね」

「そしてわたしの仕事にもなる」ポアロは言った。「わたしも、この件に首をつっこんでいるのですからね」

「MR　24贋造古美術商」フルニエが読みあげる。「こじつけかもしれないが、これはデュポン親子に当てはまるかもしれない。わたしにはどうも信じられないですけれども。デュポンさんは世界的な考古学者だし、ひじょうに立派な人だ」

「だからこそ、なおさら脅迫がやりやすいということもあるでしょう」ポアロは言った。

「考えてもごらんなさい、フルニエさん、人柄が立派で、高尚な精神を持ち、尊敬にあたいする生活をしている人こそ──正体がわかってみたら、名だたる詐欺師だったりするものですよ！」

「まったくだ。おっしゃるとおりですな」フルニエはため息まじりに同意した。

「世間の評判が高いこと」ポアロは言った。「それが、詐欺師の仕事には第一の必要条件なんですよ。これはじっくり考えてみたい点だが、リストにもどりましょう」

「XVB　724。これはまるではっきりしない。イギリス人。横領罪」

「あまり役には立ちませんな」ポアロもおなじ意見だ。「だれが横領したか？　弁護士？　銀行員？　会社で信用ある立場の者ならだれでも当てはまる。作家や歯科医や医者は、ちがうな。実業界の人間はジェイムズ・ライダーだけだ。横領して、それが発覚しないようにジゼルから金を借りたのかもしれない。つぎが最後の項目です──GF　45　殺人未遂。イギリス人──これはずいぶん範囲が広いですね。作家、歯科医、医者、実業家、乗務員、美容室助手、名家の令嬢──いずれもこのGF　45に当てはまってしまう。じっさい、デュポン親子がフランス人ということで例外になるだけです」

ポアロは身ぶりでウェイターを呼ぶと、勘定書を持ってくるように言った。

「さて、つぎはどこへ行きましょうかね？」ポアロはたずねた。

「警視庁へ行きましょう。なにか情報がはいっているかもしれない」

「けっこう。お邪魔しましょう。そのあとで、わたしなりにちょっとしらべたいことがあるので、できれば協力していただきたい」

警視庁では、ポアロは捜査部の部長と旧交を温めた。何年かまえに、ある事件がらみで会ったことがあるのだ。ジル氏はとても気さくで、礼儀正しかった。

「ポアロさん、あなたがこの事件にかかわってらっしゃると知って、大船に乗ったようなきもちですよ」

「ほんとうにねぇ、ジルさん、わたしの鼻先で事件が起きたわけですからね。侮辱ですよ、そうでしょう？　このエルキュール・ポアロが眠っているすきに殺人がおこなわれたとはね！」

ジル氏はそつなくかぶりをふってみせた。

「飛行機ってやつのせいですな！　天気のわるい日には、揺れに揺れますしね。わたし自身、一、二度、じつに不愉快な目にあいましたよ」

「軍隊は胃袋しだいで進みかたもちがうと申します」ポアロは言った。「それにしても、繊細な頭脳の活動が、消化器官によってどれほど影響をこうむることか。船酔いにでもやられたら、このわたし、エルキュール・ポアロは、灰色の脳細胞も、秩序も、論理もなにもなくなってしまって――人並み以下の知性しかない取るに足りない人間になってしまいますよ！　嘆かわしいけれども、しかたがありませんな！　それで思い出しました、わが優秀な友人のジローさんはいかがです？」

ジル氏は〝それで思い出しました〟ということばの意味深長さをうまくかわして、ジローはあいかわらず出世街道を進んでいると答えた。

「じつに仕事熱心です。疲れを知らぬエネルギーの持ち主ですしね」

「いつもそうでした」ポアロは言った。「あっちこっち飛びまわったり、四つんばいになったり、いたるところに出没していました。一瞬たりとも立ち止まって考えることがないんだから」

「ああ、ポアロさん、そこがあなたの変わったところですな。フルニエのような男のほうが、あなたと気があうのでしょう。あの男は新しいタイプでね――なにかというと心理学を持ちだしてくる。それがあなたの気に入るのでしょう」

「そうです。おっしゃるとおり」

「フルニエは英語がとてもよくできる。だから、この事件の助手として、クロイドンへ送ったのです。じつに興味深い事件ですよ、ポアロさん。マダム・ジゼルはパリでももっとも名の知れた人物のひとりですからな。そこへもってきて、あの死にかた――ふつうじゃない！　飛行機のなかで吹矢筒から放たれた毒矢で命を落とすとはね！　どう思います？　そんなことが、はたして起こりうるものでしょうかね？」

「まさしく」ポアロが声をあげた。「おっしゃるとおり。まさに図星です。じつに的確な指摘だ――ああ、われらがフルニエさんがおいでですよ。どうやらニュースがあるようだ」

憂鬱そうな顔のフルニエが、ひどく意気ごんで興奮しているようすだった。

「そうなんです。ギリシャ人古物商のゼロプーロスという者が、事件の三日まえに吹矢筒と矢を売ったと通報してきました。そこでご提案ですが」――彼は部長に敬礼をした――「この男に事情聴取をしてはどうかと」

「いいとも」ジルは言った。「ポアロさんもごいっしょにどうです？」

「お邪魔でなければ。これはおもしろい――じつに興味深いです」

ゼロプーロスの店はサントノレ通りにあった。高級骨董店といったたたずまいで、ラゲス陶器、ペルシャ陶器などをたくさん置いている。ルリスタンから出土した青銅の像がひとつふたつ、インド産の粗悪な宝石類も大量にあり、棚には各国からの絹織物や刺繍製品、そのほか、まったく価値のないビーズや安物のエジプト製品などもたくさんあった。ここは、五十万フランの価値しかないものを百万フランで売りつけられたり、五十サンチームのものを十フランで買わされたりするたぐいの店だ。おもな客は、アメリカ人観光客や好事家だった。

ゼロプーロス本人は、小さな黒い目の、背が低くてがっちりした小男だった。口が達者で、とにかくしゃべりつづけた。

「みなさん、警察からいらした？　それはようこそ。よければ事務室のほうへおはいりください。ええ、吹矢筒と矢を売りましたよ。南米の骨董品でして――。おわかりでしょう、みなさん、うちは、あらゆるものを売ってますんでね！　これでも専門はあるんですよ。ペルシャ産のものならおまかせを。あの有名なデュポンさんに訊いていただければわかります。デュポンさんみずから、わたしがあつめたものをよく見に来てくださいまして――どんなものを買い入れたかとか――怪しい品については真贋を鑑定してくださったりします。すばらしい人物で。学識がおありになるし、見る目はたしかですしね！　なんともはや勘が働くのですな。いや、そんな話じゃなかったんだっけ。うちには、目利きのかたならだれでもご存じのように、貴重なコレクションがございます。と同時に、こう言ってはなんですが、いわゆるガラクタのたぐいも置いているのですよ。つまり外国産のガラクタを、あれこれすこしずつとりそろえておりましてね――南洋のもの、インドや日本やボルネオから取り寄せたりしたものです。選り好みはいたしませんよ！　こういうものには、ふつう定価はつけません。買いそうなお客がいれば、見積もって値段をつける。むこうは値切ってきて、結局は半値までさげなきゃならなかったりするんです。とうぜん、とはいっても、正直言って、濡れ手で粟ってとこですよ！　そういうガラクタは、たいてい船乗りたちからタダみたいな値段で買い取ったものなんでね」

ゼロプーロスは一息《ひと》入れると、自分の大物ぶりや立て板に水の弁舌にすっかり満足し、ご機嫌で話をつづけた。

「問題の吹矢筒と矢は、ずいぶんまえから置いてあったものでして――たぶん二年にはなるかと。貝の首飾りやアメリカインディアンの赤い頭飾りや、荒削りな木の像や粗悪品の翡翠のビーズなんかといっしょに、そこの盆のうえに載せてあったんですよ。だれも見むきもしませんでしたね。あのアメリカ人がやってきて、これはなにかと訊くまでは」

「アメリカ人？」フルニエが鋭く言った。

「そうですそうです、アメリカ人です――まちがいなくアメリカ人でした。それもあまり素性のいいアメリカ人じゃありません――なんの知識もなく、ただ故郷に持って帰る土産がほしいだけの連中です。ああいう連中が、エジプトのビーズ売りたちのいいカモになるんですよ——チェコスロバキアで作ったとんでもない粗悪なスカラベを買ったりしてね。そんなわけで、すぐさまその手の客だと見ぬいたわたしは、先住民の習慣だとか、そいつらが使う毒のことなんかを話してやりました。この吹矢はめったに手にはいらない品で、市場に出まわることは珍しいんだと説明したりしてね。いくらかと訊かれたので値段を言ってやりました。アメリカ人価格ってやつです。といっても、むかしほどの高値はふっかけない。なにせ、アメリカは大恐慌があったばかりだから。値切ってくるのを待ってたのに、言い値どおりの金額を出すじゃありませんか。びっくりしましたよ。惜しかったね。もっとふっかけておくんだった！　吹矢筒と矢を包んでわたすと、相手はそれを持って出ていった。それでおわりです。ところが、あとになって新聞で、この、世にも珍しい殺人事件の記事を読んだときに、おや、と思いましたよ——そう、どう考えても怪しいって。それで、警察に通報したわけです」

「どうもありがとう、ゼロプーロスさん」フルニエがていねいに礼を言った。「その吹矢筒と矢ですが——見わけがつくと思いますか？　現時点ではロンドンにあるんですが、あなたに確認してもらう機会が出てくると思うので」

「吹矢筒は、このぐらいの長さでしたね」ゼロプーロスは机のうえで長さを示した。「太さはこのぐらい——ほら、ここにあるわたしのペンぐらいです。明るい色で、矢は四本。細長くて先がとがったもので、先端はすこし色が褪せていて、赤い絹の綿毛がついてました」

「赤い絹？」ポアロが抜け目なく念を押した。

「そうです。桃色がかった赤で——すこし色が褪せていて」

「それはへんだな」フルニエが言った。「その四本のなかに、黒と黄色の絹がついたものはなかったかね？」

「黒と黄色？　いや、ありませんでしたよ」

ゼロプーロスはかぶりをふった。

フルニエがちらりとポアロをうかがうと、その顔には妙に満足げな笑みが浮かんでいた。

フルニエはなぜだろうと思った。ゼロプーロスがうそをついているのか、それともなにかべつの理由があるのだろうか？

フルニエはあいまいな口ぶりで、たずねた。「その吹矢筒と矢は、事件とはまったく無関係だという可能性も大いにあるわけだ。五十分の一の可能性しかないかもしれん。とはいえ、そのアメリカ人の人相風体をくわしく聞かせてほしい」

ゼロプーロスは東洋人風に両手を広げた。

「ふつうのアメリカ人でしたよ。鼻にかかった声をしていて、フランス語は話せなかった。ガムを嚙んでて、べっこう縁のメガネをかけて、背が高くてね。それほど年寄りというわけじゃなかったと思います」

「髪の色は？」

「なんともいえませんね。帽子をかぶってたんで」

「もう一度見たら、その人だとわかりますか？」

ゼロプーロスは自信がなさそうだった。

「ぜったいとは言えませんね。アメリカ人の客は多いんでね。どっちみち、目立つ特徴はなかったし」

フルニエはスナップ写真の束を見せたが、むだだった。ゼロプーロスは、その写真のなかには問題の男はいないと思ったのだ。

「むだ足だったかもしれませんな」店を出ると、フルニエは言った。

「その可能性もあります」ポアロは否定はしなかった。「しかし、わたしはそうは思わない。値札の形状はおなじだし、ゼロプーロスさんの話と受け答えには、いくつか興味深い点があります。ところで、ひとつむだ足を踏んだついでに、もう一件、おつきあいくださいよ」

「どこへ行くんです？」

「カプシーヌ大通りへ」

「というと、あの——？」

「ユニヴァーサル航空の事務所です」

「いいですとも。しかし、そこは一通《ひと》り問い合わせをしたんですがね。なにも興味のある答えはかえってきませんでしたよ」

ポアロはフルニエの肩をやさしくたたいた。

「ああ、しかしですね、答えは質問しだいですからな。あなたは、どういう質問をするべきか知らなかったのですよ」

「あなたは知っているというのですか？」

「まあ、ちょっと考えがありますのでね」

ポアロはそれ以上なにも言わず、やがてふたりはカプシーヌ大通りについた。

ユニヴァーサル航空の事務所は、とてもこぢんまりしていた。頭のきれそうな黒髪の男が磨きこんだ木のカウンターのむこうにいて、十五歳ぐらいの少年がタイプライターのところにすわっていた。

フルニエが身分証明書を出して見せると、ジュール・ペローという名のその男は、なんでも申しつけてくれと言った。

ポアロの提案で、タイプライターをたたいていた少年は部屋の隅に行かされた。

「これからお話ししなければならないことは、ごく内密なことですので」ポアロは説明した。

ジュール・ペローは、わくわくしているようすだった。

「ええ、それで?」

「マダム・ジゼル殺害事件のことですが」

「ああ、そう、思いだしました。その件については、もうすでにいくつか質問におこたえしたと思います」

「まさしく、そのとおりです。しかし、正確な事実を把握しておく必要がありましてね。それで、マダム・ジゼルが席をとったのは、いつでしたか?」

「その点は、もうお話ししたと思いますよ。十七日に電話で席をおとりになったのです」

「それは、翌日の十二時の便だったのですね?」

「ええ、さようです」

「しかし、メイドの話では、マダムが席を予約したのは午前八時四十五分の便だったそうですが」

「いえいえ――じつは、こういうことでして。マダム・ジゼルのメイドからは八時四十五分の便の予約をと言われたのですが、その便はすでに満席でしたので、かわりに十二時の便の席をおとりしたようなわけです」

「ああ、なるほど。わかりました」

「はい」

「なるほど――なるほどね――しかし、やはりそれはおかしいな――ぜったいにおかしい」

係員はいぶかしげにポアロを見た。

「わたしの友人が、急にイギリスへ行こうと思い立って、その日の朝の八時四十五分の便でイギリスへ行ったのですが、席はガラガラだったそうですよ」

ペローは書類をひっくりかえし、鼻をかんだ。

「たぶん、あなたのご友人が日をまちがえられたのでは。その前日か、翌日だったのでは――」

「そんなことはありません。殺人事件のあった日ですよ。なぜなら、友人は、ぎりぎりで間にあったからいいようなものの、もしその便を逃していたら、プロメテウス号に乗り合わせていたところだと言ってましたのでね」

「ああ、そうでしたか。そう、たしかにおかしいですね。もちろん、土壇場で乗客が間にあわなくて空席ができてしまうこともございます――それに、ときには手ちがいということも。ル・ブルジェに問いあわせてみないといけませんね。いつも正確とはかぎりませんので――」

エルキュール・ポアロの穏やかに問いかけるような目に見すえられて、ジュール・ペローはうろたえたようだった。口をつぐみ、目をそらす。ひたいには小さな汗の粒が浮かんでいる。

「考えられる説明はふたつあります」ポアロが言った。「しかし、どちらもほんとうの説明にはならないという気がしますね。きれいさっぱり打ち明けたほうが、いっそすっきりするかもしれないと思わないですか?」

「打ち明けるって、なにをです? おっしゃることがわかりかねますが」

「おやおや、あなたにはわたしの言うことがじゅうぶんわかっているはずですよ。これは殺人事件――人が殺されているんですよ、ペローさん。いいですか、これを忘れてはいけない。情報を明かさないでいると、あなたにとってたいへん深刻な――じつに深刻なことになりかねない。警察は重大な行為とみなすだろう。捜査の妨害をしたんですからね」

ジュール・ペローはポアロを見つめた。あんぐり口をあけ、手をふるわせている。

「さあ」ポアロが言った。威厳に満ちた、自信たっぷりな声だった。「いいかね、われわれは正確な情報がほしいのですよ。あなたはいくら金をもらったんです？　だれにもらったんですか？」

「悪気はなかったのです――考えなしでした――こんなことになるとは夢にも……」

「だれから、いくらもらったんですか？」

「五……五千フランです。見ず知らずの人でした。わたしは――こんなことをして、わたしはおしまいだ……」

「正直に言わなければ、あなたはおしまいだ。さあほら、ここまで白状してしまったんだから、正確にいきさつを言いなさい」

ひたいにだらだらと汗を流しながら、ジュール・ペローはつっかえつっかえ、あわてた口調でしゃべった。

「悪気はなかったんです……誓って、悪気はありませんでした。男がはいってきまして、つぎの日にイギリスへ行きたいのだと言いました。金を借りる交渉をしたい――マダム・ジゼルから金を借りたいのだが、偶然に出会ったようにしたい。そのほうがうまくいきそうだから、と。男は、マダムが翌日イギリスへ行く予定でいることはわかっていると言うのです。わたしは、朝の便は満席だといってプロメテウス号の二番の座席をまわすだけでいいということでした。そうしたからといって、べつになにも不都合はなさそうだしなにが変わるわけでもないだろう――そう思いました。アメリカ人はみんなこんなふうなんだ――アメリカ人のやり方は、われわれとはちがうんだからって――」

「アメリカ人だと？」フルニエが鋭く言った。

「そうです。そのお客はアメリカ人でした」

「人相風体は？」

「背が高くて、猫背で、髪が灰色で、茶色の縁のメガネをかけて、すこし山羊ひげを生やしていました」

「その男は、自分の席もとったのかね？」

「はい、一番の席を――マダム・ジゼル用にとってある席のとなりでした」

「なんという名前で？」

「サイラス――サイラス・ハーパーです」

「乗客のなかに、そんな名前の人物はいなかったし、一番の席にはだれもすわっていなかった」

ポアロはそっと首をふった。

「わたしは新聞で、その名前の乗客がいなかったことを知りました。ですから、この件を通報する必要はないと思ったんです。このお客は飛行機には乗らなかったのだから——」

フルニエは冷たく一瞥した。

「きみは警察に貴重な情報を隠していた。これはひじょうに重大なことだ」

フルニエとポアロはいっしょに事務所を出た。あとに残されたジュール・ペローは、不安でたまらないという表情で見送っていた。

外の歩道で、フルニエは帽子を取ってお辞儀をした。

「あなたには敬意を表しますよ、ポアロさん。どこからこんなことを考えついたんです？」

「ふたつのべつべつの文脈からですよ。ひとつは、今朝、わたしたちの飛行機に乗っていた人が、あの殺人があった朝、ほとんどがら空きの飛行機でイギリスへわたったと言っているのを聞いたとき。ふたつ目は、エリーズの話です。ユニヴァーサル航空に電話したが、早朝の便には空席がないと言われたといっていました。このふたつの話は食いちがっている。わたしは、プロメテウス号の乗務員が以前にマダム・ジゼルを早朝便で見かけたと言っていたのをおぼえていましてね——とすると、八時四十五分の便でイギリスへ行くのがマダムの習慣だったのは明らかです。

しかし、何者かが、彼女を十二時の便に乗せたいと思った——すでにプロメテウス号で旅をしたことのある何者かがね。航空会社の係員が早朝便は満席だと言ったのは、なぜなのか？　まちがいか、それとも故意にうそをついたか？　わたしは後者だと考え……そして、その考えは正しかったのです」

「この事件は、時間がたてばたつほどややこしくなる」フルニエはぼやいた。「最初、わたしたちが追っているのは女だと思っていた。ところが、こんどは男だ。このアメリカ人……」

フルニエは口をとじて、ポアロを見た。

ポアロは静かにうなずいた。

「そうです。アメリカ人になるなんて、いともたやすいことですよ——このパリではね！　鼻にかかった声——チューインガム——小さな山羊ひげ——太い縁のメガネ——どれもアメリカ人役を演じる小道具ですよ」

ポアロは、《スケッチ》誌から破り取ったページをポケットから取りだした。

「なにを見ているんですか？」

「水着姿の伯爵夫人ですよ」

「というと？　まさかそんな、あの人は小柄だし、チャーミングで華奢だ――長身で猫背のアメリカ人に変装したりできるはずがないでしょう。たしかに女優あがりではあるけれど、そんな役を演じるのは問題外です。いやいや、その考えははずれですよ」

「わたしは、一度もそれが当たっているとは言っていませんよ」エルキュール・ポアロは言った。

そうは言いながらも、その写真が載っているページを熱心に見つめていた。

12　ホーバリーの猟場で

ホーバリー伯爵は、食器棚のそばに立って、子羊の腎臓の煮こみを皿にとった。スティーヴン・ホーバリーは二十七歳で、細面で長い顎をしている。その外見は、本質によく似合っていて――頭脳がとくべつすぐれているというのではなく、屋外で運動するのが好きなタイプだ。心やさしいが、多少堅物で、ひじょうに誠実であり、どうしようもなく頑固だった。

料理を山盛りにした皿を持ってテーブルにもどり、食べはじめた。やがて新聞を広げたものの、すぐに顔をしかめてかたわらに投げ出した。食べかけの皿を横に押しやり、すこしコーヒーを飲んで立ちあがる。一瞬、決めかねたように立ちどまってから、小さくうなずいてダイニングルームを出ると、広いロビーを横切って二階へあがった。軽くドアをたたいて、ちょっと待っていると、なかから澄んだ高い声が答えた。「どうぞ」

ホーバリー伯爵は部屋にはいった。

そこは、南むきの広びろと美しい寝室だった。シスリー・ホーバリーは、見事な彫刻をほどこしたエリザベス様式のオーク材のベッドにいた。金色の巻き毛に、バラ色のシフォンの寝間着姿で、とても美しく見えた。かたわらのテーブルに置いてある朝食用の盆には、オレンジジュースの飲み残しとコーヒーが載っていた。彼女は手紙を開封しようとしているところだった。メイドが室内を動きまわっている。

男ならだれしも、これほどの美女をまえにして多少息づかいが荒くなってもむりはないかもしれない。ところが、この魅力的な妻の姿にも、ホーバリー伯爵はまるで動じない。

三年まえには、シスリーの息を呑むような美しさがこの青年の心を騒がせた時代もあった。狂おしいほど激しく情熱的に恋をしていた。それもいまはすべておわった。狂っていたのが、いまは正気にもどったのだ。

ホーバリー夫人はちょっと意外そうに言った。

「あら、スティーヴン？」

伯爵は、唐突に言った。「ふたりきりで話したいんだが」

「マドレーヌ」夫人はメイドに告げた。「そのままにしておいていいから、はずして」

フランス人のメイドは、つぶやくように、「かしこまりました《トレ・ビアン》、奥さま」と言うと、ホーバリー伯爵をちらりと興味ありげに見て部屋から出ていった。

ホーバリー伯爵は、メイドがドアをしめるのを待って、こう言った。

「教えてくれないか、シスリー。いったいどういうつもりでぼくのところへやってきたんだい？」

ホーバリー夫人はほっそりした美しい肩をすくめた。

「なにをいまさら。来ちゃいけなかったのかしら？」

「来ちゃいけなかったかって？　ぼくには、いくらでもいけない理由があるように思えるがね」

夫人はつぶやいた。「ああ、理由ね……」

「そうだよ、理由だ。いろいろあって、いっしょに暮らすこんな茶番はやめることにしようと意見が一致したのを忘れたんじゃないだろうね。おまえはロンドンに別邸をかまえて、じゅうぶんな――じゅうぶんすぎるほどの生活費を受けとることにする。一定の制約の範囲内でなら、なにをしようと自由だと。なのに、なぜ急にもどってきたんだい？」

シスリーはまた肩をすくめた。

「だって――そのほうがいいと思って」

「つまり、金の問題なのか？」

ホーバリー夫人は言った。「あんまりよ。そんなこと。あなたみたいにひどい人、いないわ」

「ひどい？　おまえにひどいと言われるとはな。おまえが考えもなしに浪費したせいで、ホーバリーの領地が抵当にはいってしまったというのに」

「ホーバリー、ホーバリー——あなたには、それだけが大事なのよね！　乗馬だの狩りだの射撃だの作物の出来だの、それと、退屈な年寄りの農民たちのことしか頭にないんだわ。ああいやだ、女がそんな生活をするなんて」

「そういう生活を楽しむ女だっているさ」

「そうよね、ヴェニーシャ・カーのような女がね。自分も半分は馬みたいだもの。あなたはああいう女と結婚するべきだったのよ」

ホーバリー伯爵は窓のほうへ歩いていった。

「いまさら言ってもちょっと手遅れだな。ぼくはおまえと結婚してしまったんだから」

「そして、あなたはもう逃れられない」シスリーはそう言って、意地悪な、勝ちほこった声で笑った。「わたしを厄介払いしたいでしょうけれど、そうはいかないわ」

「また、この話をむしかえさなきゃならないのか？」

「あなたって、ほんとうに堅くて古い考えかたをするのね。わたしの友だちはみんな、あなたが言うことを話して聞かせると、お腹をかかえて大笑いするのよ」

「笑いたければ笑えばいいさ。さっきの話にもどそう――おまえがここにもどってきた理由はなんなんだ？」

けれども、妻は話に乗ってくることなく、こう言った。

「わたしの負債には責任を負わないと新聞に広告を出したのね。そんなことをするなんて、紳士的な行動だと思う？」

「あそこまでやらざるをえなくなったのは残念だよ。だから警告しただろう。忘れないでくれ。ぼくは二度も負債を清算してやった。しかし、限度というものがあるんだからね。おまえのばかげた賭博狂いは――まあいい、そんなことを言いあってなんになる？それはさておき、おまえがホーバリーくんだりにもどってきた動機を知りたいね。いつもここをきらって、死ぬほど退屈だと言っていたくせに」

シスリー・ホーバリーは、その小さな顔を曇らせて言った。「ここのほうがましだと思ったからよ――当面はね」

「ここのほうがまし？――当面は、って？」伯爵は考えながら妻のことばをくりかえし、それから、鋭く問いつめた。「シスリー、おまえ、あの年寄りのフランス女から金を借りていたのか？」

「あの女って？　言っていることがわからないわ」

「なにを言いたいか、よくわかってるはずだぞ。パリ発の飛行機で殺された女のことだ。おまえが乗っていた飛行機のなかでね。おまえ、あの女から金を借りていたのか？」

「いいえ、もちろん借りてないわ。なんてこと思うの！」

「なあ、この件ではばかなことは考えるなよ、シスリー。もしもほんとうにあの女から金を借りたのなら、ぼくにそう言ったほうが身のためだぞ。あの事件はまだ解決がついていないんだ。審問の判決は、単独または複数の不明の人物による故意の殺人とされた。英仏両国の警察が捜査中なんだ。警察が真実をつかむのは、時間の問題だ。殺された女は、取引の記録を持っていたに決まっているからね。おまえとあの女を結びつけることがなにか出てくるようなら、まえもって準備をしておくべきだ。そのことについては、フォークスに助言をもらっておかなければ」ウィルブラハムとフォークスは、代々ホーバリー伯爵家の財産を管理してきた顧問弁護士だ。

「わたし、あのいまいましい法廷で、その女のことは聞いたためしもないと証言したじゃありませんの？」

「そんなことは、たいした証拠にはなるものか」夫はそっけなく言った。「ジゼルという女と取引をしたことがあるのなら、警察はまちがいなくそれを探りだすはずだ」

シスリーは怒ったようにベッドに起きあがった。

「あなたは、わたしがあの女を殺したと思ってるようね――飛行機のなかで立ちあがって、吹矢筒を吹いて毒矢を飛ばしたって。よりによって、なんだってそんなおかしなことを！」

「なにもかも、おかしな話だがね」スティーヴンは考えぶかそうに賛同した。「しかし、ぼくとしては、とにかくおまえに自分の立場を考えてほしいんだ」

「立場って、なんのこと？　立場もなにもあったもんじゃないわ。あなたは、わたしの言うことをひとつも信じてくれないんですもの。ひどすぎる。それに、急にわたしのことを心配するのはどうして？　わたしがどんな目にあうか心配なんかしていないくせに。あなたはわたしを好きじゃない。わたしを嫌ってるのよ。わたしが明日にでも死んでしまえば、あなたはよろこぶはず。それなのになぜ、心配するふりなんかするの？」

「それは、すこしことばが過ぎやしないか？　どちらにせよ、おまえには古くさいと思われても、たしかにぼくは家名を心配しているよ――時代遅れの考えかたとおまえにはばかにされそうだけれど、そうなんだからしかたない」

ふいにくるりと背をむけて、伯爵は部屋を出た。

こめかみが、どくどくと脈打っている。つぎからつぎへと頭にいろいろな思いが浮かんでくる。

「好きじゃない？　嫌ってる？　そうさ、それはたしかにほんとうだ。あいつが明日死んでしまったら、ぼくはうれしいんだろうか？　そうとも、うれしいだろうさ！　牢屋から解放された囚人になったような気がするはずだ。人生とは、なんてふしぎで、いまわしいものなんだろう！　《すぐにおやり》という舞台で見たとき、あの女はあんなにも愛らしく子どもっぽく見えたのになぁ！　それはそれは美しく、とてもかわいらしかった……若気のいたりとはいえ、とりかえしのつかないばかをやったものだ！　ぼくは狂ったように熱をあげて――どうかしてたよ……なにもかもが愛らしさとやさしさそのものに見えたけれど、最初から、あいつはいまとおなじ女だったんだ……下品で、ふしだらで、意地がわるくて、頭はからっぽで……いまでは美しいとすら思えない」

口笛を吹くと、一匹のスパニエルが走ってきた。犬は、愛情のこもった目で伯爵を見あげた。

「よしよし、いい子だ、ベッツィ」そう言って、毛足がふさふさした長い耳をなでてやった。

彼は思った。〝女をけなすのに雌犬《ビッチ》と言うが、おかしな言いかたをするもんだな。べ

ッツィ、おまえは雌犬だけれど、ぼくがいままでに出会った女を全部あわせたほどの値打ちがあるよ〞

古い釣り用の帽子をかぶり、犬を連れて家を出る。

なにをするでもなくこうして領地めぐりをしていると、ささくれだった神経がしだいに落ちついてくるのだ。愛犬の首を軽くたたいてやり、厩務員に声をかけ、それから領内の農園へ足をのばして農夫のかみさんとおしゃべりをした。ベッツィをしたがえて狭い小道を歩いているとき、鹿毛の牝馬に乗ったヴェニーシャ・カーに出会った。

ヴェニーシャは、馬に乗っているときがいちばん美しく見える。スティーヴンは見あげて、賞賛と、好ましさと、なつかしいようなふしぎなきもちを感じた。

「やあ、ヴェニーシャ」

「こんにちは、スティーヴン」

「どこへ行ってきたんだい？　遠乗りに？」

「ええ、この子、立派になってきたと思わない？」

「名馬だね。ぼくがチャティスリーの馬市で買ってきた二歳馬は見てくれた？」

しばらく馬のことを話してから、ホーバリー伯爵が言った。

「それはそうと、シスリーがここに来てるんだ」

「ここへ？　ホーバリーへ？」

おどろきを顔に出すのはヴェニーシャの主義に反する。とはいっても、どうしても声におどろきが出てしまうのは避けられなかった。

「そう。ゆうべ舞いもどってきてね」

ふたりのあいだに沈黙が流れた。そして、スティーヴンが言った。「あの審問に出たんだよね、ヴェニーシャ。ええと――その――どんな具合だった？」

ヴェニーシャは、一瞬、考えこんだ。

「そうね、だれからも、たいした話は出なかったわ。そう言えばおわかりでしょうけど」

「警察は、なにも暴露したりしなかった？」

「ええ」

「きみには、さぞ不愉快な体験だっただろうね」

「まあ、楽しくはなかったけれど、それほどひどくもなかったかな。検死官はとても礼儀正しかったし」

スティーヴンは、上の空で生垣にムチを打ちつけた。

「ねえ、ヴェニーシャ、なにか見当は――いや、きみの考えを聞きたいんだけど――その、だれがやったと思う?」

ヴェニーシャ・カーはゆっくりとかぶりをふった。

「わからない」一瞬、口をつぐんで、どうしたら自分の言いたいことをいちばんうまく、そして機転のきいたことばにできるか考えた。そして最後に、小さく笑いながら、それを口にした。「とにかく、シスリーでもわたしでもないわ。それは、たしかなの。だって、シスリーはわたしを見ていたし、わたしもシスリーを見てましたもの」

スティーヴンも笑った。

「それなら、心配ないな」伯爵はうれしそうに言った。

スティーヴンは冗談でやり過ごしてしまったけれど、ヴェニーシャは、その声にこもった安堵のひびきを聞きのがさなかった。そうか、やっぱりそう思っていたんだわ――

ヴェニーシャ・カーはそんな思いを切り替えた。

「ヴェニーシャ」スティーヴンが言った。「きみとは長いつきあいになるよね」

「ええ、そうね。小さいころに通っていた、あのつまらないダンス教室のこと、おぼえてる?」

「忘れられるもんか。きみにならなんでも言えそうな気がするな――」

「もちろんよ」ヴェニーシャはためらっていたが、落ちついて、なんでもないことのようにこう言った。「シスリーのことね？」

「そうなんだ。ねえ、ヴェニーシャ。シスリーは、あのジゼルって女と、なにか関係があったりしたのかな？」

ヴェニーシャはゆっくりとこたえた。

「わたしにはわからないわ。わたしは南フランスへ行っていたんだもの。ル・ピネでのゴシップはまだ聞いていないのよ」

「でも、きみはどう思う？」

「そうね、率直に言って、そうだったとしても意外じゃないでしょうね」

スティーヴンは考えぶかそうにうなずいた。ヴェニーシャはやさしくなぐさめた。

「あなたが心配する必要があるかしら？　だって、あなたたちは、ほとんどいっしょに暮らしてはいないでしょう？　この一件は、あなたじゃなくて、シスリーの問題よ」

「シスリーがぼくの妻であるかぎり、ぼくの問題だと言ってもおかしくないからね」

「あなた――その――離婚ということで合意はできないの？」

「形だけでもっていうこと？　シスリーがうんと言わないだろうね」

「チャンスがあれば、離婚する気はあるの？」

「決定的な理由があれば、そうしたいとはもちろん思ってるが」スティーヴンはつらそうに言った。

「たぶん、シスリーはそのことを知っているのね」

「そうなんだ」

ふたりともだまってしまった。ヴェニーシャは思う。〝あの女は猫みたいに尻軽だわ！　わたしはよく知ってる。でも、用心ぶかくて、抜け目がないところも猫みたい〟

そして声に出して、「じゃあ、なにもできないってこと？」

スティーヴンは首をふって、こう言った。「もしぼくが自由の身だったら、ヴェニーシャ、ぼくと結婚してくれるかい？」

乗っている馬の両耳のあいだからまっすぐに視線をむけて、ヴェニーシャは注意ぶかく感情を押し隠した声で答えた。

「ええ、そうするでしょうね」

スティーヴン！　ヴェニーシャはいつもスティーヴンを愛していた。ダンス教室に行ったり、子ギツネ狩りや鳥の巣さがしをしたりしていた子どものころから、ずっとだ。スティーヴンのほうもヴェニーシャがきらいではなかったのだけれど、ちょっとやそっとの好意などどこへやら、目端のきく計算高い猫みたいなコーラスガールに夢中になり、正気を失ったようにはげしい恋に落ちてしまって……

スティーヴンが言った。「きみといっしょなら、すばらしい生活ができるだろうに……」目のまえに、その光景が浮かんだ――狩り――お茶とマフィン――しっとりと濡れた大地と落ち葉のにおい――子どもたち……まちがっても、シスリーがスティーヴンと共有しそうにないもの、シスリーがぜったいにスティーヴンにあたえてくれないものが。スティーヴンは、なんだか目のまえがぼうっとうるんだような気がした。それから、ヴェニーシャが、まだ平板な感情のこもらない声で話しつづけているのが耳にはいってきた。

「スティーヴン、あなたにその気があるのなら――こういうのはどう？　わたしたちがいっしょに家出すれば、シスリーはあなたと離婚せざるをえないんじゃないかしら」

スティーヴンは頑としてその話をさえぎった。「とんでもない。ぼくが、きみにそんなことをさせると思うのかい？」

「わたしはかまわないわ」

「ぼくがかまうんだ」

スティーヴンはきっぱりと言った。

ヴェニーシャは思った。〝これだから、もう。ほんとに残念だわ。スティーヴンったら、どうしようもなく頭が固いんだから。でも、そこがいいのよね。そうじゃないステ

ィーヴンなら、好きにならないもの〃

そしてヴェニーシャは言った。「それじゃ、スティーヴン、わたしはもう失礼するわね」

馬に軽く蹴りを入れ、スティーヴンに別れのあいさつをしようとふりむいたとき、目があった。その視線には、ふたりが慎重にことばをえらんで避けてきたすべての感情がこもっていた。

小道の角をまがろうとしたとき、ヴェニーシャはムチを落とした。ひとりの男が歩みよってムチをひろいあげると、大げさにお辞儀をしながらそれを返した。

〃外国人だわ〃そう思いながら、ヴェニーシャは男に礼を言った。〃見覚えのある顔のような気がするけど〃スティーヴンのことを考えながらも、頭の半分でジュアン・レ・パンでの夏の日々の思い出をおさらいした。

家についたとき、ふいに記憶がよみがえって、なかば夢を見ているようだった頭が急にしゃっきりした。

〃飛行機で席をゆずってくれた小柄な人だわ。審問のとき、探偵だと言っていたっけ〃そして、すぐそのあとに、べつの考えが浮かんだ。〃あの人、こんなところでなにをしているのかしら？〃

13 アントワーヌの店にて

審問の翌朝、ジェーンは少し不安な気分でアントワーヌ美容室に出勤した。

ふだんはアントワーヌと名乗っているが、本名はアンドリュー・リーチという、母親がユダヤ人だというのを根拠にフランス人だと自称している美容室の主人が、険悪なしかめつらでむかえた。

いまでは、ブルトン通りの入口をはいると、外国人風の癖をつけた英語でしゃべるのがアントワーヌの習慣になっている。

アントワーヌは、ジェーンのことを、まったくの間抜け《アンベシル》だといって責めた。だいたい、なにを好んで飛行機なんかで旅をしたのか？　ろくなことを考えないんだから！　ジェーンの向こう見ずな行動のおかげで、店がどんな迷惑をこうむるか知れたものじゃない。

そんなふうにさんざん店主に鬱憤をぶちまけられてから解放されたジェーンに、仲間のグラディスが大きくウインクをしてよこした。

グラディスは、仕事となると澄まし顔をして静かにお上品な声で話をする美しい金髪の女だが、お客のいないところでは、しゃがれ声でひょうきんなおしゃべりをする。

「心配することないわよ。あのじいさんは、柵に腰かけて、猫がどっちに飛びおりるか見張ってるのよ。で、見ててごらん。猫は、じいさんが思うようには飛びおりないから。あら、わたしのお客のばあさんが来たわ。いじわるそうな目をしちゃってさ。いつものように、きっと小娘みたいに機嫌がわるいんだわ。あの邪魔っけなチビ犬を連れてきてないといいけど」

まもなく、グラディスが静かにお上品な声でこんなふうに言っているのが聞こえてきた……

「おはようございます、奥さま。あのかわいいペキニーズはお連れにならなかったんですの？　さっそくですけど、シャンプーをいたしましょうか？　それがすんだら、すぐにムッシュ・アンリがお相手いたしますので」

ジェーンは、となりの小部屋にはいった。そこでは髪を赤く染めた女性客が椅子にすわって、鏡とにらめっこしながら、友だちにこう言っている。

「ねえ、けさのわたしの顔、ほんとにひどいわ。いえ、うそじゃなくて……」

話しかけられた友だちのほうは、退屈そうに三週間まえの《スケッチ》誌のページをめくりながら、いいかげんな相づちを打つ。

「そう？　いつもとぜんぜん変わらないみたいだけど」

ジェーンがはいってゆくと、退屈していた友だちのほうは、かったるそうに雑誌をながめるのをやめて、突き刺すような目でジェーンをじろじろながめた。

やがて、言った。「やっぱり、そうよ。まちがいないわ」

「おはようございます、奥さま」職業柄の快活な明るさで、ジェーンはあいさつした。いまではごく機械的に、なんの苦もなくそういう声が出る。「ずいぶんおひさしぶりでございますわね。外国へ行ってらっしゃったんですか」

「アンティーブへね」赤い髪の女性が答えた。こんどはこの女性が好奇心むきだしでジェーンをじろじろ見つめている。

「まあすてきですわ」ジェーンは心にもない熱心さで言った。「さて、きょうはシャンプーとセットにいたしますか？　それとも、髪をお染めになります？」

ジェーンを詮索するのもそこそこに、髪を赤く染めた女性客は、まえかがみになって熱心に自分の髪をしらべはじめた。

「もう一週間はもつと思うわ。いやだわ、なんてひどい顔かしら！」

友だちがとりなした。「そう言うけどね、こんなに朝早いんですもの、むりないわよ」

ジェーンは言った。「あら！　うちのムッシュ・ジョルジュにおまかせくださいな」

「ちょっと訊くけど」その女性客は、ふたたびジェーンを見つめて言った。「きのう審問で証言した娘って、あなたのことよね——例の飛行機に乗っていたっていうのは？」

「さようでございますわ、奥さま」

「まあ、なんてことかしら！　おそろしい話よね。聞かせてちょうだい」

ジェーンは、せいぜい客がよろこぶように話をした。

「それがですね、奥さま、ほんとにとてもおそろしいことでしたわ——」そうしゃべりはじめ、お客たちから質問があると、それに答えた。殺された老婦人って、どんな人だったの？　フランス人の探偵がふたり乗っていて、事件はフランス政府のスキャンダルとかかわりがあるってほんとなの？　ホーバリー伯爵夫人も乗客のひとりだったんですって？　伯爵夫人って、ほんとにみんなが言うほどの美女だったの？　あなたは、ほんとうの犯人はだれだと思う？　政治的理由で事件はいっさいもみ消されてしまいそうだと世間じゃ言われてるけど？　そんな調子で、ジェーンはつぎからつぎへと質問された。

この最初の試練は、数えきれないほどのおなじような質問の序章にすぎなかった。だれもが、「あの飛行機に乗っていた娘」に担当してもらいたがったのだ。そうすれば、みんな、友だちにこう言って自慢することができるから。「ねえ、あなた、ほんとにびっくりするじゃないの。わたしの行きつけの美容室の助手が、あの娘なのよ……。そうよ、あなたも行ってみるべきよ——とっても腕がいいしね。ジャンヌとかいう名前の娘で……ちょっと小柄で、目が大きくて。うまく訊けば、なんでも話してくれるから」

その週のおわりには、ジェーンは気苦労で神経がまいってしまいそうだった。あと一度でもその話をくりかえさなければならないとしたら、大声でわめいたり、質問をしたお客をドライヤーで攻撃したりしてしまいそうな気がする。

とはいうものの、けっきょくは、気が楽になるもっといい方法を考えついた。アントワーヌのところへ行って、大胆にも、給料をあげてくれと要求したのだ。

「よくもそんなことが言えるね？　あつかましい子だ。あんな殺人事件に巻きこまれたというのにクビにされずにすんでるのは、ひとえにわたしの親切のおかげなのに。ふつうの人は、わたしのように親切じゃないぞ。きみなんか、とっとと追いだされてるところだよ」

「それはでたらめです」ジェーンは冷静に切りかえした。「わたしがいるからお客が来てるんです。あなただってご存じでしょ。やめろとおっしゃるならやめますとも。〈アンリの店〉か〈メゾン・リシュ〉なら、わたしの希望額ですぐにやとってくれるでしょうから」

「でも、店を移ったなんて、だれにわかる？　だいいち、自分がどれほど有名人だと思ってるの？」

「審問のときに、何人か新聞記者に会いましたわ」ジェーンは言った。「そのなかのひとりが、わたしが店を移ったときは、必要な宣伝をしてくれることになってるんです」

これがほんとうだったらと心配になって、アントワーヌは、しぶしぶながらジェーンの要求に同意した。グラディスは友人を心からほめたたえた。

「よくやったわ。ずるがしこいアンドリューも、こんどばかりはあなたにかなわなかったわね。女だってすこしは自分で戦わなきゃ、先ざきどうなるかわかったものじゃないもの。あなた、肝がすわってるよ。尊敬しちゃう」

「わたしはちゃんと自分の手で戦えるわ」ジェーンはそう言って、負けん気が強そうに胸を張った。「これまでもそうしてきたようにね」

「楽じゃないわよ」グラディスは言った。「でも、ずるがしこいアンドリューなんかに負けないで。じっさい、強気に出るほうが、かえって気に入られるんだから。やさしいだけじゃこの世の中は渡っていけない――もっとも、あなたもわたしも、やさしすぎて困るタイプじゃないけどね」

それからというもの、ジェーンは来る日も来る日も代わりばえのしない話をくりかえしているうちに、まるで舞台のうえで演技をしているのと同じようになっていった。ノーマン・ゲイルとのディナーや観劇の約束は、きちんと守られた。それは夢のような一夜だった。なにを話してもふたりは気があい、好みもいっしょのように思えた。ふたりとも、犬が好きで、猫は嫌い。カキは嫌いで、スモークサーモンには目がない。映画女優なら、グレタ・ガルボのファンで、キャサリン・ヘップバーンは大嫌い。太った女は嫌いで、まじりっけなしの黒髪を美しいと思う。真っ赤に塗った爪や、大声や、騒がしいレストランは嫌い。バスのほうが地下鉄より好きだ。

ふたりの人間が、こんなにたくさんの共通点を持っているなんて、ほとんど奇跡のような気がするほどだった。

ある日、アントワーヌの店でバッグをあけようとしたとき、ジェーンはノーマンからもらった手紙を落としてしまった。ちょっと顔を赤らめてそれをひろいあげたとき、グラディスがすかさず茶々を入れた。

「あなたのボーイフレンドって、どこのどなた？」

「なんのこと？　わからないわ」ジェーンは言いかえしたものの、ますます顔が赤くなった。

「ごまかしたってだめよ！　その手紙、遠い親戚から来たものじゃないことぐらい、わかってるもの。わたしだって子どもじゃないんですからね。だれなのよ、ジェーン？」

「ある人——ル・ピネで会った人でね。歯医者さんなの」

「歯医者ですって」グラディスはいかにも気に入らないと言わんばかり。「きっと、真っ白な歯をして、いつも笑顔なんでしょうね」

たしかにそうだと認めないわけにはいかなかった。

「顔がよく日焼けしていて、瞳は青いの」

「だれだって日焼けした顔になることはできるわ」グラディスは言った。「海辺で太陽を浴びたのか、それとも薬を使ったかわかったもんじゃないわ。薬局へ行けば、一壜二シリング十一ペンスで売ってるじゃない。〈ハンサムな男は日焼け肌〉ってね。青い瞳はいいかもしれないけど、歯医者ってとこがね！　なぜって、キスするときに、〝はい、大きく口をあけてください〟なんて、言われそうな気がしない？」

「ばかなこと言わないでよ、グラディス」

「そんなに怒らなくたっていいじゃない。どうやら、すっかりまいっちゃってるみたいね。はい、ヘンリーさん、いま行きます。うるさい人ねぇ！　自分がいちばんえらいと思ってるから、わたしたちにあんなふうに命令するんだわ」

その手紙は、土曜の夜に食事に行かないかという誘いだった。その土曜の昼時が来ると、あげてもらった給料も受けとって、ジェーンはすっかりご機嫌になっていた。

「あの日、飛行機での事件がこの先どう影響するか心配だったけど、なにもかも、いい方向に行ったわ……人生って、ほんとにおもしろいものなのね」と、ジェーンは思った。

浮き浮きして気が大きくなり、ジェーンは財布の紐をゆるめて〈コーナー・ハウス〉というレストランで音楽の伴奏を楽しみながら昼食をとろうと決めた。

四人がけのテーブルについたとき、そこにはすでに中年の女性と若い男性がすわっていた。中年女性のほうはちょうど料理を食べおわるところで、しばらくして勘定をすませると、あれこれ荷物をまとめて出ていった。

ジェーンは、いつもの習慣で本を読みながら食事をした。ページをめくりながらふと目をあげたとき、むかい側の席の青年がじっとこちらを見つめているのに気がつき、と同時に、なんとなく見たような顔だなという気がした。

ジェーンが気がつくと同時に、目が合った青年がお辞儀をした。

「失礼ですが、マドモアゼル、ぼくをおぼえてらっしゃいませんか？」

ジェーンは、さっきより注意して青年の顔を見た。色の白い童顔で、とりたててハンサムというよりは、豊かな表情が魅力的だった。

「たしかに、だれかに紹介された仲というわけじゃありません」青年はつづけて言った。

「ただし、殺人事件や、おたがいに検死審問で証言したという事実は紹介がわりといってもいいのでは」

「ああ、そうでしたわね」ジェーンが言った。「わたしってば、なんて抜けてるのかしら！　お見かけしたことがあるとは思ったんですけど。あなたは——」

「ジャン・デュポンです」そう言って、青年は、ちょっとこっけいな愛嬌のある会釈をした。

ジェーンの脳裏に、グラディスが身もふたもない口調で言っていた名セリフが浮かんだ。

「だれかひとり、あなたを追いかける人ができると、かならずべつの人からも追いかけられるのよ。それが自然の法則ってやつみたい。場合によっては、三人も四人もってこともあるんだから」

ジェーンはこれまでずっと、質素で勤勉な人生を送ってきた（まるで行方不明になった娘について、〝男友だちなどいない、賢くて明るい娘だった〟と言うのとおなじようだが）。ジェーンは、〝男友だちなどいない、賢くて明るい娘〟だったのに、いまや、男友だちがそこらじゅうにごろごろいるようだ。それはまちがいない。テーブルに身を乗りだしているジャン・デュポンの顔には、単なる知りあいだからという礼儀以上のものがあった。ジェーンとむかいあわせの席になってよろこんでいるのだ。いや、よろこぶというだけでは足りない――浮かれているのだった。

ジェーンは、ちょっとした警戒心をおぼえながらこう考えた。

〝でも、この人はフランス人よ。フランス人には気をつけろって、みんながそう言うわね〟

「で、まだイギリスにいらしたんですね」そう言ったはいいが、それがあまりに間の抜けた発言だったので内心で自分を呪った。

「そうなんです。父がエジンバラに講演に行っていたもので。だから、ぼくも友人のところに泊めてもらって。でも、もう明日にはフランスへ帰ります」

「そうなんですか」

「警察は、まだ犯人を逮捕していないんですよね?」ジャン・デュポンは言った。

「ええ、最近は新聞にも事件の記事は載ってませんし、もうあきらめてしまったのかもしれませんわね」

ジャンは首を横にふった。「いやいや、ぜったいあきらめたりはしませんよ。ひそかに動いているんです」意味ありげな身ぶりをしてみせた。「闇に隠れてね」

「やめて」ジェーンは不安そうに言った。「なんだかこわくなるわ」

「そうですね、あんなにすぐそばで人が殺されたんだから、あまり気分のいいものじゃないですが……」そう言って、ジャンはつけくわえた。「それに、ぼくはあなたよりもっとそばにいたんですよ。ほんとにすぐそばだった。ときどき、考えたくもないことを……」

「犯人はだれだと思います？　わたし、さんざん考えてみたんですけどね」

ジャン・デュポンは肩をすくめた。

「ぼくじゃない。あの人はあまりにも醜すぎますよ！」

「そうかしら。きれいな人よりも、醜い人のほうを殺すものじゃなくて？」

「とんでもない。もし好きな女性が美しかったとするでしょう――その女性につれなくされたとする――すると、嫉妬心が芽生えて、嫉妬でどうかしてしまう。〝よし、殺してしまおう。殺してしまえば、もう思い残すことはない〟と思うんですよ」

「でも、ほんとにそれで満足するかしら？」

「マドモアゼル、それはぼくにもわかりません。まだやってみたことは、ありませんからね」笑い声をあげて、それからかぶりをふった。「それにしても、ジゼルみたいな醜いおばあさん――だれが殺したいなんて思うでしょうね？」

「まあ、そういう見方もあるでしょうけど」ジェーンはそう言って顔をしかめた。「なんだか、ちょっとおそろしい気がしますわ。あの人にも、若くてきれいなころがあったと思うと」

「そうですね、わかりますよ」ジャン・デュポンは急にまじめな顔になった。「女性が老いていくというのは、人生の大いなる悲劇です」

「あなたは、女の人や、その顔かたちのことを、ずいぶん考えていらっしゃるようね」

「とうぜんですよ。なにより興味を持っていることですから。こう言うと、あなたがたイギリス人は変だと思うでしょうね。イギリス人の頭にあるのは、まず仕事——つまり職業ということですが——つぎにスポーツ、そして最後に——最後の最後に——妻のこと。ほんとうに、そうなんです。ねえ、考えてもみてください。とあるシリアの小さなホテルに泊まっていたイギリス人なんですが、その人の奥さんが病気になった。夫のほうは、決まった日までにイラクのどこだかへ行かなくちゃならない用事があった。なん《エ・》と《ビァン》なんと、仕事があるからといって、夫は妻を残して期日に間に合うように出かけてしまったんだから、信じられませんよ。そして、本人も奥さんもそれがおかしいとは思っていないんだから。ふたりとも、夫のしたことは立派で、自分より他人の都合を優先したんだと思っていた。ところが、奥さんを診た医者はイギリス人ではなかったので、夫を野蛮人だと思った。妻も人間なんです——まずだいいちに妻のことを優先すべきだ。

それにくらべたら、仕事なんてはるかに価値が劣るものです」

「どうかしら」ジェーンは言った。「わたしは人にとって仕事はなにより大事だと思いますけど」

「そうかなぁ？　やっぱり、あなたもおなじような考えかたなんだ。人間はね、仕事をして、お金を手に入れる——女の人に夢中になって、あれこれと世話を焼くことで、そのお金を使う——ってことは、女の人はお金よりもはるかに大切で、理想的な存在だということですよ」

ジェーンは笑った。

「ああ、なるほど。わたしだったら、四角四面に第一の義務と思われるよりも、ただお金のかかる道楽だと思われるほうがいいわ。義務だからかまってやらなきゃと思われるよりも、世話を焼くのが楽しいと感じてもらえるほうがいいもの」

「マドモアゼル、あなたが相手なら、だれも義務だなんて思うもんですか」

ジェーンは青年の真剣な口調に、ちょっと顔を赤らめた。青年はなおもまくしたてる。

「ぼくは、イギリスには一度しか来たことがありませんが、先日はつくづくおもしろいと思いましたよ——審問っていうんでしたっけ？——その場で、三人の魅力的な若い女性を観察したが、三人ともまったくちがっていましたからね」

「わたしたち三人のこと、どうお思いになりましたの？」ジェーンはおもしろがってたずねた。

「あのホーバリー伯爵夫人は――ダメですね。ぼくはああいうタイプの女性をよく知ってる。とてもエキゾチックで、とてつもなくお金がかかるんですよ。いっしょにトランプのテーブルを囲むとわかります――顔だちはやさしそうだが、表情は厳しい――十五年かそこらたったら、ああいう人がどうなるのか、わかるでしょう。あの人は、快楽のために生きているんだ。高額のギャンブルや、ひょっとしたら麻薬だって……はっきり《オ・》いって《フォン》、あの人には興味ありませんね！」

「じゃあ、ミス・カーは？」

「ああ、じつにまったくイギリス的です。リヴィエラのどの店で買い物してもつけがききそうなタイプだな。フランスの商売人というのは、相手を見る目がたしかですからね。服はとても仕立てがいいけれど、どっちかというと男物みたいだ。地球は自分のものだといわんばかりに堂々としている。うぬぼれてるわけじゃなくて、ただ、それがイギリスの女性らしいところだ。イギリス人がイギリス人を見れば、その人がどの地域の出身かわかるんですよね。ほんとですよ。ぼくは、あの人みたいなイギリス人をエジプトで見かけてますからね。〝なんですって？　だれだれさんがこちらに？　ヨークシャーのなんとかかんとかさん？　ああ、シュロップシャーのなんとかかんとかさんですの〝ってね」

青年がたくみに口まねをしてみせた。のんびりした、イギリスの上流階級らしいしゃべりかたに、ジェーンは笑ってしまった。

「つぎは――わたしね」

「つぎは、あなたです。ぼくは心のなかでこう言いましたよ。〝いつかまたこの人に会えたら、どんなにいいだろう。そうなったら、ほんとうにうれしいんだが〟ってね。それが、こうしてあなたとむかいあってすわっている。神さまも、ときには粋なはからいをしてくれるものです」

「あなたは考古学者なんでしょう？　いろいろなものを発掘なさるの？」

そう言って、ジェーンはジャン・デュポンが自分の仕事のことを話すのに、夢中で聞きいった。

そして最後に、小さくため息をついた。

「ずいぶんたくさんの国にいらっしゃったのね。とってもたくさんのものをごらんになって。どれもこれも楽しいお話ばかり。わたしなんか、死ぬまでどこへも行かないし、なんにも見られないんだわ」

「うらやましいですか？　外国へ行って、未開の地を見ることが？　でも、髪にウェーヴをかけてもらうこともできませんよ。いいんですか？」

「わたしの髪は、もともとウェーヴがかかっていますもの」ジェーンは笑いながら言った。

時計を見あげ、ジェーンはあわててウェイトレスを呼んで、勘定をたのんだ。

ジャン・デュポンが、すこし照れながら言った。「マドモアゼル、よろしかったら――さっきも言ったように、ぼくは明日フランスに帰るんで――今夜、食事につきあっていただけませんか？」

「せっかくですけど、できませんわ。ある人と食事をすることになってるんです」

「ああ！　それは残念だな。じつに残念です。またちかいうちにパリにいらっしゃる予定はありますか？」

「そういう予定はありませんわ」

「ぼくも、こんどはいつロンドンに来られるかわからないんです。残念だな！」

ジャン・デュポンはジェーンの手をにぎったまま、しばらく立ちつくしていたが、「ぜひとも、もう一度お会いしたいものです」と言った。その口調は、心からそう思っているように聞こえた。

14　マスウェル・ヒルで

ジェーンがアントワーヌの店を出ようとしているころ、ノーマン・ゲイルは仕事柄やさしい口調でこう言っていた。「ちょっと痛いかもしれませんよ……痛かったらそう言ってください」

熟練した手つきで、電気ドリルを動かす。

「ほら、もうおわりました。ロスさん？」

待ってましたとばかり、看護師のロスが厚板の上で白い調合物を混ぜながらそばへ来た。

ノーマン・ゲイルは削ったところに詰め物をした。「それで、と。ほかの歯の治療は、つぎの火曜日でいかがです？」

患者はせっせと口をすすぐそばから、矢つぎ早に言い訳した。出かける予定ができてしまったんです――ごめんなさいね――ですからつぎの予約は取り消さないと。ええ、帰ってきたらご連絡しますから。

そう言って、その女性はそそくさと部屋から逃げ出した。

「さてと、きょうはこれでおわりだな」ノーマンは言った。

ロスが言った。「ヒギンスン夫人からお電話がありまして、来週の予約は取り消しだそうです。ああ、それから、ブラント大佐は木曜の治療に来られないと」

ノーマン・ゲイルはうなずいた。顔がこわばっている。

来る日も来る日もこの調子だ。患者たちが電話をかけてきて、予約を取り消す。さまざまな理由をつけて——出かける予定ができた——外国へ行く——風邪を引いた——行けそうにない、うんぬん。

患者たちがどんな言いわけをしようと、ノーマンにはほんとうの理由がわかっていた。たったいま、治療した患者の目に疑いようもなくそれを見てとったからだ。ドリルに手を伸ばした瞬間、患者は急にぎょっとした顔になって……

その女性患者の思いを紙に書けと言われれば、こうなるだろう。

〝ああ、どうしよう。この人、あの女性が殺されたとき、おなじ飛行機に乗っていたんだわ。ひょっとして……人間は妙な考えを起こし、考えられない犯罪を犯すことがあるって話も聞くし……危ない危ない。この人、殺人鬼かもしれないのよね。そういう人は、一見ふつうの人に見えるものだっていうし……この人の目には、たしかにいつもなんだかおかしな表情が浮かんでるような気がしてたわ……〃

「それじゃあ」ノーマンは言った。「来週はひまになりそうだね、ロスさん」

「ええ、ずいぶんたくさんキャンセルが出ましたから。でもまあ、これでゆっくりおできになりますよ。夏のはじめごろは大忙しだったんですから」

「秋になったらまた大忙しということにはなりそうもないけどね。ちがうかな？」

ロスは返事に詰まったが、ちょうど電話が鳴って救われた。彼女は電話をとるために部屋を出ていった。

ノーマンは器具を消毒器に入れながら、つくづく考えた。

〝現状を考えてみよう。へたにあがいても、なんにもならない。この一件のおかげで、ぼくの仕事はおわったも同然だ。おかしなことに、ジェーンの仕事はうまくいってる。客は店へやってきて、ぽかんと口をあけてあの人を見てるんだ。考えてみると、そこがおかしいよな——連中は、うちへやってきて口をあけるべきなのに、それはいやだというんだから！　ただでさえ、歯医者の椅子にすわるのは弱味を見せるようでいやなものなんだ。なのに、その医者が凶悪な殺人犯ときては……

殺人ってやつは、なんて妙な事件なんだろう！　人が殺された、それだけのことだと思いがちだが、じつはそうじゃない。予想もしなかった影響があちこちに出てくるんだ……いや、よけいなことを考えずに現状を分析しよう。どうやらぼくの歯医者稼業はお先まっ暗らしい。ホーバリー夫人が逮捕されたらどうなるんだろう？　患者はもどってくるだろうか？　そうは考えにくいな。一度わるい評判が立つと、もう……まあいいさ、それがどうした？　ぼくは気にしないぞ。いや、気になるな……ジェーンのことがあるから……ジェーンはすばらしい人だ。あの人がほしい。でも、自分のものにはできない……いまはまだ……まったく困ったもんだ〟

ノーマンは微笑した。〝きっとうまくいくさ。そんな気がする……ジェーンは待ってくれるだろう……くそ、カナダへ行くか――そうだ、それがいい――カナダで儲けるんだ〟

彼は笑った。

看護師のロスが部屋にもどってきた。

「ローリー夫人からでした。申しわけないけれど……」

「ティンブクトゥへ行くことになりそうで、か」と、ノーマンは先回りした。「みんな、ネズミのように逃げだすんだな。きみはほかの仕事をさがしたほうがよさそうだね、ロスさん。どうやら、ここは沈みかかった船ってことらしい」

「まあ、ゲイル先生、先生を見捨てて逃げだすなんてはずないでしょ……」

「いい人だね。すくなくとも、きみはネズミじゃない。でも、まじめな話だよ。もしなにかが起きてすべての嫌疑が晴れないかぎり、ぼくはもうおしまいだ」

「これはなんとかしなくちゃいけませんわ！」ロスは力をこめて言った。「警察は恥を知るべきよ。ろくな仕事もしないで」

ノーマンは笑った。「警察はちゃんとがんばっているとは思うがね」

「だれかが、なんとかしなくちゃ」

「まったくだ。ぼくだって、自分でなんとかしようと思ったんだよ——とはいっても、なにをすればいいのかがよくわからないが」

「いいえ、ゲイル先生、わたしにはわかってます。先生はとても頭がよくていらっしゃるんだから」

〝なるほど、ぼくはこの娘にとって英雄なんだな〟ノーマンは内心で思った。〝ぼくの探偵ごっこの力になりたいと思ってるんだ。でも、ぼくはべつの人を相棒にと考えてる〟

その夜、ノーマンはジェーンと食事をした。無意識のうちに元気なふりをしていたが、ジェーンはとても鋭敏でだまされなかった。ふいに上の空になったり、眉間にちょっとしわを寄せたり、急に口をきつくむすんだりするようすを見のがさなかったのだ。ついにジェーンはこう言った。「ノーマン、なにかまずいことでもあって？」

ノーマンはちらりとジェーンを見て、すぐに目をそらした。

「まあ、そう順調というわけではないね。一年でもひまな時期なんだ」

「うそばっかり」ジェーンは鋭く言った。

「うそだなんて」

「ごまかしてもダメよ。あなたが死ぬほど困っているのがわからないと思う？」

「死ぬほど困ってなんかいないよ。ただちょっと心配なだけさ」

「それは、患者さんに敬遠されてるとか――」

「殺人犯かもしれない人間に歯の治療をしてもらうことを？　その通りだよ」

「なんてひどい。不公平だわ！」

「まあね。率直に言って、ぼくは優秀な歯科医だし、殺人犯でもないんだから」

「ひどいわ。だれかがなんとかしなきゃ」

「うちの看護師のロスにも、今朝、おなじことを言われたよ」

「どんな人？」

「ロスさんのこと？」

「さあ、どう言えばいいかな。大柄で——とても骨張っていて——揺り木馬みたいな鼻をしていて——おそろしく有能な人だよ」

「ええ」

「とってもいい人らしいわね」ジェーンはうれしそうに言った。

ノーマンはジェーンの返事を聞いて、作戦勝ちだと思った。ロスさんは、言うほど骨張っているわけでもない。それに真っ赤な髪はとても魅力的なのだけれど、そのことはジェーンには言わないほうがいいと感じたのだ。そして、その直感は当たっていた。

「ぼくだって、できればなんとかしたいよ。小説の登場人物だったら、手がかりをつかむとか、だれかを尾行するとかするんだけど」

ジェーンが急にノーマンの袖をひっぱった。

「見て、クランシーさんがいるわ——ほら、あの作家の。壁際にひとりですわってる。あの人のあとを尾けてみましょうか」

「でも、映画を見る約束じゃなかった？」

「映画なんか、どうでもいいわ。なんだか、こうなるのが運命だったような気がするの。あなたがだれかを尾行したいって言ったら、その尾行する相手がここにいるんだもの。やるだけやってみましょうよ。なにか出てくるかもしれないわ」

ジェーンの意気ごみがノーマンにも伝染し、たちまちその計画に乗り気になった。

「きみの言うとおりだ。やるだけやってみないとね。彼の食事はどのあたりまでいってる？　ぼくの席からじゃあ、ふりかえらないと見えないし、ジロジロ見るのはまずいだろう」

「だいたいわたしたちとおなじぐらいよ」ジェーンは言った。「ちょっと急ぎましょ。支払いをすませて、あちらが食べおわったら出られるようにしておいたほうがいいわ」

ふたりはこの計画を採用した。小柄なクランシーがようやく立ちあがり、ディーン通りに出ると、ノーマンとジェーンはすぐあとから追いかけた。

「タクシーをひろうといけないから」と、ジェーンは説明した。

しかし、クランシーはタクシーには乗らなかった。コートを腕にかけて（そして、それをときどき地面にひきずりながら）、ロンドンの街なかをのんびり歩いていった。歩きかたはどこか風変わりで、ときには早足になったり、ときにはほとんど立ち止まりそうになったりしながら道を進んでゆく。一度など、道路をわたろうとしたそのときに、まるでスローモーションの映画そっくりに縁石の上に片足を宙に浮かしたまま止まってしまったこともある。

行き先も気まぐれで、一度など、あまり何度も右折ばかりしたものだから、おなじ道を二度も歩くしまつだ。

ジェーンは、気分が高揚するのを感じた。

「ほらね？」わくわくしながら言った。「尾行されるのをおそれてるのよ。わたしたちを、まこうとしているんだわ」

「そう思う？」

「もちろんよ。でなきゃ、だれもこんなふうにぐるぐる街を歩きまわったりしないわ」

「おっと！」

急いで曲がり角をまがったとき、ふたりはもうすこしで追っている相手にぶつかりそうになった。クランシーは立ち止まって肉屋の看板を見あげていたのだ。店はとうぜんながら閉まっていたけれど、二階にあるなにかがクランシーの注意を引いているらしかった。

クランシーは、声に出して言った。「完璧だ。なんて運がいいんだろう！」

手帳を取り出すと、彼は注意深くなにかを書きこんだ。それから、きびきびした足どりで、小さく鼻歌を歌いながら歩きだした。

こんどはまちがいなくブルームズベリーにむかっている。ときどき顔を横にむけると、あとをつけているジェーンたちには、クランシーの唇が動いているのが見えた。

「なにか起きたのよ」ジェーンが言った。「あの人、ひどく上の空だもの。ひとりごとを言ってることに自分で気がついてないんだわ」

信号が赤になって道路をわたるのを待っているとき、ノーマンとジェーンは横にならぶほどちかづいた。

なるほどほんとうだ。クランシーはひとりごとを言っていた。その顔は青白く、こわばっている。ノーマンとジェーンは、つぶやかれたことばのいくつかを耳にした。

「どうして彼女はしゃべらないんだ？　いったいどうして？　きっと理由があるはずだ……」

信号が青になった。反対側の歩道についたとき、クランシーはつぶやいた。「わかったぞ。それしかない。だから彼女は口をふさがれねばならないんだ！」

ジェーンは強くノーマンをつねった。

クランシーは、いまやたいへんな早足になっていた。コートをすっかり地面にひきずっている。小柄な作家は大股で歩いていき、つけているふたりのことに気づいていないのは明らかだった。

ついに、一軒の家のまえでいきなり立ちどまると、鍵をあけてなかへはいってしまった。

ノーマンとジェーンは顔を見合わせた。

「自分の家だ」ノーマンは言った。「カーディントン・スクエア四十七番地。審問のときに言ってた住所だよ」

「まあいいわ」ジェーンは言う。「すこししたら、また出てくるかもしれないし。それに、とにかくなにか聞いたことは聞いたしね。だれかが――女の人が――口どめされようとしている。そして、だれか、しゃべろうとしない女の人がいるのよ。いやだわ、ほんとに探偵小説そっくりの話ね」

闇のなかから声がした。「こんばんは」

その声の主が、まえに進み出た。街灯の明かりが、立派な口ひげを照らしだす。

「ほんとうに《エ・ビアン》」エルキュール・ポアロは言った。「追いかけっこにはもってこいの晩ですな。そうじゃありませんか？」

15 ブルームズベリーで

若いふたりは飛びあがるほどおどろいたものの、ノーマン・ゲイルが先にわれにかえった。

「もちろんです」と、ノーマンは言った。「お名前は、ええと——ポアロさんでしたね。まだ、疑いを晴らそうとしているんですか、ポアロさん？」

「ああ、わたしたちのささやかな会話をおぼえてるようですね。で、あなたがたが怪しんでいるのは、気の毒なクランシーさんなのですか？」

「あなたもでしょう」ジェーンが鋭く指摘した。「でなきゃ、ここへは来ないはずだわ」

ポアロはつかのま、考えぶかげにジェーンを見た。

「あなたは、殺人について考えたことはありますか、マドモアゼル？　つまり、理論的にということですが、冷静に、先入観なしに考えてみたことは？」

「つい最近まで、一度もそんなことを考えたためしもありませんでしたけど」

エルキュール・ポアロはうなずいた。

「そうでしょうね。あなたはいま、殺人がほかならぬ自分にかかわってきたから、そのことを考えている。しかし、わたしは、もう何年ものあいだ、犯罪をあつかってきたのです。わたしには、わたしなりのものの見方がある。殺人事件を解決しようとするとき、心がけておかなければならないもっとも重要な点とはなんだと思いますか？」

「殺人犯を発見することだわ」ジェーンは言った。

ノーマン・ゲイルはこう言う。「正義だ」

ポアロはかぶりをふった。「殺人犯をみつけることよりもっと大事なことがあります。それに、正義といえば聞こえはいいが、それをどういう意味で使うのかは正確には判断がつきにくいこともある。わたしに言わせれば、重要なのは、だれが無実なのかをはっきりさせることだと思いますよ」

「ああ、もちろんです」ジェーンが言った。「それは言うまでもないことですね。だれかが無実の罪で告訴されたら――」

「それもちがいますな。だれかが告訴されるなんてことはないかもしれない。しかし、ひとりの人が疑いの余地もなく有罪と証明されるまでは、ていどの差こそあれ、その人物を除く事件の関係者がひとり残らず迷惑するんです」

ノーマン・ゲイルがここぞとばかりに言った。「まったく、そのとおりですね」

ジェーンは、「言われるまでもありませんわ」と言う。

ポアロはふたりを代わる代わる見くらべて、「なるほど。おふたりとも、すでに身をもって体験しているようですな」

ふいにてきぱきとした口調になって、

「じつはね、わたしにはたしかめたいことがあるんです。目的はおなじなんだから、三人で力をあわせてやりましょう。わたしは、われらが天才肌の友人、クランシーさんを訪ねていこうとしていたのですよ。グレイさんにはいっしょに来ていただきたい——わたしの秘書ということで。さあ、マドモアゼル、ここに速記用のノートと鉛筆がありますからね」

「わたし、速記なんてできませんけど」ジェーンはあわてて言った。

「それはそうでしょう。しかし、あなたはとっさの機転が利くかただ——頭がいい——ノートにそれらしい記号を書くふりはできるでしょう？ よろしい。ゲイルさんのほうは、そうですね、一時間ほどしたら落ちあうことにしましょう。〈モンセニュール〉の二階でいいですかね？ けっこう《ボン》！ そこで情報をつきあわせてみましょう」

ポアロはそう言うと、玄関に近づいてベルを押した。

ジェーンはちょっとあっけにとられて、ノートを手に、あとからついていく。

ノーマンは口をひらいて抗議しかけたが、考えなおしてやめた。

「わかりました。じゃあ、一時間後に〈モンセニュール〉で」

ドアがあいて、飾り気のない黒い服を着た無愛想な初老の女性が出てきた。

ポアロが言った。「クランシーさんはおいでですか？」

女が奥へさがったので、ポアロとジェーンはなかへはいった。

「お名前は？」

「エルキュール・ポアロです」

無愛想な女はふたりを二階の、とある一室に案内した。

「エア・キュール・プロットさんがおいでですよ」女は告げた。

クランシーはクロイドンでジャップ警部に自分は整理整頓が得意ではないというようなことを言っていたけれど、部屋にはいるやいなや、ポアロはそのことばにうそはなかったことを悟った。片側に窓が三つあり、その反対側の壁には棚や本箱がならんでいるその細長い部屋は、めちゃくちゃな状態だった。書類が散らかり、厚紙のファイル、バナナ、ビール壜、ひらいた本、クッション、トロンボーン、雑多な陶器類、エッチング、おどろくほどの種類の万年筆の数かずが散乱していた。

この混沌のなかで、クランシーはカメラと一巻のフィルムを相手に悪戦苦闘していた。

「おや、どうも」客だと言われて、クランシーはそう言いながら顔をあげた。カメラを下におろすと、フィルムが床にころげ落ちて自然にほどけてしまった。手を差し出しながら、クランシーはまえに進み出た。「よくいらっしゃいました」

「わたしをおぼえていらっしゃるでしょうな?」ポアロが言った。「こちらは秘書のミス・グレイです」

「はじめまして、グレイさん」ジェーンと握手をすると、クランシーはポアロにむきなおった。「ええ、もちろんおぼえていることはいるんですが、さて、どこでお目にかかりましたっけ? 〈髑髏クラブ〉でしたかな?」

「わたしたちは、ある運命的なときに、パリ発の飛行機に乗り合わせました」

「ああ、そうか」クランシーは言った。「それに、グレイさんもそうだ! ただ、あなたの秘書だとは思いませんでしたよ。じっさい、美容室かどこか、そういうところにお勤めだと思っていたが」

ジェーンは不安そうな顔をポアロにむけた。

ポアロのほうは、まるで動じるようすもない。

「そのとおりです」彼は言った。「有能な秘書として、ミス・グレイにはときどき臨時の仕事をしてもらうのです――おわかりですな？」

「わかりますとも」クランシーは言った。「うっかりしてたが、あなたは探偵でしたっけ――ほんものの。警察ではなくて私立探偵だったんですな。どうぞおかけなさい、ミス・グレイ。いや、そこはまずい。その椅子にはたしかオレンジジュースが置いてあるから。このファイルをどければ――おっと、あれもこれも落ちてしまった。いいんです、いいんです。あなたはここにどうぞ、ポアロさん――ポアロさんでいいんですよね？　その椅子の背はこわれてるわけじゃないんですよ。ただ、寄りかかるとちょっときしむだけです。まあ、あまり体重をかけないほうがいいかもしれない。そうそう、あなたは私立探偵でしたな。わたしがつくった探偵ウィルブラハム・ライスのようにね。ウィルブラハム・ライスは大衆に大人気なんですよ。ウィルブラハムは、爪を噛んで、バナナを大量に食べるんだ。そもそも、どうして爪を噛むことにしたのか自分でもわからんのですが――じつに悪い癖だが、いまさらどうにもなりません。最初に爪を噛むと書いたものだから、いまじゃどの本でも爪を噛まないといけなくなってしまってね。飽き飽きしてるんだが。バナナのほうがまだましだ。ちょっと笑えるネタにもできるしね――犯人がバナナの皮を踏んですべるとか。このわたしも、バナナを食べるんですよ――だからそれを取り入れようと思いついたわけで。わたしには爪を嚙む癖はないけれどもね——ビールでもどうです?」

「いや、けっこう」

クランシーはため息をついて自分も腰をおろすと、ポアロをしげしげと見つめた。

「なにしにいらしたか見当はつく——ジゼル殺しの件でしょう。わたしも、あの事件のことはさんざん考えましたよ。なんにせよ、あれはおどろくべき事件だ——飛行機内で毒矢だの吹矢筒だのが使われるとは。まえにも言ったように、わたし自身、長篇でも短篇でもおなじアイディアを使ったことがあるんでね。むろん、ひじょうに衝撃的なできごとではあったが、白状するとね、ポアロさん、わたしはわくわくしましたよ。そりゃもう興味深い事件だ」

「よくわかります」ポアロは言った。「職業柄、あなたがあの事件に興味をそそられたのもむりはないですよ、クランシーさん」

クランシーは笑顔になった。

「そのとおり。だれだって——れっきとした警官だって——それがわかりそうなものなのに! ところが、ちっともわかってない。疑いの目——警察でも検死審問でも、みんなわたしを疑っている。正義に手を貸そうとみずから進み出たというのに、その苦労のかわりに、あからさまに疑われるなんてばかげた話だ！」

「それにしては」ポアロは微笑を浮かべて言った。「あなたはあまり影響を受けているようには見えませんが」

「ああ、わたしにはわたしの推理方法があるからだよ、ワトスンくん。ワトスンくんなんて呼んでも気にしないでください。悪気はないんです。ところで、間抜けな友人を使うというテクニックがいつまでもすたれないのはおもしろい。個人的には、わたしはシャーロック・ホームズの物語はかなり過大評価されてると思うんです。あの作品のなかには、誤った論理が、じつにおどろくほどたくさんの誤った論理が出ているんだから――それはともかく、わたしはなにを話していたんだっけ？」

「あなたにはあなたの推理方法があるって話でしたよ」

「ああ、そうだった」クランシーは身を乗りだした。「わたしは、あの警部――なんて名前だったかな？　ジャップか――そう、つぎに書く本にはあの警部を登場させようと思ってるんです。ウィルブラハム・ライスが、その人物をどうあつかうか楽しみにしていてください」

「バナナを食べる合間に、という具合ですかね」

「バナナを食べる合間に――それはいいね、じつにいい」クランシーは楽しげに笑った。

「あなたは、作家というたいへん有利な立場においでですな」ポアロが言った。「印刷された文字という道具を使って、自分のきもちを楽にすることができるんだから。敵を撃破するペンの力をお持ちだ」

クランシーは椅子にすわったまま、ゆったりとからだを揺すった。

「じつはね、この殺人事件が、わたしにとってはじつに幸運なことになるんじゃないかという気がしてきているところなんです。はじめからおわりまで、起こったままに書こうと思っている——ただし、もちろん小説としてだが。『航空便の謎』という題名にするつもりなんだ。すべての乗客を、ペンの力で完璧に描きだす。火がついたように売れるはずだ——ほとぼりのさめないうちに書くことさえできればね」

「名誉毀損とかいうことになりませんか？」ジェーンが訊いた。

クランシーはジェーンに笑顔をむけた。

「いやいや、お嬢さん。むろん、わたしが乗客のひとりを殺人犯として描くつもりなら、まあ、そのときは名誉毀損で訴えられるかもしれないけどね、そこが、この本の強みさ——最後の章で、まったく思いもかけない謎解きがあるんですよ」

ポアロが興味津々で身を乗りだした。

「で、その謎解きとは？」

クランシーはまた楽しそうに軽く笑った。

「独創的なんだ」彼は言う。「独創的で、意表をつくものですよ。ひとりの娘が、パイロットに変装して、ル・ブルジェ空港で飛行機に乗りこむ。そして、マダム・ジゼルの座席の下にうまくもぐりこむ。彼女は最新のガスを入れたアンプルを持っている。そのガスを放出すると——乗客全員が三分間意識を失うんだ——娘が座席の下から這い出てくる——毒矢を放ち、そして客室後方のドアからパラシュートで降下するというわけです」

ジェーンもポアロも目をパチクリさせた。

ジェーンが言った。「どうしてその娘もガスで意識を失ってしまわないのかしら？」

「ガスマスクだよ」クランシーが明かした。

「で、英仏海峡へと飛びおりるんですか？」

「かならずしも英仏海峡である必要はないんだ——わたしは、フランスの海岸にしようと思ってる」

「だとしても、座席の下にもぐりこむなんてむりです。人が隠れられるような場所はありませんもの」

「わたしの飛行機にはあるんです」クランシーは断言した。

「けっこうですな《エパタン》」ポアロは言った。「で、その娘さんの動機は？」

「それはまだ決めてないんですよ」クランシーは考えこむように言った。「ジゼルがその娘の恋人を破滅させ、自殺させてしまった、というところかな」

「それから、その娘が毒を入手した方法は？」

「そこが、じつによくできた部分でね」クランシーは言った。「その娘はヘビつかいなんだ。自分がかわいがっているヘビから、その毒をとったのさ」

「なんとまぁ《モン・デュ》！」エルキュール・ポアロは声をあげた。「それはちょっと、意表をつきすぎだと思ったりなさいませんか？」

「ものを書くときに、意表をつきすぎるなんてことはありえませんな」クランシーは頑としてゆずらなかった。「南アメリカのインディオが使う毒矢なんぞを取り入れたものを書くとなれば、なおさらですよ。そりゃたしかに、わたしはヘビの毒ということにしたわけだが、原則的にはおなじことだ。なんたってあなた、探偵小説が現実の生活とおなじようではつまらんでしょう？　新聞記事を見てごらんなさい――まるでドブの水みたいに退屈だ」

「すると、あなたは、この事件もドブの水みたいに退屈だとおっしゃる？」

「いいや」クランシーはみとめた。「あの事件は、じっさいに起きたこととは信じられないほど意表をついてますからね」

ポアロは、ぎしぎしきしむ椅子をちょっとクランシーのほうに引きよせた。いかにもあたりをはばかるように声を低くして、

「クランシーさん、あなたは優秀な頭脳と想像力をお持ちだ。ご自分でおっしゃるように、警察はあなたを容疑者とみなしていて、助言をもとめるつもりはない。しかし、このわたし、エルキュール・ポアロはあなたにぜひともご相談したいと思っております」

クランシーは、おだてられて顔を紅潮させた。

「そう言っていただけると、じつにうれしい」

面食らっているが、まんざらでもないという顔だ。

「犯罪学を研究なさったあなたの考えは、貴重なものだと思います。そこで、ご意見をぜひうかがいたい。いったい、あの事件はだれの犯行なのでしょう?」

「それは――」クランシーはことばに詰まり、思わずバナナに手を伸ばして食べはじめた。そのうち、表情が沈んできて、かぶりをふった。「じつはね、ポアロさん、それとこれとはまったく話がちがうんですよ。探偵小説を書くときには、だれでも好きな人物を犯人に仕立てられる。しかし、いうまでもなく、現実の事件では相手は現実の人間だ。事実を勝手気ままにねじ曲げることもできない。残念ながら、わたしは現実の探偵とし

てはまったく役立たずのようですな」

　悲しげにかぶりをふると、バナナの皮を暖炉に投げこんだ。

「そうはいっても、いっしょに事件を考察するのはおもしろいかもしれませんよ」ポアロが提案した。

「ああ、それなら、いいでしょう」

「まずはじめに、あえて目星をつけるとしたら、だれをえらびますか？」

「ええと、そうだな、ふたり連れのフランス人の片方かな」

「理由は？」

「被害者がフランス人だったから。だからなんとなく、可能性があるような気がするんでね。それに、あのふたりは被害者からそれほど遠くない反対側の席にすわっていたし。とはいえ、本音をいえば、わたしにはわからない」

「とにかく」ポアロは慎重に言った。「動機が大事です」

「もちろん――とうぜんだ。あなたのことだから、たぶんすべての動機を系統立てて整理してみたんでしょうな？」

「わたしのやり方は旧式でね。その犯罪で得をする者をさがせ、という、あの古い名言にしたがっているのですよ」

「それはとてもいいことだ」クランシーは言った。「しかし、こんな事件の場合には、それではちょっとうまくいかないと思うんだが。遺産がころがりこむ娘がいるって話だね。しかし、プロメテウス号の乗客にも得をする者が大勢いるかもしれない――つまり、マダム・ジゼルから金を借りていて、まだ返済していなかった人間がってことだが」

「ごもっとも」ポアロは言った。「それに、ほかにこうも考えられますよ。もしも、マダム・ジゼルがなにかを知っていたとしましょう――たとえば、乗客のだれかが殺人未遂をしたとか、そういうことをね」

「殺人未遂？」クランシーが言った。「待ってくださいよ。殺人未遂とはまたどうして？　なんて妙なことを言いだすんです？」

「こうした事件の場合は、あらゆることを考えてみなくてはね」と、ポアロ。

「ほほう！」クランシーは言った。「しかし、考えてみてもむださ。知ることが大事なんですよ」

「おっしゃることは道理です――道理です。正しいご意見ですな。失礼ですが、あなたが買った例の吹矢筒ですが――」

「あの吹矢筒は失敗だったな」クランシーは言った。「持ってるなんて、言わなきゃ良かった」

「チャリング・クロス・ロードの店でお買いになったと言いましたよね？　ひょっとして、その店の名前はおぼえていますか？」

「そうだなぁ」クランシーはつぶやいた。「〈アブソロム〉だったかもしれないし――〈ミッチェル・アンド・スミス〉って店もあるしなぁ。わかりませんな。でも、こんなことはもう全部、あのうるさい刑事にすっかり話しましたよ。いまごろはもう、警察が裏をとってるはずでしょう」

「ああ」ポアロは言った。「しかし、わたしはまったくべつの理由でおたずねしているのです。おなじようなものを買って、ちょっとした実験をしてみたいのでね」

「ああ、なるほど。でも、あれとまったくおなじものがみつかるかどうかは、わかりませんよ。いくつも置いてあるというものじゃないから」

「それでも、行くだけ行ってみますよ。いまのふたつの店名をきちんとメモしておいてください」

ジェーンはノートをひらくと、すばやい手つきで、ほんものらしく見える（といいのだがと思いながら）一連の殴り書きをやって見せた。それから、ポアロの指示が本気だった場合のためにと、こっそり紙の裏にその名前をふつうの文字でメモした。

「さてと」ポアロは言った。「どうも長いことおじゃましました。そろそろ失礼いたします。ご協力を感謝しますよ」

「いやいや。どういたしまして」クランシーは言った。「バナナでも食べてくれればよかったのに」

「おことば、痛み入ります」

「なんのなんの。じつを言うと、今夜はとても楽しかったですよ。いま書いている短篇が行き詰まっていてね——どうしても話がうまくはこばないし、犯人にぴったりの名前も思いつかないし。なにか雰囲気のある名前にしたいと思っていたんだが。それが、運のいいことに、ある肉屋の店のうえに、これはと思う名前があったんですよ。パージター。これこそさがしていた名前ですよ。なんとなく、それらしく聞こえるでしょう。で、その五分後には、もうひとつの問題が解決した。小説を書くときに、いつも同じ暗礁にぶつかるんだが——どうしてその娘はしゃべろうとしないのか？　青年が娘に話をさせようとしても、娘は断じて話さないという。むろん、娘がすぐにすべてをぶちまけてはいけない納得のいく理由なんかひとつもないんだが、見るからにばからしすぎると思われない理由をひねり出す必要がある。あいにく、毎回ちがった理由でなきゃいけないんだ！」

クランシーはジェーンにむかってやさしくほほえみかけた。

「作家の腕がためされるってやつですよ！」

それから、すたすたとジェーンのうしろにある本箱へむかっていった。

「どうしても、これをあなたにさしあげたい」

手に一冊の本を持ってもどってきた。

「『赤い花びらの手がかり』です。たしか、クロイドンで話したと思うが、この本には矢毒と先住民の吹矢が出てくるんですよ」

「ほんとうにありがとうございます。ご親切に」

「どういたしまして」そう言うと、クランシーはとつぜんジェーンに言った。「あなたは、ピットマン式の速記を使わないのですな」

ジェーンが真っ赤になったので、ポアロが助け船を出した。

「ミス・グレイはとても現代的でしてね。最近、チェコスロバキア人が発明した新しい速記術を使っているんですよ」

「なるほどねぇ。チェコスロバキアっていうのは、おどろくべき国にちがいない。なにもかも、チェコからやってくるような気がするよ――靴もガラスも手袋も、そしてこんどは速記術もか。じつにすばらしい」

作家はふたりと握手した。

「あまりお役に立てなくて申しわけない」

名残惜しそうな微笑を浮かべて見送るクランシーを残して、ポアロたちは散らかり放題の部屋をあとにした。

16 作戦計画

クランシーの家から、ふたりはタクシーで〈モンセニュール〉へ行った。ノーマン・ゲイルが待っていた。

ポアロはコンソメとチキンのショーフロア仕立てを注文した。

「それで？」ノーマンが切り出した。「どうなりました？」

「グレイさんは、じつに優秀な秘書であることを証明してくれましたよ」と、ポアロが言った。

「わたしは、あまりうまくできなかったと思いますわ」ジェーンは言った。「クランシーさんがうしろを通ったときに、ノートに書いたものを見られちゃったんです。あの人、とても観察力があるんですね」

「ああ、そこに気がついていましたか？　あの善良なるクランシーさんは、人が思うほどぼんやりした人間じゃありませんよ」

「あの店名は、ほんとうに必要だったんですか？」ジェーンがたずねた。

「役に立つかもしれないと思いましてね――ええ」

「でも、もし警察が――」

「ああ、警察ね！　警察がたずねたような質問はしません。ただ、じつのところ、警察がなにか質問をしたとは思いませんがね。だってほら、機内で発見された吹矢筒は、アメリカ人がパリで購入したものだとわかっているんですから」

「パリで？　アメリカ人が？　でも、飛行機の乗客のなかにアメリカ人はいませんでしたよ」

ポアロは、やさしく微笑した。

「そのとおりです。アメリカ人が出てきたために、ことはよけいにややこしくなりました。それだけです」

「でも、それを買ったのは男でしょう？」ノーマンが言った。

ポアロは、なんだか妙な表情《ヴォワラ・トゥ》でノーマンを見た。

「そう。男がそれを買ったのです」

ノーマンは戸惑ったような顔をした。

「いずれにしても、それはクランシーさんじゃありませんわ。あの人はもう吹矢筒をひとつ持っているんだから、もうひとつほしがるはずはないもの」

ポアロはうなずいた。

「推理はそういうふうに進めるべきです。ひとりひとり疑ってみて、リストから削除していくのです」

「いままでに何人ほど削除しましたの？」ジェーンはたずねた。

「あなたが想像するほど多くはありませんよ、マドモアゼル」ポアロはウインクしながら言った。「動機によりけりですから」

「なにか――」ノーマン・ゲイルが言いかけてやめ、それから弁解するようにつけくわえた。「お仕事上の秘密に干渉したくはないんですが、マダム・ジゼルの取引の記録はなかったんですか？」

ポアロは首をふった。

「記録は全部焼き捨てられてしまったのです」

「それは残念ですね」

「そうなんです《エヴィデモン》！　しかし、マダム・ジゼルは金貸し商売のかたわら、ちょっとした脅迫もやっていたらしいので、捜査範囲が広がってしまいます。仮に、マダム・ジゼルが、ある犯罪を知っていたとします――たとえば、だれかが殺人未遂をやったとか」

「そんなことを想像する理由があるんですか？」

「もちろんですよ」ポアロがゆっくりと言った。「この件に関する数少ない証拠書類のひとつがね」

興味をひかれた顔のふたりを交互に見くらべて、ポアロは小さくため息をついた。

「まあ、そのことは置いておいて、ほかのことを話しましょう——たとえば、この悲劇が、あなたがた若いふたりに、どんな影響をあたえたかについて」

「こういってはなんですけど、わたしはおかげさまでうまくやっていますわ」ジェーンがそう言って、給料があがった話をした。

「マドモアゼル、おっしゃるとおり、あなたはうまくおやりになった。しかし、それはいまのうちだけかもしれません。〝驚きは九日間しか続かない〟と言いますしね」

ジェーンは笑った。「それはほんとうですね」

「あいにく、ぼくの場合はそう簡単にほとぼりがさめそうにありません」

ノーマンが自分の立場を説明するのを、ポアロは同情の色を浮かべて聞いていた。

「おっしゃるように」考えぶかげに意見を言った。「それは九日よりもっと長くつづきそうだ——いや、九週間——九カ月も。世間の興奮はすぐに静まります——しかし、恐怖は長く尾を引くものですからな」

「ぼくは、いまの仕事でがんばりぬくべきだとお思いになりますか？」

「ほかになにか計画でも？」

「ええ――なにもかもやめて、カナダかどこかへ行って、やり直そうかと」

「そんなことになったら、ほんとにお気の毒だわ」ジェーンが強い調子で言った。

ノーマンはジェーンを見た。

ポアロは、気を利かせてチキン料理のほうに関心を集中した。

「ぼくだって、行きたくはないよ」ノーマンは言う。

「わたしがマダム・ジゼルを殺害した犯人をみつければ、カナダへなんか行かなくてもすみますよ」ポアロは陽気に言った。

「ほんとにみつかると思います？」ジェーンはたずねた。

ポアロは心外そうな顔をした。

「秩序と方法をもってひとつの問題にせまるなら、それを解決するのに困難などあるはずがないのです――ぜったいにね」ポアロは決然として言った。

「ああ、わかりました」とは言ったものの、ジェーンにはわからない。

「とはいえ、協力があれば、わたしはこの問題をもっと早く解決できるはずなんです」

ポアロは言った。

「協力って、どんな？」

ポアロはすぐには返事をしないで、しばらくして口をひらいた。

「ゲイルさんの協力です。それから、あとであなたからもね」

「なにをすればいいんですか？」ノーマンがたずねた。

ポアロはノーマンを横目で見た。

「きっと、あなたはやりたくないと思うでしょうね」警告するように言う。

「だから、なにをすれば？」ノーマンはじれったそうに繰りかえした。

ノーマンの感情を刺激しないように、ポアロはごく控えめに爪楊枝を使った。それから、彼はこう言った。「率直に言いましょう。脅迫者が必要なのです」

「脅迫者？」ノーマンが声をあげ、自分の耳が信じられないと言わんばかりに、じろじろとポアロを見つめた。

ポアロはうなずいた。

「そのとおり。脅迫者です」

「しかし、なんのために？」

「決まってるでしょう《パルブル》！　脅迫のためにですよ」

「そりゃそうでしょうけど、だれを脅迫するんです？　なぜ？」

「なぜなのかは」ポアロは言った。「わたしが承知していればいいことです。だれを脅迫するかというと――」一瞬、間を置いて、ビジネスライクな口調で話を再開した。「だいたいの計画はこうなります。あなたは短い手紙を書く――というより、わたしが手紙を書くから、あなたはそれを写すのです――ホーバリー伯爵夫人宛の手紙をね。表には〝親展〟として。その手紙のなかで、あなたは夫人に面会をもとめる。あるとき、イギリスまでの機中で夫人と乗り合わせたことがあるのを思いだしたと書く。それから、マダム・ジゼルの取引関係の書類が手にはいったことにも触れておく」

「それで？」

「それで、夫人は面会に応じるでしょう。あなたは彼女に会いに行き、あることを話すのです。内容はわたしの指示どおりにね。あなたは――そう――一万ポンドを要求することになる」

「頭がどうかしてる！」

「とんでもない」ポアロは言った。「わたしは風変わりではあるかもしれないが、頭がおかしいわけじゃありません」

「ホーバリー伯爵夫人が警察に通報したらどうなると思います？　ぼくは刑務所行きだ」

「警察に通報したりはしないでしょう」

「そんなこと、わかりっこない」

「あなた《モン・シエール》、じっさいのところを言うなら、わたしにはすべてわかっているのですよ」

「だとしても、とにかく、ぼくは気に入らないな」

「あなたは一万ポンドを受けとるわけじゃないんですよ——そういえば、良心の呵責がすこしは薄れますかね」ポアロはからかうように言った。

「ええ、しかし考えてもみてくださいよ、ポアロさん——こんな無謀な計画を実行したら、ぼくは一生を棒にふることになるかもしれないじゃないですか」

「心配しなさんな。夫人は警察に行ったりはしません——それは保証します」

「夫に話すかもしれないし」

「夫に話したりはしないでしょうよ」

「ぼくは、気に入らないな」

「患者を失い、これまでの積みあげてきたものが台なしになってもかまわないと？」

「そういうわけじゃないが——」

ポアロは、やさしくほほえみかけた。

「生まれ持った性格上、許せない、というわけですね？　それはしごくとうぜんのことです。あなたは騎士道精神の持ち主でもある。しかし、わたしが言うんだからまちがいないが、あのホーバリー伯爵夫人には、そんなふうに立派な配慮をするだけの価値はありません——イギリス人がよく言う表現を使うなら、まったくむかつくようなゴミ人間なんですから」

「それにしても、あの人が人殺しであるはずがない」

「どうしてですか？」

「どうして、ですって？　あの人がやったのなら、ぼくたちが見ていたはずだからですよ。ジェーンとぼくは、ちょうどあの反対側にすわっていたんだから」

「あなたはあまりにも多くの先入観を持っていますな。わたしは、事件を整理したいと思っているのですよ。そして、そうするためには、知らねばならないのです」

「ぼくは、女性を脅迫するという考えが気に入らないと言ってるんです」

「ああ、やれやれ《モン・デュ》、そこにこだわりますか！　じっさいの脅迫などないのですよ。あなたはただ、ある効果を引き出してくればいいのです。そうして準備ができたところで、わたしの出番です」

「もしぼくが刑務所に入れられることになったら——」

「いやいや、それはありません。わたしはスコットランド・ヤードでよく知られているのです。万が一まずいことになったら、わたしが責任をとりますよ。とはいっても、わたしが予言したこと以外にはなにも起こりはしませんけれどね」

ノーマンはため息まじりに降参した。

「わかりました。やりましょう。しかし、好きでやるんじゃありませんからね」

「よろしい。あなたが書く文面はこうです。鉛筆を持って」

ポアロはゆっくり文章を読みあげた。

「けっこう《ヴォワラ》。伯爵夫人に話す内容は、あとで教えましょう。ところで、マドモアゼル、あなたは劇場へいらっしゃることはありますか？」

「ええ、よく行きます」ジェーンは答えた。

「よろしい。たとえば、《ダウン・アンダー》という芝居をごらんになりましたか？」

「ええ、一カ月ほどまえに観ました。とてもおもしろかったですわ」

「アメリカの芝居でしたね？」

「ええ」

「レイモンド・バラクラフが演じたハリーの役をおぼえていますか？」

「ええ。とても良かったですね」

「魅力的だと思いましたか？　どうです？」

「ものすごく魅力的でした」

「ああ、セックスアピール《イレ・セックス・アピール》があった？」

「もちろん」そう言って、ジェーンは笑った。

「それだけですか――それとも、演技も上手でしたか？」

「ええ、演技も上手だったと思います」

「わたしは、あの人に会いに行かないとなりません」ポアロが言った。

ジェーンはきょとんとしてポアロを見つめた。

この小男は、なんて妙なんだろう。枝から枝へ飛びうつる小鳥のように、つぎつぎと話題を変えるんだから！

ポアロはジェーンの考えを読みとったらしく、にっこり笑った。

「賛成していただけないのですかな、マドモアゼル？　わたしのやりかたに？」

「話が飛びすぎるんですもの」

「そんなことはありませんよ。わたしは秩序と方法をもって自分の道を論理的に進んでいるのですからね。むやみに結論に飛びついてはいけない。可能性のないものを、除外していかなくては」

「除外する？」ジェーンが聞きとがめた。「あなたは、そんなことをしているんですの？」ちょっと考えて、「わかりました。あなたはクランシーさんを除外して――」

「かもしれません」

「そして、あなたはわたしたちも除外したんですね。で、こんどは、たぶんホーバリー伯爵夫人を除外しようとしている。あっ！」

ふいに考えが浮かんで、ことばを切った。

「どうしました、マドモアゼル？」

「さっきの殺人未遂の話。あれはテストだったんですか？」

「あなたは頭の回転が速いかたですな、マドモアゼル。そう、あれもわたしのやりかたの一部です。殺人未遂の話を出して、クランシーさんや、あなたや、そしてゲイルさんを観察する――その結果、三人ともなんら変わったようすも、まばたきひとつの警戒の色も見られなかった。こう言ってはなんですが、そういうことでわたしをだまそうとしても、それは不可能です。殺人者は、自分があらかじめ予測しているあらゆる攻撃に対しては、対処する準備ができているものです。しかし、手帳に記されていたあのメモは、あなたがた三人のだれにも知りえないことだった。だから、わたしは満足したんですよ」

「あなたって、なんてひどい人なの。油断もすきもないんですね、ポアロさん」ジェーンがそう言って席を立ちかけた。「どういうつもりでそんなことをおっしゃるのか、わたしにはぜんぜんわかりませんわ」

「とても単純なことですよ。わたしはものごとの謎を解きたいのです」

「あなたが謎を解くには、さぞかし巧妙な方法があるんでしょうね」

「ほんとうに単純な方法がひとつあるだけです」

「それは、なんですか？」

「相手に話をさせること」

ジェーンは笑った。

「話したがらなかったら？」

「だれしも自分のことは好んで話したがるものです」

「そうですね」ジェーンはみとめた。

「だからこそ、大金をかせぐインチキ精神科医がごろごろいるのですよ。そういう連中は、たずねてきた患者を椅子にすわらせて、いろいろ話すようにうながすのです。二歳のときに乳母車から落ちたとか、母親が梨を食べてオレンジ色のドレスにその果汁がこぼれたとか、一歳半のときに父親のひげをひっぱったとか。そして医者は、これでもう不眠症に悩まされることはありませんよ、などと患者に言って、診察料をふんだくる。

患者はしゃべったことですっかり気が晴れて帰っていく――そして、ひょっとするとほんとに眠れるようになったりするんです」

「なんてばかな話かしら」

「いや、あなたが考えるほどばかな話ではありませんよ。それは人間本来の根本的な欲求にもとづいたものですからね――話したい、自分をさらけ出したいという欲求にね。マドモアゼル、そういうあなただって、子ども時代の思い出を気のすむまで語りたいと思いませんか？　お母さんやお父さんのことを話したいでしょう？」

「それは、わたしの場合にはあてはまりませんね。わたしは孤児院で育ったので」

「ああ、そうなると話はべつですね。それでは楽しいとは言えないな」

「真っ赤な帽子や、マントを着て外出する慈善孤児院だったわけじゃないんですよ。なかなか、楽しいところでした」

「イングランドにあったんですか？」

「いいえ、アイルランドです――ダブリンのちかくです」

「ということは、あなたはアイルランド人なんですね。どうりで髪が黒くて、青みがかったグレーの瞳の印象が――」

「すすで汚れた指で押しこんだみたい――」ノーマンがおもしろそうにあとを引き取っ

た。

「はぁ？　なんとおっしゃったんです？」

「アイルランド人の目のことをそう言うんです――すすで汚れた指で押しこんだみたい、ってね」

「ほんとうに？　上品とは言えませんな、それは。とはいえ――よく特徴をつかんだ表現だ」ポアロはジェーンに頭をさげた。「その効果はとてもすてきですよ、マドモアゼル」

ジェーンは笑って立ちあがった。

「そんなことおっしゃって、わたし、いい気になるじゃありませんか、ポアロさん。そろそろ失礼します。夕食をごちそうさまでした。もしノーマンが脅迫罪で刑務所に入れられるようなことがあったら、また夕食に招待してくださらなくちゃだめですよ」

そう指摘されて、ノーマンは渋い顔をした。

ポアロは若いふたりに、おやすみを言って別れた。

家に帰って、ポアロは引出しのカギをあけ、十一人の名前が書かれたリストをとりだした。

そのなかの四つに小さくチェックをつけてから、ポアロは考えぶかげにうなずいた。

「まず決まりだろう……」ぶつぶつと、ひとりごとを言う。「しかし、念には念を入れる必要がある。続行しなければならない《イル・フォ・コンティニュエ》」

17 ウォンズワースで

ヘンリー・ミッチェルがソーセージとマッシュポテトの夕食をとろうと腰をおろしたちょうどそのとき、ひとりの客がたずねてきた。

おどろいたことに、問題の客は、あの運命の飛行機の乗客のひとりだった立派な口ひげの紳士だった。

ポアロは、とても気さくで感じのいい態度でミッチェルに食事をつづけてくれとすすめ、突っ立ったままぽかんとして見つめているその妻にも、如才なくお世辞を言った。

椅子に腰をおろすと、この季節にしてはとても暖かいですねと言い、おもむろに、たずねてきた目的へと話題を移した。

「残念ながら、スコットランド・ヤードの捜査はあまりはかばかしく進んでいないようです」ポアロは言った。

ミッチェルはかぶりをふった。

「あれはおどろくべき事件でしたね――度肝をぬかれましたよ。あれじゃあ、警察も手の打ちようがないんじゃないかな。まったく、飛行機に乗っていた人たちがだれもなにも見ていないとしたら、この先、みんな困ったことになりそうですね」

「まさしく、おっしゃるとおりです」

「夫は、事件のことでひどく悩んでるんですよ」ミッチェルの妻が口をはさんだ。「夜だって眠れなくて」

ミッチェルは説明した。

「ずっと気にかかってるんですよ。こんな思いはもうたくさんだ。事件のことでは、会社はとても公平でした。正直、最初は、クビにされるんじゃないかと思ったんですが――」

「ヘンリーったら。そんなことできるはずないわ。そんな血も涙もない不公平なこと」

ミッチェルの妻は憤懣やるかたない口ぶりだ。よく光る黒い目をした豊満で肌つやのいい女性だった。

「ものごとはいつも公平にはいかないものなんだよ、ルース。でも、わたしが考えたほどひどいことにはなりませんでした。会社に責任を問われることもなくて。ただ、わたしは感じるんです。わかってもらえるでしょうか。自分の乗っていた飛行機で起きたことだから」

「おきもちはわかります」ポアロは同情をこめて言った。「しかし、あなたはあまりにも良心的すぎますよ。事件はあなたのせいで起きたんじゃないんだから」

「あたしもそう言ってるんですけどね」ミッチェルの妻が言った。

ミッチェルはかぶりをふった。

「あのかたが亡くなったことに、わたしはもっと早く気がつくべきだったんです。最初に伝票を持ってまわっているときに、起こそうとしていたら――」

「それでも、たいしたちがいはなかったでしょう。ほとんど即死だったようだし」

「この人、ひどく心配してるんです」夫人が言った。「そんなにくよくよするもんじゃないって言ってるんですけど。外国人が外国人を殺す理由なんてわかりゃしないんですもの。あたしが言う筋合いじゃないけれど、イギリスの飛行機のなかでそんなことをするなんて、卑劣なやりかたですわ」

夫人は憤りと愛国心とで鼻息を荒くして言い放った。

ミッチェルは困惑顔でかぶりをふった。

「押しつぶされそうですよ、まったく。仕事に行くたびに思いだしてしまってね。そこへもってきて、警察のみなさんには、飛行中に異常なことや思いがけないことはなにもなかったかとしつこく訊かれるし。自分がなにか忘れているにちがいないって、そんな気になるんですが——でも、そんなことがないのはわかっていますしね。あの日はどこから見ても平穏無事な旅でしたよ——あんなことになるまでは」

「吹矢筒と毒矢だなんて——野蛮だったらありゃしないわ」ミッチェル夫人が言った。

「ごもっともです」ポアロは、その発言に感銘を受けたかのように、下手に出て言った。

「イギリスの殺人はそんなふうにはなりませんね」

「ほんとですわ」

「ねえ、奥さん、わたしはあなたがイギリスのどこの出身なのか、たぶん当てられますよ」

「ドーセットですのよ。ブリッドポートからそれほど遠くないところです。そこがあたしの故郷なんです」

「やっぱり。すてきな場所ですな」

「そうなんです。ロンドンなんて、ドーセットとはくらべものになりませんよ。あたしの家族は、ドーセットに落ちついて二百年以上にもなりますの——あたしの血にはドーセットがしみこんでいると言ってもいいぐらい」

「たしかに、おっしゃる通りだ」ポアロはミッチェルにむきなおった。「ひとつ、あなたにおたずねしたいことがあるんですがね、ミッチェルさん」

ミッチェルは眉をひそめた。

「知ってることはみんなお話ししましたよ——ほんとうですよ」

「ええ、わかります——これはほんとにささいなことでしてね。テーブルのうえに何かなかったかと思いまして——マダム・ジゼルのテーブルに、乱れたようすはありませんでしたか？」

「つまりその——わたしが気づいたときにですか？」

「ええ。スプーンやフォーク——塩入れとか——そういうものが」

ミッチェルは首を横にふった。

「テーブルのうえには、そんなものはありませんでしたよ。コーヒーカップ以外はすべて片づけてありましたし。わたしはなにも気がつかなかったな。気がつかなきゃいけなかったんでしょうが、なにしろ動転していたもので。でも、それは警察が知ってるはずです。機内を徹底的に捜索したんですからね」

「ああ、そうですか」ポアロは言った。「いや、かまいません。いずれ、あなたの同僚の——ディヴィスさんとお話ししなければなりませんな」

「いま、八時四十五分の早朝便に乗務しています」

「デイヴィスさんは、こんどの事件で悩んでいますか？」

「まだ若いんでね。わたしに言わせれば、あいつはこんどのことを楽しんでいますよ。刺激的ですからね。みんながあいつに酒をおごっては、事件の話を聞きたがるんです」

「デイヴィスさんには若い恋人かなにかいますかね？」ポアロはたずねた。「事件に巻きこまれたことは、きっとその人にとってはさぞかしスリリングでしょうね」

「あの人、〈王冠と羽〉って店のジョンソンじいさんの娘に言いよっているんです」ミッチェル夫人が言った。「でも、あの娘は分別がありますからね――ちゃんとものごとを判断できますよ。殺人事件なんかに、かかわりを持ちたがったりしません」

「とても健全な考えかたですな」ポアロはそう言って立ちあがった。「さて、どうもありがとうございました、ミッチェルさん――それから奥さんも。ミッチェルさん、どうぞ、あまり気に病んだりなさいませんように」

ポアロがいなくなると、ミッチェルは言った。「検死審問のとき、陪審員のばかどもは、あの人が犯人だと思ったんだよ。でも、言っとくが、あの人はきっとスパイだね」

「あたしは」妻は言った。「この事件の裏には外国の過激派がいると思うわ」

ポアロは、いずれもうひとりの乗務員のデイヴィスと話をしなければならないと言っていた。じつは、それから何時間もたたないうちに、彼は〈王冠と羽〉のバーカウンターでデイヴィスと会っていた。

ポアロはデイヴィスにも、ミッチェルに訊いたのと同じことを訊いた。

「いや、なにも乱れたようすはありませんでしたよ。ひっくり返ってるとか、そういうことでしょう?」

「そう——テーブルから何かなくなっていなかったか、とか——ふだんはないはずのものがあった、とか——」

デイヴィスはゆっくりと言った。

「あることはあったなぁ——警察が機内の捜索をおえて、後片づけをしたときに気がついたんですけどね——あなたのご質問の答えになるとは思えませんが。被害者のコーヒーの受け皿には、スプーンが二本載っていたんです。配膳を急いだりすると、ときどきそういうことがあるんです。気になったのは、迷信があるせいなんですが。受け皿にスプーンが二本あるのは、結婚を意味するんですよ」

「ほかの客の受け皿からスプーンがなくなったりしていましたか?」

「いいえ。ぼくは気がつきませんでした。きっとヘンリーかぼくがやったんだと思います——さっきも言ったように、あわてたりすると、ときどきそういうことがあるんで。つい一週間まえにも、魚料理用のナイフとフォークを二組出してしまったことがありました。まあ、出し忘れてしまったら、仕事を中断して、ナイフでもなんでも忘れたものをとりに行かなくちゃなりませんからそれよりはましですがね」

ポアロはもうひとつ、ちょっとじょうだんめかして質問した。

「フランスの娘さんたちをどう思うかね、デイヴィスくん？」

「ぼくは、イギリス人でじゅうぶんですよ」

そう言うと、デイヴィスはカウンターのむこうにいるぽっちゃりした金髪の娘ににやりと笑った。

18 クイーン・ヴィクトリア通りで

ジェイムズ・ライダーは、エルキュール・ポアロの名刺を受けとって、少々面食らった。聞いたことのある名前だとはわかるのだけれど、どこで聞いたのかがとっさには思いだせなかったのだ。それから、ひとりごとをつぶやいた。

「ああ、あ、あの男か！」そして、客を通すように事務員に指示した。

エルキュール・ポアロは、たいへん颯爽として見えた。片手に杖を持ち、上着のボタンホールには花がさしてある。

「お邪魔して申しわけありませんな」ポアロは言った。「マダム・ジゼルが亡くなった件でうかがいました」

「そうですか。では、うかがいましょうか？　おかけください。葉巻はいかがかな？」

「けっこうです。タバコは自分のをやりますから。ひとつおわけしましょうか？」

ライダーは、ポアロの細巻きタバコをけげんそうに見やった。

「せっかくですが、わたしも自分のをやることにしましょう。そんなに細いと、うっかり飲みこみかねないし」そう言って大笑いした。

「二、三日まえに、警察がここへ来ましたよ」ライターで葉巻に火をつけながら、ライダーは言った。「お節介な連中だ。他人のことにクチバシをつっこまずにいられないんだから」

「聞きこみをするのが警察の仕事ですからな」ポアロはおだやかに言った。

「だからって、人にああも不快な思いをさせなくたってよさそうなもんだ」ライダーは苦にがしげにいった。「相手のきもちも考えずにね——それに、こっちには商売上の評判もあるんだから」

「あなたは、すこし神経過敏になっておられるのではないですか」

「わたしは微妙な立場にいるんでね」ライダーは言った。「すわっていたのが、ちょうど被害者のまえだったんですよ——だから怪しまれているんでしょう。席のことは、わたしがどうこうできるものじゃないですよ。あの女が殺されるとわかっていれば、そもそもプロメテウス号にも乗らなかっただろうし。でも、どうかな、乗ったかもしれない」

ライダーは一瞬、考えこんだように見えた。

「あの不運から、幸運は舞いこみましたか？」ポアロは微笑しながら訊いた。

「あなたがそんなことを言うとはおかしいね。そうとも言えるし、そうでないとも言えるんですよ。そりゃ、わたしはさんざん気をもまされました。警察にいろいろ質問されたし、あれこれ、ほのめかすようなことを言われてね。しかし、言わせてもらえば、なんでわたしなんだ？　ってことですよ。どうして、あのドクター・ハバード――いや、ブライアントか――のところへ行ってしつこく訊かないのか、と。医者なら、検出されないような、たいへんな毒物を手に入れることができるんだし。わたしがどうやってヘビの毒なんか手に入れるっていうんだ？　教えてほしいですよ！」

「さっきの言いかただと」ポアロは話をもどした。「不都合もいろいろあったけれども、ということのようでしたが――？」

「ああ、そう、反面、いいこともありましたよ。はっきり言うと、新聞からちょっとまとまった金をもらいましてね。目撃者は語るってやつで――といっても、わたしが見たというより記者の想像のほうが多かったが、まあ、たいしたことじゃない」

「それは興味深い。犯罪が、いかに無関係の人びとの生活に影響するかという点でね。たとえばあなたを例にとるなら――急に思ってもみなかった大金がころがりこんでくる

――こういうときだからこそ、ありがたい金がね」

「金はいつでもありがたいですよ」ライダーはそう言って、ポアロに険しい視線をむけた。

「ときには、どうしてもぜったいに必要ということもありますな。そのために、人は横領したり、帳簿をごまかしたり――」ポアロは手をふりながら言った。「あらゆる厄介事のタネになる」

「まあ、そう暗いものの見かたはやめましょう」ライダーは言った。

「ごもっともです。悲観的な側面ばかりを見なければならない理由はありません。このお金は、あなたにとってありがたいものだった――なぜなら、あなたはパリで資金を調達することができなかったから――」

「いったいどうしてそんなことを知ってるんです？」ライダーが腹立たしげに問いただした。

エルキュール・ポアロは微笑した。

「いずれにしても、事実はそうだった」

「たしかに事実だが、そんな噂が出回っては困るんだ」

「わたしは口の堅い男です。ご心配なく」

「おかしなもんだ」ライダーは考えぶかげに言った。「わずかな金が、ときとしていかに人を窮地に追いこむことか。ほんのわずかな金が手元にあれば窮地を乗りこえることができる場合もある——その微々たる金が手にはいらなければ、信用はがた落ちだ。まったく、ほんとにおかしなものだよ。金もおかしなものだが、信用もおかしなものだ。それを言いだせば、人生ってやつがおかしなものさ！」

「まったくですな」

「ところで、なんの用があってわたしに会いにいらしたのかな？」

「いささか微妙なことでしてね。小耳にはさんだんですが——わたしの仕事の関係でと言えばおわかりでしょう——あなたは知らないとおっしゃるが、じつはあのジゼルという女性と取引があったという噂がありまして」

「だれがそんなことを？　うそだ！　わたしはあの女に会ったこともなかったのに」

「ほほう、そりゃ妙ですな」

「妙だって？　名誉毀損もはなはだしいですよ」

ポアロは考えぶかげに彼をながめた。

「そうですか。調べなおさないといけませんな」

「どういう意味です？　いったい、なにを言いたいんだ？」

ポアロはかぶりをふった。

「怒らないでくださいよ。まちがいということもありますから」

「そうだろうとも。あの高慢な、社交界相手の金貸しとかかわりがあるということにして、逮捕しようというのか。わたしは賭博で借金をこしらえた社交界の女でもなんでもない——あの手の金貸しの客はそういう連中だよ」

ポアロは立ちあがった。

「誤った情報でお邪魔して失礼しました」ドアのところで立ち止まって、「ところで、妙なことをおたずねしますが、さっきブライアント医師のことをドクター・ハバードとお呼びになったのは、どういうわけですかな？」

「こっちが訊きたいよ。そうだな——ああ、そうそう、きっとあのフルートのせいだ。ほら、童謡にあるでしょう。ハバードかあさんの犬ってやつが——かあさん帰ったとき、ワンワン笛を吹いていた——ってやつですよ。こんなふうに名前がごっちゃになるんだから、ふしぎなものだな」

「ああ、なるほど、フルートですか……こういうことには興味をひかれるんでね。おわかりでしょう、心理学的なことですよ」

心理学と聞くと、ライダーは鼻を鳴らした。精神分析なんてものは大いにくだらない仕事だと思っていたからだ。

ライダーはポアロを、疑うような目で見た。

19　ロビンスン氏の登場と退場

ホーバリー伯爵夫人は、ロンドンのグローヴナー・スクエア三一五番地にある自宅の寝室で、化粧台のまえにすわっていた。金色のブラシや小物入れ、クリームの壜や白粉の箱など――優美な贅沢品に囲まれて。けれども、そうした贅沢品のまんなかで、シスリー・ホーバリーは、乾いた唇と、赤いルージュがやけに目立つ白い顔で、すわっているのだ。

手紙を読みかえした。これで四度目だ。

ホーバリー伯爵夫人
マダム・ジゼルが亡くなった件について一筆さしあげます。
わたしは、故人のものであった、ある書類を所持する人間です。もし、あなたさまかレイモンド・バラクラフ氏がこのことに興味をお持ちになるのであれば、わたしとしては、そちらに参上し、ご相談するにやぶさかではございません。

それとも、あなたさまは、この件についてわたしがご主人さまと交渉することをご希望でしょうか？

敬具

ジョン・ロビンスンより

・

ばかね、おなじものを二度も三度も読んだりして……

まるで、何度も読めば手紙の意味が変わってくるとでもいうみたいじゃないの。

封筒をとりあげた。封筒は二重になっていて、外側には「親展」、中にはいっていたふたつ目の封筒には「親展極秘」と書いてあった。

「親展極秘……」

ちくしょう……なんてやつ……

あのフランス人のばばあったら、とんだうそつきだわ。自分がとつぜん死ぬようなことがあっても、依頼人を保護する手はずはすっかり整えてあります、なんて断言したくせに。

いまいましい……ひどい人生……地獄だわ……

〝ああ、神さま、わたし、神経がどうかなってしまいそう〟シスリーは思った。〝こんなのって不公平よ。どうしてわたしばかり……〟

ふるえる手を、金色のふたのついた罎に伸ばす。

〝これできもちが落ちつくわ。元気になれる……〟

罎の中身を鼻から吸いこんだ。

さあ、これで考えられるわ！　どうすればいい？　もちろん、この男に会うのよ。でも、どこでお金を調達できるかしら――たぶん、カーロス通りのあの賭博場なら、元手がすくなくても……

でも、そんなことはあとでゆっくり考えればいい。その男に会って、なにを知っているのかたしかめるのよ。

彼女はライティングデスクのところへ行き、大きい、へたな字で一気に書いた。

ホーバリー伯爵夫人より、ジョン・ロビンスン氏によろしくご挨拶申しあげます。明朝十一時におたずねくだされば、お目にかかりたいと存じます。

＊

「これでいいですか？」ノーマンがたずねた。

ポアロがびっくりしたようにじろじろ見るので、ノーマンはすこし赤くなった。

「なんとまあ」エルキュール・ポアロは言った。「あなたは、どんな喜劇を演じるつもりなんですか？」

ノーマン・ゲイルはますます顔を赤らめた。

「ちょっと変装したほうがいいと、あなたが言ったから」とぶつぶつ言いわけした。

ポアロはため息をつき、青年の腕を引いて姿見のまえに連れて言った。

「自分で見てごらんなさい。いいから、自分の姿を見て！　これは、なんのつもりです？　サンタクロースがおしゃれして子どもたちをよろこばせようというんですか？　たしかに顎ひげこそ白くない。黒です——悪者にお似合いのひげだ。しかし、形がいけない——天にむかって大声でわめいてる！　安物の付けひげだし、おまけに付けかたがへたくそで、素人丸だしです！　それに、その眉毛。どうしても、あなたは付け毛にご執心なようですね？　何メートルも離れたところからでも、付けひげ用の糊がにおいますよ。歯に細工をしてるのがだれにもわからないと思うなら、かんちがいもはなはだしい。ゲイルさん、これはあなたには不向きですな。ぜんぜんむいてない。この役にはね」

「むかしは素人劇団でけっこう演技の経験があったんだけどな」ノーマン・ゲイルは不満そうに言った。

「とても信じられませんね。とにかく、その劇団とやらで、あなたが自分でメイキャップをしたわけじゃないでしょうが。フットライトの影になったとしたって、そのありさまじゃまったくほんものらしく見えないでしょう。ましてや、グローヴナー・スクエアで、真っ昼間ときては——」

ポアロは最後まで言うかわりに、おおげさに肩をすくめてみせた。

「いいですか、あなた、あなたは脅迫者であって、喜劇役者じゃないんですよ。わたしは、伯爵夫人《モナミ》にあなたをこわがってもらいたいのです——あなたを見て死ぬほど笑ってもらいたいんじゃなくて。わたしの言ったことが気に入らないらしくて残念です。しかし、いまは真実だけが役にたつときですからね。これとこれを持って——」ポアロは、いろいろな罎をノーマンに押しつけた。「洗面所に行って、この国では道化と呼ばれるそのかっこうはもうおしまいにしなさい」

ノーマン・ゲイルはがっくりして、それにしたがった。十五分後に出てきたとき、その顔は生き生きした赤銅色になっていた。ポアロは満足げにうなずいた。

「すばらしい《トレ・ビアン》。喜劇はおわり。まじめな仕事のはじまりです。小さな口ひげなら、つけてもよろしい。しかし、よければ、わたしがそれをつけてあげましょう。こうして、と——それから、髪の分け目を変えて——ほらね。これでじゅうぶんですよ。さてそれでは、せめてセリフはおぼえているかどうか確認してみましょうか」

ポアロはノーマンが言うセリフを注意ぶかく聞いてから、うなずいた。

「それで上出来です。さあ、いってらっしゃい《アナヴァン》。幸運を祈ります」

「ぼくも心からそう願いますね。ひょっとすると、怒り狂った夫と警察官ふたりが待ちかまえているかもしれないんだから」

ポアロは、安心させるように言った。

「心配ご無用です。すべては、びっくりするほどうまくいきますよ」

「そう言われてもなぁ」ノーマンは不満そうにつぶやいた。

そして、完全に落ちこんだまま、気の進まない仕事に出発した。

グローヴナー・スクエアにつくと、二階の小部屋に通された。そこで一、二分待たされて、ホーバリー伯爵夫人がやってきた。

ノーマンは気を引きしめた。この仕事は初めてだというのを、ぜったいに、なにがなんでも見ぬかれてはいけないのだ。

「ロビンスンさんですね？」ホーバリー伯爵夫人が言った。

「どうぞよろしく」ノーマンはそう言ってお辞儀をした。

〝くそ――これじゃまるで商店の売り子だ〟彼はうんざりしてそう思った。〝ぜんぜんなってない〟

「お手紙いただきました」ホーバリー夫人が言った。

ノーマンは気を取りなおし、〝あの変人じいさんは、ぼくには芝居ができないって言ってたな〟と笑いを噛み殺しながら内心でそう思った。

そして、やや尊大な口調をこしらえて言った。

「けっこう――で、どうでしょうか、ホーバリー伯爵夫人？」

「なにがおっしゃりたいのか、わかりませんわ」

「おやおや。こまかいことをご相談しなければならないわけですか？　海辺の週末とでもいうか――そういうものがどんなに楽しいか、だれでもわかることです。ところが、亭主族というものは、めったに賛成しません。あなたはご存じですよね、ホーバリー夫人、わたしの持っている証拠というのがなんなのかをね。ジゼルはすばらしい女性でしたよ。いつもたしかな品を持っていた。たとえばホテルの証拠などは、一級品ですよ。さて問題は、それをもっともほしがるのはだれなのか――あなたか、それともご主人か？　要はそういうことです」

ホーバリー夫人は、ふるえながら立ちつくしていた。

「わたしは売る側です」ノーマンは言った。その声は、ロビンスンの役になりきるにつれて、品がなくなっていった。「あなたが、買う側にまわるかどうか？　それが問題だ」

「どうやって手に入れたんです？　その——証拠を」

「困りましたねぇ、ホーバリー夫人、そんなことは本題とは関係ないでしょう。わたしが証拠を持っている、肝心なのはそこです」

「わたしは、あなたを信じていないのですよ。その証拠とやらを見せてください」

「いや、そうはいきません」ノーマンは、小ずるそうな薄ら笑いを浮かべてかぶりをふった。「ここにはなにも持ってきていませんよ。これでも駆けだしじゃないんでね。もっとも、商談がまとまれば話はべつです。お金をいただくまえに、現物をお目にかけましょう。すべてまっとうに、ごまかしなしってことで」

「お金って——いくらはらえばいいの？」

「きっかり一万——ドルじゃなくてポンドでね」

「むりだわ。そんな大金、どうやったってそろえられません」

「人間、その気になればできるもんですよ。宝石は中古じゃ値がつきませんが、真珠はやはり真珠ですからね。こうしましょう、ご婦人にはやさしくしないといけませんから、八千ポンドにおまけします。これ以上は、さげませんよ。二日間さしあげますから考えてみてください」

「でも、お金は用意できないって言ってるでしょう」

ノーマンはため息をついて、かぶりをふった。

「そうですか、ではけっきょく、ホーバリー伯爵に事情をお知らせするのがいいかもしれませんな。そうそう、たしか夫から離婚された場合、女性は離婚手当をもらえないはずですよ——それに、バラクラフは前途有望な役者さんではあるが、いまはまだ大金を手にするにはいたってない。ま、これ以上は申しますまい。あとはよくお考えになってください。いいですか——わたしは本気ですよ」

ことばを切って、それからこう言った。

「わたしは本気です。ジゼルが本気で、やるつもりだったようにね……」

そして、哀れな女に返事をするすきもあたえず、ノーマンは部屋を出ていった。

「やれやれ」通りに出ると、ノーマンはひたいの汗をふいた。「おわってほっとしたよ」

それから一時間もしないうちに、ホーバリー夫人のところへ一枚の名刺が持ってこられた。

〝エルキュール・ポアロ〟

彼女はそれをわきにどけた。「だれだか知らないけど、会いたくないわ！」

「レイモンド・バラクラフさまの頼みで来たとおっしゃっていますが、奥さま」

「あら」夫人はちょっと間を置いて、「それならいいわ。お通しして」

執事は出ていって、またもどってきた。

「エルキュール・ポアロさまでございます」

一分のすきもなくめかしこんだポアロが部屋にはいってきて、お辞儀をした。

執事がドアをしめると、ホーバリー夫人は一歩まえに出た。

「バラクラフさんに言われていらしたんですって？」

「おかけください、マダム」ポアロの口調は、ものやわらかだけれど威厳があった。

ホーバリー夫人は機械的に腰をおろした。ポアロは彼女のかたわらの椅子にすわる。

その態度は、父親のようで、心強い感じがした。

「マダム、どうかわたしを友人だと思ってください。あなたにご忠告にまいったのです。

あなたがとてもお困りなのは、わかっておりますよ」

ホーバリー夫人は力ない声でつぶやいた。「わたしはべつに――」

「お聞きください《エクテ》、マダム、秘密を明かしてくれとは申しません。その必要はないのです。わたしはすでに知っていますからね。知ることは、よい探偵の必須条件なのです」

「探偵？」夫人は目を丸くした。「思いだしたわ――あの飛行機に乗っていた人ね。あなたは――」

「そのとおり、あれはわたしでした。さあ、マダム、仕事にとりかかりましょう。いまも言ったように、なにがなんでも秘密を明かしてくれとは申しません。あなたのほうから、わたしに話してくださらなくてもけっこう。こちらから、あなたにお話ししましょう。今朝、つい一時間足らずまえに、ひとりの訪問客がございましたね。その客は――名前をたぶんブラウンといった」

「ロビンスンです」ホーバリー夫人が消えいりそうな声で言った。

「おなじことです――ブラウン、スミス、ロビンスン――あの男はそういう名前をかわるがわる使っているのですよ。ここへは、あなたを脅迫しに来たのですな、マダム。なんらかの証拠を持っている――なんというか、その、軽率な行動のね。その証拠は、かつてはマダム・ジゼルが保管していたものだった。いまはその男が持っていて、それをあなたに売りつけようとしている。たぶん、七千ポンドぐらいでね」

「八千です」

「では、八千ポンドで。で、マダム、あなたはそれだけの大金を簡単には作れない」

「できません——とうていむりですわ……それでなくても借金をかかえているのに。いったいどうすれば……」

「落ちついてください、マダム。わたしが助けに参上したんですからね」

ホーバリー夫人はポアロを見つめた。

「どうしてこんなことを全部ご存じなの？」

「簡単ですよ、マダム。わたしがエルキュール・ポアロだからです。大丈夫《エ・ビアン》、心配はいりません——わたしにおまかせを——そのロビンスンと取引してあげましょう」

「そう」ホーバリー夫人はきっぱり言った。「それで、お金はどのくらいよこせとおっしゃるのかしら？」

エルキュール・ポアロは頭をさげた。

「いただきたいのは写真一枚だけです。たいへん美しいご婦人のサイン入りでね」

ホーバリー夫人は声をあげた。「ああ、もう、どうしたらいいかわからない……神経が……どうにかなってしまいそうだわ」

「いやいや、すべてうまくいきます。エルキュール・ポアロを信じなさい。ただですね、マダム、わたしは真実を知らなくてはならないのです——すべての真実を。なにも隠したりしないでください。さもないと、わたしも手の打ちようがありませんからな」

「そうすれば、こんな困った立場から、わたしを救い出してくれるというんですか？」

「もう二度と、ロビンスンの名を聞くことはないとはっきりお誓いします」

ホーバリー夫人は言った。「わかりました。なにもかもお話ししましょう」

「よろしい。それでは、と。あなたはこのジゼルという女からお金を借りたのですね？」

ホーバリー夫人はうなずいた。

「それはいつですか？　最初はいつでしたか？」

「一年半まえでした。身動きできなくなってしまって」

「賭け事で？」

「そう。すっかり負けがこんでしまったのです」

「で、ジゼルはあなたの言うままに金を貸したのですか？」

「最初からじゃありません。はじめのうちは、わずかな金額だったんです」

「だれがあなたを紹介したんです？」

「レイモンドが――バラクラフさんが、あの女は社交界の夫人たちに金を貸していると教えてくれて」

「でも、やがては大金を貸してくれるようになったんですね?」

「そう――こっちが望むだけ貸してくれました。あのときは、奇跡みたいだと思ったものです」

「マダム・ジゼルならではのとくべつの奇跡というやつです」ポアロは冷ややかに言った。「あなたとバラクラフさんとは、そうなるまえに――その――親しい仲になっていたのですね?」

「ええ」

「しかし、あなたは、そのことがご主人に知られないように、ずいぶん気をつかっておられた?」

ホーバリー夫人は怒って声をあげた。「スティーヴンは堅苦しくて! あの人、わたしに飽きてるんです。だれかほかの人と結婚したいんだわ。できることなら、いますぐにでも離婚に飛びつきたいと思ってるでしょうね」

「あなたは別れたくない?」

「ええ。わたしは――だって――」

「あなたは自分の立場が気に入っていた——それに、大金を湯水のように使えるのも楽しかった。もっともです。女性は、元来、自分で自分を守らなければなりませんからな。話を進めますが——返済が問題になってきたわけですな?」

「ええ、そしてわたし——わたし、借金を返済できませんでした。すると、あの女、急に冷たくなって。わたしとレイモンドのことを知ってたんです。密会の場所や日時や、なにもかも知ってました——どうしてわかっちゃったのかしら」

「あの人にはあの人なりの方法があったのですよ」ポアロはそっけなくかわした。「それで、ジゼルは、この証拠を全部ホーバリー伯爵に送ると脅してきたのですね?」

「そうです、もし払わないのなら、とね」

「そして、あなたは払えなかった?」

「ええ」

「じゃあ、あの女が死んで、じつに好都合でしたね?」

ホーバリー夫人は本心からこう言った。「あまりにも、とんでもない好都合だと思いましたわ」

「いや、まったくだ——好都合にもほどがある。しかし、多少は心配にもなったのでは?」

「心配？」

「いやね、けっきょくのところ、あの飛行機に乗っていた客のなかで、あなたほど強く彼女の死を望む者はいなかったのですからね」

ホーバリー夫人はハッと息を呑んだ。

「ほんとうだわ。なんて、おそろしい。たしかにわたし、そう思っていました」

「とりわけ、事件の前夜、パリで彼女に会って、一悶《ひと》着あったわけですからね」

「あの人は悪魔よ！　ほんのちょっと融通を利かせることもしようとしないんですもの。たぶん、ほんとは楽しんでいたのね。あの女はけだものよ。とことん、けだものだわ！わたし、帰るときには疲れはてていました」

「それなのに、あなたは審問で、あの女には会ったこともないと証言しましたね？」

「だって、そりゃそうでしょう、そう言う以外になかったのよ」

ポアロは考えぶかく彼女を見た。

「マダム、あなたの立場では、それしかなかったでしょうな」

「あれからずっと、気分が落ちこんだままですわ――なにもかもうそ――うそばかり。あのおそろしい警部がしつこくやってきて、わたしにいろいろ訊くんです。でも、危険は感じなかったわ。わたしをひっかけようとしてるんだってことはお見通しでしたもの。

あの人には、なにもわかってないってことがね」

「確信もなしに、当て推量はすべきじゃありませんな」

「それにね」夫人は、自分の考えの筋道を追って先をつづけた。「もし、なにかがもれるとしたら、もっと早くにもれてるはずだとしか思えなかったんです。だから、心配していませんでした——きのう、あのおそろしい手紙が来るまでは」

「それまでは、ずっとおそれてはいなかったんですか？」

「もちろん、おそれてはいましたわ！」

「しかし、なにをです？　事実が露見することをですか？　それとも、殺人罪で逮捕されることを？」

夫人の顔から血の気が引いた。

「殺人だなんて——わたしはやってません」

「あなたは彼女に死んでほしいと思って……」

「まさか本気でおっしゃってるわけじゃないわよね！　あの人を殺してなんかいないわ。ああ、信じてください——ほんとうなのよ。わたしは自分の座席を一度も離れなかったし、それに……」

夫人はことばを切った。その美しい青い瞳で、すがるようにポアロを見つめる。

エルキュール・ポアロは、なだめるような調子でうなずいた。

「信じますよ、マダム。ふたつの理由でね——ひとつは、あなたが女性だから。もうひとつは——蜂です」

ホーバリー夫人はポアロを見つめた。

「蜂？」

「そのとおり。おわかりではないようですな。それでは、目下の問題を片づけるとしましょう。わたしが、このロビンスンという男と取引をします。あなたは、二度とこの男のことを見たり聞いたりしないことをお約束しますよ。わたしはこの男の——ええと——なんと言いましたっけ——悪あがき？——いや、悪ふざけ、か。それを片づけます。さて、お役に立つかわりに、ふたつほどちょっとした質問をさせてください。バラクラフさんは、事件の前日、パリにいましたか？」

「ええ、わたしといっしょに食事をしました。でも、あの人は、わたしがひとりであの女に会いに行くほうがいいと思っていて」

「ああ、なるほど、そういったのですね？　では、マダム、もうひとつ教えてください。結婚まえ、あなたはシスリー・ブランドという名前で舞台に出ていましたね。それは本名ですか？」

「いいえ、本名はマーサ・ジェブといいます。でも——」

「芸名にむくような名前をつけたわけですな。お生まれになった場所はどちらですか？」

「ドンカスターです。でも、どうして……」

「単なる好奇心ですよ。ご容赦ください。ところで、ホーバリー伯爵夫人、ちょっとご忠告をさしあげることをお許しいただきたいのですが。ご主人と協議離婚なさってはいかがですか？」

「そして、あの女と結婚させてやれと？」

「そうです、あの女と結婚させておあげなさい。あなたは寛大なお心を持っておいでなのですからね、マダム。おまけに、あなたは危機を脱することになるのです——そう、安心できますよ——そして、ご主人はあなたにお金をお支払いになるでしょう」

「どうせはした金でしょうけどね」

「いいじゃありませんか《エ・ビアン》。ひとたび自由の身になれば、あなたは億万長者とだって結婚できるでしょうし」

「いまどきもうそんな人はいないわ」

「ああ、そんなふうに考えてはいけませんな、マダム。三百万持っていた人が、いまでは二百万になっているかもしれないが——けっこう《エ・ビアン》、それでもじゅうぶんです」

ホーバリー伯爵夫人は笑ってしまった。

「あなたってとても説得力がおありなのね、ポアロさん。ほんとに、あのおそろしい男が二度とわたしを悩ませないようにしてくださる？」

「エルキュール・ポアロの名にかけて」ポアロはまじめくさった顔で言った。

20　ハーレイ通りで

ジャップ警部は、きびきびした足どりでハーレイ通りを歩いていき、一軒の家の玄関まえで立ち止まった。

ブライアント医師はご在宅か、と彼はたずねた。

「お約束はございますか？」

「いや、ここにちょっとメモを書いておきますから」

警部は肩書きのはいった名刺に、こんなふうに一筆添えた。

「少々、お時間をさいていただければ幸いです。お手間はとらせません」

名刺を封筒に入れて、執事に手わたした。

ジャップ警部は、待合室に通された。そこには、ふたりの女とひとりの男がいた。警部は、古い《パンチ》誌を手にとって腰をおろした。

執事がもどってきて、近くに寄り、あたりをはばかりながらこう言った。

「少々お待ちいただければ、お目にかかるそうです。今朝はたいへんに忙しいもので」

ジャップはうなずいた。待つのはいっこうにかまわない——じっさい、かえってありがたいぐらいだ。ふたりの女がおしゃべりをはじめた。どうやら、ブライアント医師の腕をかなり高く買っているらしい。また患者がはいってきた。ブライアント医師の病院は明らかに繁盛している。

〝こりゃ儲かってしょうがないってところだな〟と、ジャップはひそかに思った。〝これじゃ借金する必要はなさそうだ。もっとも、ずっとまえに借りたかもしれないし。とにかく、せっかく評判のいい病院も、ちょっとしたスキャンダルで一気に下り坂になりかねない。医者は、そこがいちばん油断もすきもない〟

十五分後、また執事があらわれて告げた。

「先生が、お目にかかるそうです」

ジャップはブライアント医師の診察室に案内された。家の奥で、大きな窓のある部屋だ。ブライアントは机にむかってすわっていたが、立ちあがってジャップと握手した。

小じわのある顔には疲労の色が浮かんでいたものの、ジャップ警部がたずねてきたことで動揺したようすはまったくない。

「ご用件はなんでしょうか、警部?」そう言ってすわりなおすと、自分のむかい側にある椅子をジャップにすすめた。

「診察中にお邪魔して申しわけありません。しかし、すぐにすみますから」

「それはかまいませんよ。例の機内での殺人事件についてでしょう?」

「おっしゃるとおりです。まだ捜査をつづけておりましてね」

「なにか結果が出ましたか?」

「それが、思うほどには進んでおりませんで。じつは、使われた方法についていくつかおたずねしたいと考えているのですが。このヘビ毒のことが、わたしどもには理解できませんで」

「ご存じのように、わたしは毒物学者じゃありませんからね」ブライアント医師は微笑しながら言った。「そういうことは専門外です。訊くならウィンタースプーンにどうぞ」

「ああ、しかしですね、ドクター、こういうわけなんですよ。ウィンタースプーンは専門家です。先生も、専門家とはどんなもんかご存じでしょう。一般人には理解できないような話しかたをするもので。ただ、わたしの見るかぎり、これには医療的な側面があるんですよね。ヘビ毒を注射することが、ある種の病気の治療に効果があるというのはほんとうですか?」

「それもわたしの専門じゃありませんから」ブライアント医師は言った。「しかし、コブラの毒の注射が使われて症状改善に劇的な効果をあげたと聞いたことがあります。ただ、いまも言ったように、そういうことはわたしの専門外ですから」

「ええ、それはわかっております。早い話、あなた自身も、あの飛行機に乗っておられたからには興味をお持ちでしょうし、なにかわたしの役に立つようなお考えがうかがえるかと思いまして。なにを訊けばいいかもわからないのに専門家のところへ行くのも得策ではないでしょうから」

ブライアント医師は微笑した。

「おっしゃることももっともですな、警部さん。殺人事件が起きたときにすぐそばにいたのに、まったくなにも影響を受けずにいられる人間はまずいないでしょう。たしかに、わたしも興味はあります。だまっておりましたが、わたしなりによくよく考えてはみましたよ」

「それで、どう思われますか？」

ブライアントはゆっくりとかぶりをふった。

「いやはやおどろきますよ――言ってみれば、すべてが現実ばなれしていると思えるぐらいで。人を殺すにしては想定外の方法です。あんなふうに、だれにも見られないで人を殺せる可能性は、百にひとつでしょう。犯人は危険をおかすことをまったく気にかけない人物にちがいありません」

「おっしゃるとおりです」

「毒物の選びかたも、やはり想定外です。よくあんなものを入手ができたものだ」

「ごもっとも。信じられませんよ。ブームスラングなんてものを耳にしたことのある人は千人にひとりもいないでしょうし、ましてやじっさいに取りあつかったなんて人はもっとすくないはずです。先生だって、医者でありながら、そんなものをあつかったためしはないでしょう」

「そんな機会はそうそうありませんからな。わたしには熱帯関係の研究所で働いている友人がいるんですが、その研究所では乾燥したヘビ毒の標本が各種そろっています――コブラの毒などがね――しかし、そこにもブームスラングはなかったと思いますよ」

「ちょっとお知恵を拝借したいのですが――」ジャップは、一枚の紙切れを取りだしてブライアントにわたした。「ウィンタースプーンが、この三人の名前を書いてくれたんです――ここへ行けばなにか聞けるかもしれないといってね。このなかに、ご存じの人はいますか？」

「ケネディ教授はあまりよく知りません。ハイドラーはよく知っています。わたしの名前を言えば、できるだけのことはしてくれるでしょう。カーマイケルはエジンバラの人です——個人的には面識がありませんが、あちらで立派な仕事をしたはずですよ」

「ありがとうございます。たいへん助かりました。さてと、長いことお邪魔してしまって」

ハーレイ通りに出たときには、ジャップはうれしそうな笑みを浮かべていた。

「機転をきかせればこんなもんさ」ひとりごとを言う。「臨機応変にやればいいんだ。こっちがなにを狙っていたのか、ぜったいにわからなかっただろう。よし、これでいい」

21　三つの手がかり

スコットランド・ヤードにもどると、エルキュール・ポアロが待っていると言われた。ジャップは、心をこめて友人を歓迎した。

「やあ、ポアロさん、なんのご用で？　なにか情報でも？」

「こちらがあなたに、情報はないかと訊きに来たのですよ、ジャップさん」

「それはあなたらしくないですな。まあ、たいした収穫はないというのがほんとのところですよ。パリの骨董商は、あの吹矢筒は自分があつかった品だとみとめました。フルニエがパリから例の心理的瞬間のことをせっついてくるんで、わたしもいやというほどしつこく乗務員たちに質問してみましたが、心理的瞬間はなかったと言うんです。旅のあいだ、おどろくようなことや異常なことは、なにも起きなかったと」

「乗務員がふたりとも前部客室に行っているあいだに、起きていたかもしれませんよ」

「乗客たちにもたずねてみたんですがね、みんながうそをついているはずもないし」

「ある事件をしらべたときに、全員がうそをついていたことがありますよ！」

「あなたは、いろんな事件を手がけておられるからなぁ！　正直言うとですね、ポアロさん、わたしは憂鬱ですよ。しらべればしらべるほど、わけがわからなくなる。上司には白い目で見られるしね。だけど、しかたがないでしょうが。さいわいにも、これは半分は外国の事件だ。こっちは、フランス人のやったことだと言えるし――パリでは、イギリス人の犯行だからイギリスにまかせると言っている」

「フランス人がやったなんて、本気で思っているんですか？」

「いや、本音を言えば、そうは思ってません。考古学者というのは、あわれな連中だと思うしね。いつも地べたをほじくり返しては、何千年もむかしになにがあった、かにがあったと大ボラを吹いてばかりいる――そんなむかしのことなんか、誰にわかるかと訊きたいですよ。反対する気にもなりゃしない。ぼろぼろのビーズの首飾りを出してきて、五千三百二十二年まえのものだと言われても、それはちがうとは言えませんからね。まあ、そんなことで――ホラ吹きと言ってもいいでしょうよ――自分たちはホラとは思っていないけれどもね――しかし、害のない連中です。このまえも、スカラベを盗まれたと駆けこんできたじいさんがいましたよ――そりゃもう、ひどく動転していて、わるい人じゃなかったが赤ん坊みたいに聞きわけがなかったな。まあ、ここだけの話、あの二人組のフランス人考古学者が犯人だなんてこれっぽっちも思っていません」

「じゃあ、いったいだれが犯人だと思いますか？」

「そうですな――もちろんクランシーがいます。あの男は怪しい。ぶつぶつひとりごとを言いながら歩きまわったりしてるし。なにか気にかかることがあるんでしょう」

「新しい本の筋書きを考えてるんですよ、たぶん」

「そうかもしれないが――ほかになにかあるのかもしれない。しかし、いくら考えても、動機の線がまるでつかめません。黒い手帳の、ＣＬ　５２というのは、やはりホーバリー伯爵夫人のことだと思うんですが、あの人からはなにも出てこなかった。ああ見えて、じつに手強い相手ですよ」

ポアロはひそかに微笑した。ジャップの話はつづく。

「乗務員たちは――まあ、マダム・ジゼルとのつながりがなにもみつかりそうにないしね」

「ブライアント医師は？」

「あの人には、なにかありそうだと思ってます。患者とのことで噂があってね。美人の患者と、意地悪な夫――麻薬かなにかをやるとかいう話もある。うっかりすると、彼は医師会で諮問委員会にかけられるでしょう。これで、手帳にＲＴ　３６２と書いてあったのも合点がいくし。それに、ブライアントがどこからヘビ毒を入手したのかも、かなりはっきり見当がついてるんです。わたしが会いに行ったとき、うっかり彼が口をすべらせてね。とはいえ、いまのところ、どれも推測の域を出ていない――〝事実〟は、なにもつかめていないんです。この事件では、事実はとうてい簡単にはつかめませんよ。ライダーは、まったく率直で開けっぴろげでした――パリには金策に行ったものの、金は作れなかったといって――相手の住所氏名を教えてくれました。それも調査ずみです。ライダーの会社は、一、二週間ほどまえには倒産寸前だったんですが、どうやら持ちなおしたようです。それもまた――定かではありませんがね。混乱だらけです」

「混乱なんて、そんなものはありませんよ――不明瞭であるかもしれませんが――混乱なんてことは、秩序のない頭脳のなかにしか存在しないんだから」

「なんとでも言ってください。結果はおなじなんだから。フルニエのほうも行き詰まってしまって。あなたはすべてをつかんだけど、言わぬが花と思ってるんじゃないですかな！」

「からかわないでくださいよ。わたしだって、すべてをつかんだわけじゃない。わたしは、秩序と方法を使って一歩一歩前進しているのですが、まだまだ先は長いんです」

「それを聞いて、よろこばずにはいられませんな。その秩序ある方法とやらを教えてください」

　ポアロは微笑した。

「小さい表を作ります――こんなふうに」ポアロはポケットから紙片をとりだした。

「わたしの考えるところ、殺人とは、確実な結果をもたらすためのひとつの行動です」

「もう一度ゆっくり言ってください」

「むずかしいことじゃありませんよ」

「そうかもしれないが、あなたがむずかしく言うから」

「いやいや、とてもかんたんです。たとえば、あなたはお金がほしいとしましょう。叔母さんが死ねば、その金が手にはいる。けっこう《ビァン》、そこで、あなたはひとつの行動を起こす――叔母さんを殺すという行動をね。そして、その結果、遺産を相続する」

「そんな叔母さんがほしいもんだ」ジャップはため息をついた。「つづけてください。わかってきました。どうしても動機がなければならないってことですね」

「というより、わたしの言いかたのほうがいい。ひとつの行動が実行される――その行動とは殺人である。では、その行動の結果はなにか？　さまざまな結果を研究することによって、謎の答えが出るのです。ひとつの行動がひきおこす結果は、おなじものとはかぎらない。その行動は多くの人に影響をあたえます。よろしいですか、わたしはきょう——事件から三週間たったいま——十一の異なった場合の結果を研究しているのです」

ポアロは紙片を広げた。

ジャップがちょっと興味をそそられたようすで身を乗りだし、ポアロの肩ごしにのぞいた。

ジェーン・グレイの結果——一時的向上。昇給。
ノーマン・ゲイルの結果——悪化。患者数減少。
ホーバリー伯爵夫人の結果——良好。もし彼女がCL　52ならば。
ヴェニーシャ・カーの結果——悪化。ジゼルの死によって、ホーバリー卿が妻を離婚するための証拠を得る可能性が減少したため。

「ふむ」ジャップは表を読むのを中断した。「ってことは、あなたの考えでは、ミス・カーは伯爵に惚れてるということですね？　あなたは恋愛沙汰に鼻がきくんだな」

ポアロは微笑した。ジャップはふたたび表の上にかがみこむ。

クランシーの結果――良好。殺人事件を題材にした本を書いて儲ける算段。
ブライアント医師の結果――良好。もし彼がＲＴ　３６２ならば。
ライダー氏の結果――良好。微妙な時期に事件に関する記事を書いて得たいくらかの金で会社の危機をしのぐ。ＸＶＢ　７２４に該当するならば、それもまた良好。
デュポン氏の結果――変化なし。
ジャン・デュポンの結果――変化なし。
ヘンリー・ミッチェルの結果――変化なし。
アルバート・デイヴィスの結果――変化なし。

「これが役に立つと考えているんですか？」ジャップは疑わしげにたずねた。「〝わからん、わからん、なんともいえない〟、そんな表を作って、なにかの足しになるとは思えないけど」
「これで明確に分類できるのですよ」ポアロは説明した。「四つの例では――クランシーさん、グレイさん、ライダーさん、そしてホーバリー夫人も入れていいと思いますが――これらの結果はプラスになっています。ゲイルさんとミス・カーの結果はマイナスです。そして、四つの例では、われわれにわかっているかぎりでは、まったく結果が出ていない。さらにブライアント医師の例では、結果も出ていなければ、はっきりした利益もない」

「だから?」ジャップがたずねた。

「だから、われわれはさらにさがしつづけなければならない」

「手がかりもほとんどないのにね」ジャップがうんざりしたように言った。「ほんとうを言うと、われわれがほしいと思っているものがパリからとどくまでは手詰まりですよ。くわしくしらべる必要があるのはジゼルの側ですからね。わたしだったら、きっとあのメイドからフルニエよりも多くの情報を聞きだせただろうに」

「それはどうでしょうね。この事件のもっとも興味深い点は、被害者の性格です。友だちもなければ親族もない──いわば個人的な生活というものがいっさいない女。かつては若く、恋をしたり傷ついたりしたが、あるとき断固たる手が幕を引き下ろし──すべてはおわったのです。写真の一枚も、思い出の品もなく、身を飾る装身具もない。マリー・モリソーは、高利貸しのマダム・ジゼルになったのです」

「過去に、なにか手がかりがあるというんですか?」

「おそらくは」

「そうか、それならなんとかできそうだ！　この事件には、手がかりがいっさいないんでね」

「いや、そんなことはありませんよ。ちゃんとある」

「もちろん吹矢筒はあるけれども――」

「いやいや、吹矢筒ではありません」

「じゃあ、事件の手がかりについて、あなたの考えを聞こうじゃないですか」

ポアロは微笑した。

「それに題名をつけましょう――クランシーさんの小説の題のようにね。『蜂の手がかり』『乗客の荷物の手がかり』『余分なコーヒースプーンの手がかり』」

「あなたはふしぎな人だな」ジャップは悪びれずに言って、つけくわえた。「そのコーヒースプーンうんぬんっていうのは、なんのことです？」

「マダム・ジゼルの受け皿に、スプーンが二本あったのです」

「それは結婚を意味するものですな」

「この場合は」ポアロは言った。「それは葬式の意味でしたがね」

22 ジェーン、新しい職につく

例のゆすり事件の翌晩、ノーマンとジェーンとポアロの三人は、落ちあって食事をした。ノーマンは、ロビンスン役の出番はもうないと聞いて、救われた思いだった。

「善良なるロビンスン氏は、死にました」ポアロはそう言って、グラスを持ちあげた。

「故人をしのんで乾杯しましょう」

「安らかに眠れ」ノーマンが笑いながら言った。

「なにがあったんですの？」ジェーンはポアロにたずねた。

ポアロは、ほほえみかけた。

「知りたいと思っていたことがわかったのですよ」

「あの人、ジゼルとかかわりがあったのね？」

「そう」

「それはぼくが会って話したときから、はっきりしてましたよ」ノーマンが言った。

「そのとおり。しかし、わたしはもっとくわしいことを知りたかったのでね」ポアロが言った。

「で、それがわかったんですか？」

「わかりました」

ジェーンもノーマンも問いかけるようにポアロを見たが、探偵はじらすような態度で、職業と人生の関係を話題にしはじめた。

「世の中には、人が思うほどには、不釣合いなものはそうはないのです。口ではどう言おうと、たいていの人は内心ひそかに望んでいる職業をえらぶものでね。事務所で働いている男が、こんなことを言う。〝ぼくは探検をしたい——遠い国で自然のままの生活がしたい〟と。しかし、その人はそういうことが書いてある物語を読むのが好きなだけであって、じっさいは、事務所の椅子にすわって、安全でほどほどに気楽な人生を好むのだということがわかるでしょう」

「あなたのおっしゃるとおりなら」ジェーンが言った。「外国を旅行したいというわたしの望みはまやかしだ——女の人の髪をいじくりまわすのがほんとうの適職だということですか。でも、そんなことありません」

ポアロは、またほほえんだ。

「あなたはまだ若い。ですから、あれも、これも、いろいろためしてごらんになるでししょう。ただ、けっきょく、最後には自分の好みの暮らしに落ちつくのですよ」

「じゃあ、わたしがお金持ちになりたかったら?」

「ああ、それはもっとむずかしいですな!」

「ぼくの意見はちがいますね」ノーマンが言った。「ぼくはたまたま歯医者になった。えらんでなったわけじゃない。伯父が歯医者で、自分のところで仕事させようとしたんですが、ぼくは冒険好きで、世界を見てまわりたかった。歯科の勉強を投げだして、南アフリカの農場へ行きました。しかし、それはあまりうまくいかなくて——経験が足りなかったんですね。それで、申し出を受けて伯父のところへ行き、いっしょに仕事をするようになったんです」

「そしていま、あなたはまた歯医者の仕事を放りだして、カナダへ行こうと考えている。あなたはイギリス人の植民地病にかかってるんですよ!」

「こんどは、やむをえず外国へ行くわけで」

「ああ、それにしても、人間は信じられないほどしばしば、必要にせまられて、やりたくもないことをやらざるをえないものですな」

「わたしなんて、必要にせまられて旅行することはないわ」ジェーンがものほしそうに言った。「そうなったらいいのに」

「よろしい《エ・ビアン》、いまここで、わたしがあなたに申しこみをしましょう。わたしは来週パリへ行きます。もしよろしければ、わたしの秘書になりませんか。お給料ははずみますよ」

　ジェーンはかぶりをふった。

「アントワーヌの店をやめるわけにはいきません。いい仕事ですもの」

「こっちだっていい仕事ですよ」

「ええ、でも臨時の仕事でしょ」

「ほかにも、おなじような仕事をさがしてあげますよ」

「ありがとうございます。でも、やっぱり無茶はできないと思うんです」

　ポアロはジェーンを見て、謎めいた微笑を浮かべた。


　三日後、ポアロのところに電話がかかってきた。

「ポアロさん」ジェーンの声が言った。「あのお仕事はまだあいていますか？」

「ええ、あいておりますよ。わたしは月曜にパリに行くのですが」

「うそじゃないんですよね？　わたしを連れていってくださるんですか？」

「そうですよ。しかし、気が変わったのは、なにかあったからですか？」

「アントワーヌとけんかしてしまったんです。じつはわたし、お客さまにかんしゃくを起こしてしまって。その人ったら、とっても――くわしいことは電話では話せませんけど。いらいらして、おべんちゃらを言うかわりに、その人のことをどう思ってるかぶちまけちゃったんです」

「ああ、はてしなく広びろとした場所のことを考えて」

「なんですって？」

「あなたは、べつのことに心がとらわれていたんだと言ったんです」

「心じゃなくて、ついうっかり口がすべっちゃったんです。おもしろかった。そのお客さまったら、飼い犬のペキニーズみたいに目を丸くしてました。飛び出しそうなくらいにね。だけどおかげで、このとおり、わたしは店から放りだされちゃって。そのうちほかの仕事をさがさなくちゃならないと思うんですけど――でも、そのまえにパリへ行ってみたいんです」

「よろしい。それで決まりです。パリへ行く途中で、やることを教えますから」

ポアロと新しい秘書は、空の旅はしなかった。ジェーンはそのことを心ひそかに感謝した。このまえの旅のいやな経験が、おじけづかせていたのだ。色のあせた黒い服の女がぐったりしている姿を思いだしたくはなかった。

カレーからパリへむかう列車では、個室をとって、ポアロはジェーンに自分の考えている計画を説明した。

「パリでは、何人かの人に会わなければなりません。弁護士のチボーさん。パリ警視庁のフルニエさん――陰気な人ですが、頭は切れます。それから、デュポン親子。さて、ジェーンさん、わたしが父親のほうと話しているあいだ、息子の相手はあなたにお願いしますよ。あなたはとてもチャーミングで魅力的だ。デュポンさんの息子も、審問のときに会ったあなたをおぼえているでしょう」

「審問のあとで会ったことがあるんです」そう言うと、ジェーンはちょっと顔を赤らめた。

「ほんとうに？　で、どんなふうでした？」

ジェーンはますます赤くなって、〈コーナー・ハウス〉での出会いについて説明した。

「すばらしい。いよいよよくなってきたぞ。ああ、あなたをパリに連れていくというのは、われながら名案でしたよ。では、よく聞いてください、ジェーンさん。あの人とは、ジゼル事件の話はできるだけしないようにしてください。ただし、むこうからその話が出たときは、避ける必要はありません。それから、できれば、ホーバリー夫人に事件の容疑がかかっていると、はっきりことばでは言わずにそういう印象をあたえるのもいいでしょう。わたしがパリへ来たのは、フルニエ警部と打ちあわせるためと、ホーバリー夫人と死んだ女性のあいだになんらかの取引があったかどうかをしらべるためだとでも言っておけばいい」

「ホーバリー夫人がお気の毒だわ――当て馬がわりにするなんて！」

「あの人は、わたしが尊敬するタイプじゃないのでね。一度は役に立ってもらってもいいでしょう」

　ジェーンはちょっとためらってから言った。

「あなたは、息子のほうのデュポンさんを疑ってるわけじゃないんでしょう？」

「いや、とんでもない。わたしは単に情報がほしいだけですよ」ポアロは鋭い目でジェーンを見た。「あなたは魅力的だと思っているんですね――あの青年を。セックスアピール《イレ・セックス・アピール》がある」

　ジェーンはそのことばを聞いて笑った。

「いいえ、わたしはそういうふうには思いません。とても単純だけれど、いいかたですもの」

「おや、そんなふうにおっしゃるんですか。とても単純？」

「だって、ほんとうに単純ですもの。世間ずれしていない、すてきな人生を送ってこられたからだと思うんですけど」

「ほんとうですね」ポアロは言った。「あの人は、たとえば歯をあつかったりはしてこなかった。世間では英雄あつかいされている人が、歯科の治療椅子にすわるのがこわくてふるえている光景を見て、幻滅を感じたりはしていない」

ジェーンは笑った。

「ノーマンは、まだそんな有名人を患者としてつかまえてはいないと思いますけど」

「つかまえていたらもったいないですよ。カナダへ行くつもりなんだから」

「こんどはニュージーランドがどうとか言ってますわ。ニュージーランドの気候のほうが、わたしには気に入ると思ってるみたい」

「愛国者ですね。英国の自治領ばかりをえらんで」

「そんなことにならないですむように、わたしは願ってるんですけど」ジェーンは言った。

答えをもとめているような目で、ジェーンはじっとポアロを見つめた。

「このポアロを当てにしてるとおっしゃるのですか？　まあ、いいでしょう。できるかぎりやってみますよ。それは約束します。しかしですね、マドモアゼル、わたしはひじょうに強く感じているのです。まだスポットライトのあたるところに登場していない人物がいることをね。まだ演じられていない役がひとつあるんです」

彼はむずかしい顔でかぶりをふった。

「マドモアゼル、この事件には、未知の要素があるのです。あらゆることが、それを指摘している……」


パリに到着して二日後、エルキュール・ポアロとその秘書は、デュポン親子を客にむかえて小さなレストランで食事をしていた。

ジェーンは、父親のアルマン・デュポンも息子に負けず劣らず魅力的だと気づいたけれど、話す機会はほとんどなかった。ポアロが初めから父親をひとりじめしてしまったからだ。息子のジャンのほうは、ロンドンで会ったときとおなじく気楽に話せる相手だった。その魅力的で少年っぽい人柄を、あのときとおなじく感じがいいと思った。ジャンはとても単純で、親しみの持てる気性の持ち主だったのだ。

とはいえ、笑いながらジャンと話しているあいだも、ジェーンはふたりの年上の男たちの会話の断片に聞き耳を立てていた。ポアロはいったいどんな情報を知りたがっているのだろう。ジェーンに聞こえたかぎりでは、その会話は事件のことにはいっさい触れていない。ポアロはたくみに相手の過去についての話題を引きだしていた。ペルシャでの考古学的研究について、ポアロは本気で深く興味を持っているように思えた。デュポンは、この夜をとても楽しんでいた。こんな知的で、気の合う聞き手がいるのは、めずらしいことだったからだ。

だれが言いだしたのかははっきりしなかったが、若いふたりは映画を見に行けばいいという話になった。ところが、ふたりがいなくなると、ポアロは椅子をもっと近づけ、考古学調査に関して、さらに具体的な興味を見せた。

「わたしにはわかりますよ。こういう財政困難な時代に、じゅうぶんな研究費用をあつめるのは、たいへんなご苦労でしょうな。個人的な寄付も受けつけていらっしゃるんですか？」

デュポンは笑った。

「そりゃあ、あなた、わたしたちはほとんど膝を折るようにして懇願しているようなものですよ！　しかし、わたしたちのするような特殊な発掘作業は、あまり世間に受けがよくありませんでね。世間の人は、目をみはるような成果をもとめるものなんですよ！　なにより、みんな黄金が好きでね——大量の黄金が出りゃ注目されるんだ！　一般大衆は、陶器になんか興味がない。びっくりするほど興味がないんですよ。陶器は——陶器というものには人類のすべての夢が表現されているのに。デザインといい、感触といい——」

デュポンはすっかり横道にそれて、出版物にまどわされないようにとポアロに力説した。B氏の本は見かけ倒しだし、L氏のはじつに罪悪ともいえるほど年代の錯誤があり、G氏の地層判定は絶望的なほど非科学的だ、と。ポアロは、そうした学者たちの出版物に惑わされたりはしないと真剣に約束した。

それから、ポアロが言った。

「たとえば、五百ポンドほどの寄付は——？」

デュポンは、興奮してテーブルのむこうから飛びついてきそうな勢いだった。

「あなた——そんな大金を？　わたしに？　われわれの調査研究を援助してくださると。しかし、それは、まあすばらしい、おどろきましたな！　個人の寄付では、いままでに受けた最高額です」

ポアロは咳ばらいした。

「寄付はいたしますが、じつはひとつお願いがありまして——」

「ああ、わかりました。記念品ですね。発掘した壺かなにか——」

「いやいや、誤解なさらないでください」ポアロは、デュポンがまたしゃべりださないように、あわてて言った。「うちの秘書を──今夜お会いになったチャーミングな若い娘のことですが、よろしければ、あなたがたの発掘旅行に同行させてやってはいただけませんか？」

デュポンは一瞬、いささか面食らったようだった。

「そうですな」と言って、口ひげをひっぱり、「手配できなくはないかもしれない。息子と相談してみないといけませんが。甥夫婦が同行することになってましてね。家族のチームでというつもりだったので。しかし、ジャンと相談してみましょう──」

「マドモアゼル・グレイは陶器にたいへん興味を持っておりましてね。遠い過去には大いに魅力を感じているのです。発掘作業をすることは、彼女の生涯の夢なんですよ。それに、靴下をつくろったり、ボタンつけをしたりするのが、ほんとうに上手です」

「それは便利な技術ですな」

「そうでしょう？　それで、さっきの話ですが──スーサの陶器についての──」

デュポンは、スーサの第一期と第二期についての独自の説をうれしそうに話しはじめた。

ポアロがホテルについたとき、ジェーンはホールでジャン・デュポンにおやすみのあいさつをしているところだった。

上の階へ行くエレベーターのなかで、ポアロは言った。

「あなたにとても興味深い仕事をみつけてきてあげましたよ。春になったらデュポン親子の発掘旅行に同行するのです」

ジェーンはポアロの顔をまじまじと見つめた。

「頭がどうかしたんですか？」

「正式にこの仕事の誘いが来たら、あなたはきっと大よろこびでそれをお受けになるでしょう」

「わたしはぜったいにペルシャなんかに行きません。ノーマンといっしょにマスウェル・ヒルかニュージーランドに行くんですから」

ポアロは目をきらきらさせて、やさしく彼女を見やった。

「お嬢さん、来年の三月まではまだ何ヵ月かあります。よろこびを表わすことは、切符を買うことにはなりません。おなじように、わたしは寄付をする話をしましたが、まだ小切手にサインしたわけではないのですからね！　ところで、朝になったら、あなたに近東の有史以前の陶器についての入門書を買ってあげなければなりませんな。あなたが、その分野にはたいへん興味を持っていると言ってしまったので」

ジェーンはため息をついた。

「あなたの秘書になるって、ひまな仕事じゃないんですね。ほかになにか？」

「ありますよ。ボタンつけと靴下のつくろいは名人芸だと言っておきました」

「明日、それもやってみせないといけないいんですか？」

「デュポン親子がわたしの話を額面通りに受けとったとしたら、そうなってもふしぎはないでしょうな」

23　アンヌ・モリソー

その翌朝の十時半、陰気なフルニエがポアロの居間にはいってきて、この小柄なベルギー人の手をあたたかくにぎりしめた。

そのようすが、いつになく生き生きしている。

「お話ししたいことがあるんです。吹矢筒の発見について、あなたがロンドンでおっしゃっていたことですが、すくなくとも要点はつかめたように思うのです」

「ほう、そうですか！」ポアロの顔が明るくなった。

「そうなんです」フルニエは椅子にかけながら言った。「あなたがおっしゃったことをつくづく考えて、何度となく自分にこう言いましたよ――あの犯罪が、われわれが考えたとおりにおこなわれたということはありえない――とね。そしてついに――ようやく、わたしが繰りかえし言ったことと、吹矢筒の発見についてあなたが言っていたこととの接点がわかったのです」

ポアロは注意ぶかく話を聞いてはいたものの、なにも言わない。

「あの日、ロンドンで、あなたはこう言った。〝なぜ吹矢筒が発見されたのか。通風孔からかんたんに捨てられるのに？〟と。そしていま、その答えがみつかったように思います。つまり、吹矢筒が発見されたのは、犯人がそれを発見させたかったからなんです」

「ブラボー！」ポアロが言った。

「やはり、あなたが言いたかったのは、そのことだったんですね？　思ったとおりだ。そしてわたしは、さらに一歩踏みこんで、自分自身に問いかけてみたんです。〝犯人はなぜ、吹矢筒を発見させたかったのか？〟その答えは、こうです。〝なぜなら、吹矢筒は使われなかったからだ〟と」

「ブラボー！　すばらしい！　わたしの推理とぴったりです」

「わたしは自分に言いました。毒矢にはちがいないが、吹矢筒から出たものではなかった。だとすると、毒矢を飛ばすのに、なにかほかのものが使われたということになる――それは犯人がふつうに唇に当てても、だれもおかしいと思わないような何かだ。そこでわたしは、あなたが乗客の荷物や所持品の詳細な一覧表を、ぜひともほしいと主張したことを思いだしたのです。そのなかに、とくにわたしの注意をひいた品物がふたつありました――ホーバリー夫人が持っていた二個のシガレットホルダー、そして、デュポン親子の座席のまえのテーブルには、いくつものクルド人のパイプがのっていたのです」

フルニエはことばを切って、ポアロを見た。ポアロはなにも言わない。

「どちらも、だれの注意もひかずに自然に口に持っていけるものです。正しいと思いますが、どうでしょう?」

ポアロはためらったのちに、こう言った。

「考えかたは正しい。しかし、もうすこし踏みこんでごらんなさい。それと、蜂のことも忘れてはいけませんよ」

「蜂?」フルニエは目を見ひらいた。「いや、そうなると、わたしにはついていけませんね。蜂がどこで関係してくるのかがわからない」

「わかりませんか? しかし、機内には蜂がいて、わたしは――」

電話が鳴ったので、ポアロは話を中断した。

受話器をとりあげる。

「もしもし、ああ、おはようございます。ええ、わたしです。エルキュール・ポアロです」横をむいて、フルニエに、「チボーさんです……」と言い、話をつづけた。「はい

――はい、そうですとも。元気です。そちらは？　フルニエさん？　ええ、そう、おつきですよ。いまここにいます」

受話器をおろして、ポアロはフルニエに言った。

「警視庁であなたをつかまえようとしたんだそうです。わたしに会いにここへ来たと言われたんでしょう。あなたが出たほうがいい。興奮したようすですよ」

フルニエは受話器を受けとった。

「もしもし、フルニエですが……なに……なんだって？　ほんとに、そうなんですか……？　ええ、もちろんです……ええ……ええ、もちろんそうだと思いますよ。わたしたちも、すぐにそっちへまわります」

彼は受話器をもどすと、ポアロを見た。

「例の娘です。マダム・ジゼルの娘」

「なんですと？」

「そう、遺産相続のために現われたんですな」

「どこからです？」

「アメリカらしい。チボーは十一時半にまた来るように言ったそうです。われわれも同席しないかと言ってます」

「とうぜんですな。すぐ行きましょう……わたしはグレイさんに一筆、書いて行きますから」

ポアロはこんなふうに書いた。

事件に進展がありましたので、外出しなくてはなりません。ジャン・デュポンが電話をかけてくるか、たずねてきた場合は、親切に応対してください。ボタンや靴下の話はしてもよろしいが、有史以前の陶器の話はいまはまだやめておくように。ジャン・デュポンはあなたを敬愛しています。しかしむこうも頭はいいのでね。

それでは。

エルキュール・ポアロ

「さあ、行きましょう」そう言って、ポアロは立ちあがった。「わたしは、これを待っていたのです――わたしがずっとその存在を意識していた、影の人物の登場ですからな。こうなると――もうじきですな――謎はすべて解明されるはずですよ」

チボー弁護士は、ポアロとフルニエを大いに愛想よく出むかえた。

当たりさわりのないあいさつをやりとりしたあと、チボーはマダム・ジゼルの相続人の話にとりかかった。

「きのう手紙を受けとりましてね。そして今朝、その若い女性がみずからわたしをたずねてきたのです」

「マドモアゼル・モリソーは何歳ですか?」

「マドモアゼル・モリソー――というよりリチャーズ夫人ですな――結婚していますので。年齢は二十四歳です」

「身元を証明する書類でも、持ってきたのですか?」フルニエがたずねた。

「もちろんです。たしかに」

チボーは脇のファイルをあけた。

「まず、これです」

それはジョージ・レマンとマリー・モリソーの結婚証明書だった。どちらもケベック生まれ。日付は一九一〇年。ほかにも、アンヌ・モリソー・レマンの出生証明書や、そのほかの書類があった。

「これで、マダム・ジゼルの若いころの生活も、あるていど明らかになりますね」フルニエが言った。

チボーはうなずく。

「わたしがあれこれつきあわせてみたかぎりでは、このレマンという男に会ったころ、マリー・モリソーは子どもの養育係か、お針子をやっていたのですな。男はひどいやつだったようで、結婚してまもなくマリーを捨ててしまった。そしてマリーは旧姓にもどった。

子どもはケベック市の孤児院にひきとられ、そこで育てられました。マリー・モリソー、あるいはマリー・レマンはそれからすぐにケベック市を離れ――おそらくは男といっしょにね――フランスへ移ってきた。ときどきまとまった額を送金していたけれど、最後には、子どもが二十一歳になったらわたすようにと言って、かなりの金額の現金を送ったのです。そのころ、マリー・モリソーあるいはレマンが怪しげな生活をしていたのはまちがいなく、子どもとは親子の縁を切ったほうがいいと考えたのでしょう」

「娘は、どうやって自分が遺産の相続人だと気づいたのでしょう？」

「われわれは、各種の新聞に目立たない広告を出しておいたのですよ。どうやら、そのうちのひとつが孤児院の院長の目にとまって、リチャーズ夫人に手紙を書くか電報を打つかしたらしいのです。夫人はヨーロッパにいて、ちょうどアメリカに帰国しようとしていたところだったようで」

「リチャーズというのは何者です？」

「デトロイト生まれのアメリカ人かカナダ人で、外科用の器具の製造業をやっているようです」

「妻といっしょではなかったのですか？」

「ええ、いまもアメリカにいます」

「リチャーズ夫人は、母親の殺害の理由になりそうなヒントを言いましたか？」

弁護士はかぶりをふった。

「母親のことはなにも知らないのですよ。じっさい、孤児院の院長から一度は話を聞いたけれども、母親の旧姓がなんというのかすら、おぼえていませんでした」

「どうやら」フルニエが言った。「この女性が舞台に登場しても、殺人事件の解決にはならないようですな。正直言って、そんなことだろうと思っていたんですが。現在、わたしはまったくべつの道を進んでいますからね。わたしのしらべでは、容疑者は三人の人間のだれかだというところまで狭まっていますよ」

「四人です」ポアロが言った。

「あなたは四人だと思うのですか？」

「四人だと言っているのはわたしではありません。しかし、あなたがわたしに話した推理にのっとって考えると、容疑者を三人にしぼることはできないはずです」ポアロはふいに、両手を忙しく動かした。「二本のシガレットホルダー、クルド人のパイプとフルート。フルートを忘れてはいけません」

フルニエがあっと言ったが、そのとき、ドアがあいて、年取った書記がたどたどしく言った。

「ご婦人がもどってこられました」

「ああ」チボーが言った。「さあ、相続人をご自分の目でごらんいただけますな。おはいりください、マダム。パリ警視庁のフルニエさんをご紹介しましょう。お母さまの死について、この国の捜査責任者です。こちらはエルキュール・ポアロさん、お名前はご存じでしょうが、ご親切に協力していただいているのです。みなさま、こちらがマダム・リチャーズです」

ジゼルの娘は、黒髪で垢ぬけした若い女性だった。派手ではないが、とても洒落た服装をしている。

ポアロとフルニエにかわるがわる片手をさしのべ、小さな声で手短に礼を述べた。

「でも、みなさま、わたしは、その亡くなった女性の娘だという気がしません。わたしには事実上、生まれたときから親はなかったのですから」

フルニエに質問されると、マダム・リチャーズは、孤児院院長のアンジェリークさんのことを、温かく、感謝をこめて話した。

「あのかたは、いつもわたしに親切にしてくださいました」

「孤児院を出られたのは、いつですか？」

「十八のときでした。自活するようになりましたから。しばらくマニキュア師をしていました。洋裁店にいたこともあります。夫とはニースで出会ったんですが、彼はちょうどアメリカへ帰るところでした。それからふたたび商用でオランダにまいりまして、一カ月まえにロッテルダムで結婚したんです。あいにく、夫はカナダへ帰らなければならなくなったんですが、わたしは都合でいっしょに帰れなかったのです。でも、いまは帰ってまたいっしょに暮らそうと思っています」

アンヌ・リチャーズのフランス語はなめらかでわかりやすかった。明らかに、イギリス人というよりはフランス人だった。

「この悲劇のことは、どのようにお聞きになりましたか？」

「言うまでもなく、事件のことは新聞で読みましたけれど、被害者が自分の母親だなんて知りませんでした——つまり、気がついていなかったということです。ところが、アンジェリークさんからの電報でチボーさんの住所を知りました。その手紙には、以前に聞いた母の旧姓も書かれてました」

フルニエは考えぶかげにうなずいた。

ポアロたちと夫人はなおもしばらく話し合ったものの、リチャーズ夫人は、殺人犯の捜査にはほとんど役に立たないとわかった。母親の生活も知らず、仕事関係についてもなにも知らなかったのだ。

泊まっているホテルの名前を聞きだしたあと、ポアロとフルニエはリチャーズ夫人と別れた。

「がっかりなさったでしょう」フルニエが言った。「この女性のこと、なにかお考えがあったんですよね？　詐欺師だと疑ってらっしゃった？　それとも、じつはいまでも詐欺師だと思ってる？」

ポアロは沈んだようすでかぶりをふった。

「いいや──詐欺師だとは思いませんね。身元証明書は、たしかに本物です……しかし妙なのは、あの人には以前に会ったことがあるような気がするんですよ──あるいは、あの人を見るとだれかを思いだすのか……」

「死んだ母親に似ているというんですか？」フルニエは疑わしげに言った。「まさか」

「いや──そうじゃありませんね──なにが気にかかるのか思いだせるといいんだが。彼女の顔は、たしかにだれかを思いださせるのですよ……」

フルニエはふしぎそうにポアロを見た。

「あなたはずっと、この姿を見せない相続人の娘のことを気にしていましたよね」

「当然でしょう」ポアロはそう言って、眉をすこしあげた。「ジゼルの死によって利益を得る、または得ない人びとのなかで、この若い女性は利益を受ける立場です。現金という形で、大きな利益をね」

「たしかに。しかし、だからといってなにがわかるんです?」

ポアロは一、二分それには答えなかった。自分の考えの流れを追いかけていたのだ。そしてついにこう言った。

「この娘には、莫大な財産がころがりこみます。わたしが最初から、彼女が事件とかかわりがあると考えていたとしても、べつにふしぎじゃないでしょう? 飛行機には三人の女性が乗っていた。そのうちのひとり、ミス・ヴェニーシャ・カーは、よく知られた立派な家柄の出です。しかし、ほかのふたりはどうでしょう? マダム・ジゼルの子どもの父親はイギリス人だという説をメイドのエリーズ・グランディエから聞いて以来、わたしはいつも、ヴェニーシャ・カー以外のふたりの女性のどちらかが、その娘かもしれないと思っていたのです。ふたりともほぼおなじ年頃ですからね。ホーバリー夫人はコーラスガールあがりで、芸名で舞台に立っていたので前身ははっきりしません。ジェーン・グレイさんは、彼女がまえにも話したように、孤児院育ちです」

「ははあ」と、フルニエ。「そんなふうにお考えだったんですか？　われわれの友人のジャップ警部なら、うがちすぎだと言うところでしょうね」

「ほんとうに、あの人はいつもわたしがものごとをむずかしく考えすぎると文句を言ってばかりいますからね」

「ほら、やっぱり」

「しかし、じつはそんなことはないんですよ。わたしはつねに考えうるもっとも単純なやりかたで、ことを進めるのです！　それに、わたしは事実を受け入れることをこばんだためしはありませんからね」

「しかし、きょうはがっかりなさったでしょうね？　アンヌ・モリソーには、もっと多くを期待していらしたでしょうから」

ふたりはちょうどポアロのホテルにはいるところだった。受付の机のうえに置いてある品物を見ると、フルニエはその朝、ポアロの言ったことばを思いだした。

「お礼がまだでした。わたしの失敗に気づかせてくださったのに。ホーバリー夫人のふ

たつのシガレットホルダーと、デュポン親子のクルド人のパイプは注意していたんです
が、ブライアント医師のフルートのことを失念していたのは、わたしがうかつでした。
お恥ずかしい。あのドクターを本気で疑っているわけじゃありませんがね」
「疑っていない？」
「ええ。そういうたぐいの人間という印象は受けないので――」
フルニエは口をつぐんだ。受付で係員と話していた男が、片手にフルートのケースを
持ってふりむいた。ポアロの姿を目にするとだれだかはっきりわかったようで、男はう
れしそうに顔を輝かせた。
ポアロは男のほうにちかづき、フルニエは目立たないようにうしろにひきさがった。
ブライアントに姿を見られないようにしたほうがいいと思ったのだ。
「ブライアントさん」ポアロはそう言って会釈をした。
「ポアロさん」
ふたりは握手した。ドクターのそばに立っていた女性がエレベーターのほうへ遠ざか
っていった。ポアロはその姿をちらっと目で追った。
ポアロは言った。
「先生《ル・ドクトゥール》、あなたがちょっと休暇をとっただけでも、患者さんは困るんじゃないです

か？」

ブライアント医師は微笑した。ポアロがよくおぼえている、あのさみしそうで、魅力的な微笑だった。疲れているように見えたけれど、ふしぎと穏やかだ。

「もうわたしには患者はいないのですよ」ブライアント医師は言った。

それから、小さなテーブルのほうへ移動しながらポアロを誘った。

「シェリーを一杯いかがです？　それとも、なにかほかの酒がいいかな？」

「ありがとうございます」

ふたりは椅子にかけ、ドクターが酒を注文した。それから、ゆっくりと話しだした。

「そう、もう患者はいない。わたしは引退したのです」

「それはまた急なご決心ですな」

「それほど急なわけでもないんですがね」

飲み物がまえに置かれるあいだ、口ごもってから、グラスを手にとって、こう言った。

「必然の決断なんですよ。登録を取り消されるよりは、自分からやめることにしたんです」穏やかな、夢見るような声でつづけた。「だれしも、人生には転換期がやってくるものですよ、ポアロさん。十字路に立って、決断をせまられる。わたしは自分の職業がたいへん好きなのです。悲しいですね。やめるのはじつに悲しい。しかし、それ以外にも大事なものがあります……ポアロさん、人間の幸福というものがね」

ポアロはなにも言わず、待っていた。

「ひとりの女性がいましてね。わたしの患者です。わたしは彼女をこよなく愛しているんです。彼女の夫は、彼女にかぎりない苦しみをあたえています。麻薬をやるんです。あなたが医者なら、それがどういうことかおわかりになるでしょうがね。彼女には自分の財産がないので、別れるわけにもいかない……」

わたしも、すぐには決心がつけられなかった。しかし、いまは腹を決めました。彼女とふたりでケニアへ行って、新しい生活をはじめるところです。彼女にも、せめてささやかな幸せというものを知ってほしい。長いあいだつらい思いをしてきたので……」

医師はふたたび口をつぐみ、やがてきっぱりした口調で言った。

「あなたにこんなことを言うのはね、ポアロさん、すぐに世間に知れるでしょうから、あなたにはなるべく早くお知らせしたほうがいいと思って」

「わかりました」ポアロは言った。すこししてから、「フルートを持っていかれるんですね？」

ブライアント医師は笑顔になった。

「このフルートはね、わたしのいちばん古い友だちなんでね……ほかのなにに失敗しても、音楽だけは残りますから」

フルートケースをいとしげになで、ブライアントは一礼して席を立った。

ポアロも立ちあがった。

「あなたの未来に幸運を、先生――それと、奥さまの未来にも」ポアロは言った。

フルニエがもどってきたとき、ポアロは受付でカナダのケベックに長距離電話を申しこんでいた。

24　割れた爪

「今度はなんです？」フルニエが声をあげた。「まだ相続人の娘のことに夢中なんですか？　どう見ても、あなたはそれに執念をお持ちですな」

「そんなことはありませんよ」ポアロは言った。「しかし、あらゆるものごとには秩序と方法があるのです。つぎに進むには、ひとつ片づけてからでないと」

ポアロはふりかえった。

「マドモアゼル・ジェーンが来ましたよ。お先にふたりで食事をはじめてください。わたしもできるだけ早く仲間入りしますから」

フルニエは承知して、ジェーンといっしょに食堂へはいっていった。

「それで？」ジェーンは興味津々でたずねた。「どんな人でしたの？」

「ふつうよりもちょっと背が高くて、黒髪で、肌のつやがわるく、顎はとがっていて……」

「そんな言いかた、パスポートの人相書きそっくりですわ」ジェーンが言った。「わたしのパスポートの特徴の説明も、とっても失礼なんですよ。中ぐらいとか、ふつうだとかばっかり。鼻は中ぐらい、口はふつう——口なんて、どう表現しろって言うのかしら？——ひたいはふつう、顎もふつう」

「しかし、目はふつうじゃない」フルニエが言った。

「たとえ灰色でもね。灰色なんてつまらない色だわ」

「だれがそんなことを言ったんです、マドモアゼル、それがつまらない色だなんて」フランス人は、テーブルごしに身を乗りだして言った。

ジェーンは笑った。

「あなたの英語力は、とても優秀ですわ。アンヌ・モリソーのことをもっと教えてください。美人でした？」

「ええ、まあね」フルニエは慎重に言った。「で、いまはアンヌ・モリソーじゃありません。アン・リチャーズです。結婚してました」

「ご主人もいっしょでしたの？」

「いや」

「どうしてなんでしょう？」

「カナダだかアメリカだかにいるんです」

フルニエは、アンの暮らしの事情をすこし説明した。ちょうどその話がおわるころ、ポアロが席にくわわった。

ポアロは、すこし元気がないように見えた。

「それで、どうでした?」フルニエが問いかけた。

「孤児院の院長と話をしました――アンジェリークさんその人とね。大西洋横断の電話とは、ロマンチックですな。地球の反対側にいる人と、あんなにらくに話せるなんて」

「電送写真――あれもまたロマンチックですよ。科学は最大のロマンですからね。それはそれとして、あなたの話を聞きましょうか」

「アンジェリークさんと話しましたところ、リチャーズ夫人がその孤児院で育てられたという話は裏づけがとれました。ワイン商のフランス人といっしょにケベックを去った母親のことも、包み隠さず。当時、子どもが母親の影響をこうむらずにすんでほっとしたそうです。ジゼルはその後、堕落するいっぽうだと院長は見ていたわけですな。お金はきちんきちんと送られてきた――しかし、ジゼルは一度も会いたいと言ってこなかったそうです」

「じっさい、あなたの会話は今朝わたしたちが聞いたことの繰りかえしだったんですな」

「まあそうです。ただ、もっとくわしかっただけでね。アンヌ・モリソーは、六年まえにマニキュア師になるために孤児院を出たのです。その後、上流夫人のメイドになり、その仕事で、ヨーロッパにむけてケベックを去りました。頻繁に手紙が来るというわけではなかったものの、アンジェリークさんのもとにはたいてい年に二度くらいは便りがありました。審問の一件を新聞で見たとき、このマリー・モリソーが、ケベックに住んでいたマリー・モリソーだろうとアンジェリークさんは気づいたのです」

「夫はどうしました？」フルニエがたずねた。「ジゼルが結婚していたにちがいないとわかった以上、夫が今度の事件の要素になるのでは？」

「わたしもそのことを考えました。それが、電話をかけた理由のひとつなんですが、ジゼルのろくでなしの夫、ジョージ・レマンは、戦争がはじまってすぐに戦死しているんです」

ポアロは話を中断し、それから唐突にこう言った。

「わたしがいま言ったのは、なんだったかな？　最後のことばじゃなくて——そのまえのは？　なんだか——それと知らずに、なにか重大なことを口にしたような気がします」

フルニエは、できるだけ正確にポアロの話の内容を繰りかえしてみたものの、ポアロは不満そうにかぶりをふった。

「いや――ちがう――そうじゃない。まあ、かまいませんが……」

彼はジェーンのほうをむくと、彼女に話しかけた。

食事がおわりにちかづくと、ポアロは、こんどはラウンジでコーヒーでもどうかと言いだした。

ジェーンは賛成して、テーブルのうえのバッグと手袋に手を伸ばした。それらをとりあげたとき、ジェーンはかすかに顔をしかめた。

「どうしました、マドモアゼル？」

「ああ、なんでもないんです」ジェーンは笑った。「ただ、爪が欠けてしまっただけなんです。あとでやすりをかけないと」

ポアロは急にまた、椅子にすわりこんだ。

「いやはやまったく、なんてことだ《ノム・ダン・ノム・ダン・ノム》」彼は静かにつぶやいた。

ほかのふたりはおどろいてポアロを見つめた。

「ポアロさん？」ジェーンが声をあげた。「どうなさったの？」

「アンヌ・モリソーの顔にどうして見おぼえがあるのか、いま思いだしたんですよ。わたしは、以前にあの人を見たことがあったんです……事件のあった日の飛行機のなかでね。ホーバリー夫人が爪やすりをとりにやったときのことだった。アンヌ・モリソーはホーバリー夫人のメイドだったのです」

25　〝心配だ〟

昼食のテーブルを囲んでいた三人にとって、このとつぜんの種明かしは、ほとんど驚天動地の効果があった。それによって、事件にまったく新しい局面がひらけたのだ。アンヌ・モリソーは、あの悲劇からかけ離れた人物ではなくて、いまや、その犯罪の現場にじっさいにいたことが明らかになった。三人が考えかたを修正するまで一、二分の時間がかかった。

ポアロは、狂ったように手を動かし、目をとじている。その顔は苦悩でゆがんでいた。「ちょっと待って……ちょっと待ってください」ポアロはみんなに哀願した。「この事実が事件に対するわたしの考えかたにどんな影響をあたえるかを、考え、理解し、認識しなくてはならない。頭にあることをさかのぼってみなければ。思いだせ――。わたしの不運な胃袋よ、呪われろ。あのとき、わたしは胃の状態ばかり気にしていたんだ！」

「じゃあ、あの女性は実際に機内にいたんですね」フルニエが言った。「なるほどわかってきたぞ」

「思いだしました」ジェーンが言った。「背が高くて、髪の黒い娘だったわ」なかば目をとじて、思いだそうと一生懸命になった。「マドレーヌ、ホーバリー夫人はそう呼んでいましたわ」

「そうです、マドレーヌです」ポアロは言った。

「ホーバリー夫人は、飛行機のいちばんうしろまで化粧箱をとりに行かせましたよね——真っ赤な化粧箱を」

「じゃあ、なんですか」フルニエが言った。「この娘は、母親がすわっている席のすぐ横を通ったというのですか？」

「そうです」

「動機」フルニエはそう言って、大きくため息をついた。「そしてチャンス……うむ、そこにはすべてがそろっている」

それから、ふだんの陰気な態度とはがらりとちがって、急にはげしくテーブルをたたいた。

「それにしても、ほんとうに！」彼は叫んだ。「どうしてだれも、いままでそのことを口にしなかったんだろう？　なぜ容疑者のうちに、はいらなかったんだ？」

「だから言ったでしょう。まえにも言ったように、わたしの運の悪い胃袋のせいですよ」ポアロはうんざりしたような口ぶりだった。

「ええ、それはわかります。しかし、影響を受けない胃袋もあったでしょう——乗務員たちや、ほかの乗客や」

「わたし、思うんですけど」ジェーンが言った。「それはたぶん、とっても早い時間に起きたせいじゃないかしら。飛行機がル・ブルジェを発って間もないころだったし、ジゼルは、その後も一時間かそこら元気でいたんですもの。殺されたのは、もっとずっとあとだったように思えますわ」

「それは妙だな」フルニエはそう言って考えこんだ。「毒物の働きが遅れることはありうるでしょうかね？　そういうことがあっても……」

ポアロはうなって、両手で頭をかかえこんだ。

「考えなければ。考えなければいけない……わたしの考えが、最初から完全にまちがっていたなどということが、ありうるのか？」

「そういうこともありますよ。わたしにもそんな経験がある。あなたの身にも起きたってふしぎはありません。ときにはプライドをひっこめて、考えなおすことも必要です」

「それはほんとうですな」ポアロも同意して、「わたしが、いままでずっと、ある一点をあまりにも重視しすぎたということはありえます。わたしは、ある手がかりがみつかることを予想していたのです。それをみつけて、そこから事件を構成したのです。しかし、もし最初の一歩からまちがっていたとしたら――そのとくべつな品物が、単に偶然そこにあっただけだとしたら……そのときこそ――そうです――わたしは自分がまちがっていたとみとめましょう――完全にまちがっていたのだと、ね」

「事件のこの展開が重大なものだということに目をつぶるわけにはいきませんからね」フルニエは言った。「動機もチャンスもあった――これ以上、なにが足りないというのです？」

「なにも。あなたのおっしゃるとおりだ。毒物の働きが遅れるのは、たしかに異常なことで、ほとんど不可能だと言ってもいいでしょう。しかし、毒物に関するかぎり、不可能なことでも起きる場合がある。特異体質ということも考慮しないとならないから……」

そのことばは尻すぼみになった。

「作戦計画を立てなきゃなりませんな」フルニエが言った。「いまのところ、アンヌ・モリソーの疑いを刺激するようなことは得策じゃないと思うのです。あなたがあの女性の正体に気づいたことは、むこうはまったく知らないんですからね。アンヌ・モリソーの話はみとめられた。宿泊しているホテルはわかっているし、チボーさんを通じて連絡を絶やさないようにすることもできます。法律上の手続きを遅らせることもできます。ふたつのことはまちがいないと考えていいでしょう――犯行のチャンスと動機です。アンヌ・モリソーがヘビ毒を所持していたという証明は、まだこれからです。それと同時に、吹矢筒を購入し、ジュール・ペローを買収したアメリカ人の問題があります。きっとそれが、アンの夫のリチャーズではないでしょうか。夫がカナダにいるというのも、ただアンヌ・モリソーがそう言っているだけですからね」

「おっしゃるとおり、アンヌ・モリソーの夫――そう、夫です。ああ！　いや、待てよ。ちょっと待って！」

ポアロはこめかみを手でおさえた。

「全部まちがいだ」ポアロは、つぶやいた。「わたしは、小さな灰色の脳細胞をきちんと秩序と方法にもとづいて使ってない。そう、わたしは結論に飛びついている。たぶん、こう考えるようにと意図された考えかたをしているのだ。いや、それもちがうな。もしも、もともとの考えかたが正しいのなら、意図された考えかたであるはずがない――」

口をつぐんだ。

「なにを言ってるんですか？」ジェーンがたずねた。

ポアロはしばらく返事をしなかった。やがて、こめかみから手を離して背筋を正し、均整美を好む感覚では許せない二本のフォークと塩入れの位置をまっすぐにした。

「考えてみましょう――アンヌ・モリソーは、この犯罪について有罪であるか無罪であるか、どちらかです。もし無実だとしたら、なぜうそをついたのか？　なぜ、ホーバリー夫人のメイドだという事実をかくしたのか？」

「ほんとうに、なぜだろう？」フルニエが言った。

「では、うそをついたからには、有罪なのだとしてみましょう。しかし、早まってはいけません。もしわたしの最初の仮定が正しいとしたら、その仮定は、アンヌ・モリソーの有罪と一致するのか、それともアンヌ・モリソーのうそと一致するのか？　そう、そうです――そうかもしれない。ひとつの前提があたえられればね。しかし、そうだとしたら、それも、その前提が正しいとしたら――アンヌ・モリソーは、飛行機には乗っていなかったはずです」

ほかのふたりはおとなしくポアロを見ていた。さほど興味がなかったといってもいいかもしれない。

フルニエは思った。

〝あのイギリス人のジャップ警部が言ってた意味がわかったぞ。このじいさんは、ものごとをむずかしく考えたがるんだ。いまはかんたんになった事件も、このじいさんにかかると複雑な話に思える。こんなにわかりきった答えでも、自分がまえもって考えたことと一致していると思えなければ、受け入れることができないんだ〟

ジェーンはこう考えていた。

〝いったいなんの話だか、わたしにはぜんぜんわからない……あの娘が飛行機に乗ってなかったはずだなんて、どうしてそうなるの？　あの人は、ホーバリー夫人がついてこいといったら、どこへでも行かなきゃならなかったのに……ほんとは、この人、ペテン師なんじゃないかしら……〟

ふいに、ポアロが音を立てて息を吸いこんだ。

「そうとも」彼は言った。「可能性はある。そして、それを突きとめるのはとてもかんたんなはずだ」

ポアロは立ちあがった。

「こんどは、なんなんです？」フルニエがたずねた。

「もう一度、電話をしてきます」ポアロは言った。

「大西洋横断電話で、ケベックへですか？」

「こんどは、ただロンドンへかけるだけです」

「スコットランド・ヤードに？」

「いや、グローヴナー・スクエアのホーバリー夫人のところへです。運よく夫人が家にいてくれるといいんだが」

「気をつけてくださいよ。われわれが嗅ぎまわっているとアンヌ・モリソーに疑われでもしたら、こちらの業務に都合がよくありませんからな。ガードを固めさせないようにしないと」

「心配ご無用です。慎重にやりますよ。ひとつ、ちょっとした質問をするだけです——当たりさわりのない質問をね」ポアロは微笑した。「よろしければ、ごいっしょしますか」

「いや、けっこう」

「そう言わずに。ぜひおいでください」

ふたりの男が出ていき、ジェーンはラウンジに残った。

電話がつながるのにすこし時間がかかったものの、ポアロは運に恵まれた。ホーバリー夫人は自宅で昼食をとっていたのだ。

「それはよかった。ホーバリー夫人に、エルキュール・ポアロがパリからお電話しているとお伝えください」しばらく間があった。「ホーバリー夫人でいらっしゃいますか？

いやいや、すべて順調ですよ。ほんとうに、なにも問題はありません。そのことでお電話さしあげたのではないのです。ひとつ、おうかがいしたいことがありましてね。ええ……飛行機でパリからイギリスへおもどりになるとき、通常はメイドさんをお連れになるのですか？　それともメイドさんは汽車で？　汽車なんですね……それで、例の事件のときは？……なるほど……まちがいないですね？　あ、あのメイドさんはおやめになった。なるほど。急においとまをとった、と。まったく恩知らずですな。おっしゃるとおり。育ちがわるい者は感謝を知りませんな！　ええ、まったく、そのとおりです。いやいや、ご心配にはおよびません。では、さようなら《オ・ルヴォワール》。ありがとうございました」

ポアロは受話器を置くと、緑色の瞳をきらきらさせながらフルニエをふりかえった。

「聞いてください。ホーバリー夫人のメイドは、ふつうは汽車か船で旅行するのだそうです。それが、ジゼルが殺されたときにかぎって、ホーバリー夫人は出発直前に、マドレーヌも飛行機で連れていくことにしたのだそうですよ」

ポアロはフルニエの腕をとった。

「急ぎましょう。アンヌ・モリソーの泊まっているホテルへ行かなければ。わたしの考えが正しければ――正しいと思いますがね――ぐずぐずしているひまはありませんぞ」

フルニエはポアロを見つめた。しかし、なにか質問するひまもあらばこそ、ポアロは背中をむけて、ホテルを出ようと回転ドアのほうへむかっていた。

フルニエはあわててそのあとを追う。

「わたしにはわかりませんが、これはどういうことなんです？」

ポーターがタクシーのドアをあけて待っていた。ポアロは車内に飛びこむと、アンヌ・モリソーのホテルの名前を告げた。

「急いで！　大至急だ！」

フルニエも急いでポアロにつづいた。

「なんの騒ぎなんですか？　どうしてこんなに急ぐんです？　なにをあわてて」

「どうしてって、あなた、さっきも言ったように、わたしの考えが正しければですね、アンヌ・モリソーの命は風前の灯火だからですよ」

「そうなんですか？」

フルニエは、どうしても疑わしげな口ぶりにならずにはいられなかった。

「わたしは心配だ」ポアロは言った。「心配なのです。まったくもう、ボン・デュ、この車はなんてのろいんだろう！　これじゃ這いずってるようなもんじゃないか！」

タクシーはいま、猛烈なスピードで、ほかの車をかわしながら走っていた。奇跡的にぶつからずにすんでいるのは、運転手の目がよければこそだ。

「この車は、いまにも事故を起こしてもおかしくないような勢いで這いずっていますがね」フルニエがそっけなく言った。「それに、マドモアゼル・グレイはどうするんですか。電話がすんだらもどってくると思って待ってるだろうに、われわれは何も言わずにホテルを出てきてしまった。失礼にもほどがありますよ!」

「失礼だとか失礼でないとか——生き死にがかかっているときに、そんなことが問題になりますか?」

「生き死にねぇ?」フルニエは肩をすくめた。

内心では、こう思っていた。

〝万事順調なのに、この頑固で頭のおかしい男が、すべてをぶちこわしにしてしまいかねないな。われわれが追いかけているとアンヌ・モリソーに知れたら——〟

フルニエは、説得するような声で言った。

「ねえ、ポアロさん、冷静になってくださいよ。軽はずみな行動はいけません」

「あなたにはわからないのです」ポアロは切り捨てた。「わたしは心配だ。無事だといいが……」

タクシーはアンヌ・モリソーが泊まっている上品なホテルのまえで急ブレーキをかけて止まった。

はじかれるように車を飛びだしたポアロは、ちょうどホテルから出てきた若い男とあやうくぶつかりそうになった。

間一髪で立ち止まり、ポアロはその男を見送った。

「いまのも見覚えのある顔だぞ――しかし、どこで――？　ああ、思いだした――俳優のレイモンド・バラクラフだ」

ホテルにはいろうと足を踏みだしたポアロの腕を、フルニエがおさえた。

「ポアロさん、あなたの捜査方法には、わたしは最大の尊敬と、最大の賞賛を送ります。しかし、早まった行動をするのはいかにもまずい。ここフランスでは、この事件の指揮をとるわたしに責任があるのですから……」

ポアロはフルニエのことばをさえぎった。

「あなたのご心配はわかります。しかし、わたしが〝早まった行動〟をするなどという心配は、ご無用です。受付で訊いてみましょう。マダム・リチャーズがここにおられて、お元気だというなら――なんの危害もくわえられていないということです。そのときは、今後の行動についていっしょに話しあえばいい。それもダメだとは、おっしゃいませんでしょうな？」

「いやいや、もちろんそれならけっこうですよ」

「よろしい」

ポアロは回転ドアを押して受付に行った。フルニエもあとからついていく。

「ここにリチャーズ夫人がご滞在だと思うが」ポアロは言った。

「いいえ、お客さま。夫人はこちらにご滞在でしたが、本日お発《た》ちになりました」

「発っただって？」フルニエが問いただした。

「さようでございます」

「それはいつのこと？」

受付係は時計を見あげた。

「三十分以上まえでございますが」

「急にかね？　行き先はわかるか？」

受付係は、その質問に態度を硬化させ、返事を渋った。フルニエが身分証明書を出して見せると、声の調子がかわって、できるかぎり協力すると積極的になった。

いいえ、行き先はお聞きしていません。急に予定が変更になったのだと思いまして。当初は、一週間ほど滞在するとおっしゃっていたのですが。

さらに質問がつづいた。ドアマンが呼ばれ、荷物係やエレベーター・ボーイまで呼ばれた。

ドアマンによると、ひとりの紳士がその女性に面会に来た。あいにく不在だったが、紳士は女性が帰ってくるのを待って、いっしょに昼食をとった。その紳士がどんなかたかって？　アメリカ人――とてもアメリカっぽい人だった。女性のほうは、紳士を見て、おどろいたようだった。昼食のあと、女性は荷物を下にはこばせて、タクシーに積みこませた。

タクシーの行き先？　パリ北駅だ――すくなくとも、タクシーの運転手にはそう指示していた。アメリカ人の紳士はいっしょだったか？　いや、女性がひとりだった。

「北駅か」フルニエは言った。「どうやら行き先はイギリスということですな。二時の汽車で。しかし、それは目くらましかもしれない。ブローニュへ電話して、それから、乗ったというタクシーも手配してみましょう」

ポアロの心配がフルニエに伝染したようで、フランス人の警察官も不安そうな顔になっていた。

迅速に、そして効果的に、フルニエは警察という組織を動かしはじめたのだった。

本を持ってホテルのラウンジにすわっていたジェーンが、顔をあげてポアロがやってくるのを見たときには、時刻は五時になっていた。

ジェーンは腹立たしげに口をひらいたものの、ことばは出てこなかった。ポアロの表情のなにかが、思いとどまらせたのだ。

「どうしたんです？　なにかあったんですか？」

ポアロはジェーンの両手をとった。

「人生はとてもおそろしいものです、マドモアゼル」

その口調のなにかが、ジェーンをおびえさせた。

「どうしたんです？」彼女はもう一度問いかけた。

「船に接続する汽車がブローニュについたとき、一等車両でひとりの女性が発見されました――亡くなっていました」

ジェーンの顔から血の気が引いた。

「アンヌ・モリソーだったんですか？」

「アンヌ・モリソーだったのです。青酸のはいった青い小壜を手にしていたそうです」

「まあ！　自殺だったんですか？」

ポアロはすぐには答えなかった。やがて、注意ぶかくことばをえらんだようすで、こう言った。

「そう、警察は自殺だと考えています」

「あなたは?」

ポアロは、意味ありげなそぶりで、ゆっくりと両手を広げた。

「ほかになにか、考えられることがありますか?」

「アンヌ・モリソーが自殺するだなんて——どうしてそんな? 後悔したせいかしら。それとも犯人だと知れるのがこわかったから?」

ポアロはかぶりをふった。

「人生は、とてもつらいものになりうるのです。人には、たいへんな勇気が必要です」

「自殺するのに? ええ、きっとそうでしょうね」

「生きるためにもです」ポアロは言った。「人には勇気が必要ですよ」

26　食後のスピーチ

翌日、ポアロはパリを離れた。ジェーンは仕事のリストをわたされて、パリに残った。その仕事の大半はおよそ意味のないもののように思えたが、ジェーンは精いっぱいそれをこなした。ジャン・デュポンにも二度会った。ジャンは、ジェーンが同行する予定の旅行の話をした。ジェーンは、ポアロの指示なしにあえて事実を話すわけにもいかず、できるかぎり話をそらして話題を変えたりした。

五日後、ジェーンは電報でイギリスへ呼びもどされた。

ヴィクトリア駅にはノーマンがむかえに来てくれて、ふたりは近況を話しあった。

例の自殺の話は、ほとんど公表されていなかった。新聞には、カナダ人のリチャーズ夫人がパリ‐ブローニュ間の急行の車中で自殺したという数行の記事が出ただけだった。飛行機内での殺人事件との関係については、いっさいふれられていない。

ノーマンもジェーンも、歓声をあげたいきもちだった。彼らを悩ませていた問題も、とうとうおわるのだと思いたかったのだ。けれど、ノーマンはジェーンほど楽観的ではなかった。

「警察は、あの女が母親を殺したと見ているかもしれないけど、当の本人がこんな死にかたをしたいまとなっては、たぶんもう捜査は打ちきりになるだろうね。だから、事件のいきさつが公表されないかぎり、ぼくたちには、すこしもためにならないと思うよ。一般大衆の目から見れば、ぼくたちに対する疑いはちっとも晴れないんだからね！」

数日後、ピカデリーでポアロと会ったときにも、ノーマンはおなじようなことを言ってこぼした。

ポアロは微笑した。

「あなたもほかのみんなとおなじだ。わたしが年寄りだから、なにも最後までやりとげないと思ってるんですな！　いいですか、今夜、わたしといっしょに食事をしにいらっしゃい。ジャップ警部が来ますから。それと、われらが友人のクランシーさんもね。いくつか、興味深いお話があるのです」

その晩餐は和気藹々のうちにおわった。ジャップ警部は態度は大きいけれど、機嫌はよかったし、ノーマンにとっても話は興味深かったし、小柄なクランシーは、あの凶器となった毒針に気づいたときとおなじくらい興奮していた。

ポアロが、その小柄な作家を感心させようとしていることは明らかだった。

食後のコーヒーを飲みおえてから、ポアロは多少きまりわるそうに咳払いをしたが、そこには自尊心も感じられた。

「みなさん」ポアロは切りだした。「ここにおいでのクランシーさんは、わたしが提唱するところの、〝わたしの推理方法はね、ワトスンくん〟と彼の言う——そうでした《セ・サ・ネス》な《パ》?——謎解きに興味を持っておられるそうです。そこで、みなさんが退屈でなければ……」——そこで思わせぶりに間を置くと、すかさずノーマンとジャップが、「とんでもない、ぜひ聞かせてくださいよ」とか「すごくおもしろそうですね」などとうながした——「では、この事件をあつかったわたしの方法のあらましをざっとご説明しましょう」と言った。

ポアロはことばを切ると、二、三のメモを参照した。ジャップがノーマンにささやく。

「うぬぼれてるだろう? この小男のミドルネームは、うぬぼれっていうんだ」

ポアロはとがめるようにジャップを見て、「エヘン!」と咳ばらいした。行儀よくならんだ三つの顔が興味津々に自分のほうをむくと、ポアロは話しはじめた。

「みなさん、まずはことの発端からはじめましょう。話は、プロメテウス号がパリからクロイドンへむけて不運な旅に出たときにさかのぼります。そのとき、わたしが考えていたことや印象を詳細に申しあげ――その後のできごとに照らして、それらをどのように確認、ないしは修正していったかは、おいおいお話しします。

われわれがクロイドンに到着する直前に、ブライアント医師のところへ乗務員がやってきました。ドクターが案内されて遺体の検分にむかうとき、わたしもついていきました。ひょっとしたら、わたしの専門のことかもしれないという気がしてね。そうでないと、だれにわかります？　死にまつわることとなると、わたしは職業的すぎるものの見かたをするかもしれませんが、それはわたしの考えるに、ふたつに大別されます。わたしに関係のある死と、わたしには関係ない死と、二種類にね。後者のほうが圧倒的多数ではあるけれども、死と遭遇すると、つねにわたしは顔をあげて空中のにおいを嗅ぐ犬のようになります。

ブライアント医師は、乗務員の不安どおり、その女性が死んでいることを確認しました。そして、死因に関しては精密な検査を待たなければ発表できないというのです。ここで、ある指摘がありました――ジャン・デュポンさんからです――死因は蜂に刺されたショックだろう、と。この仮説を立証するために、すこしまえに自分が殺した蜂をわれわれに見せました。

さて、これはどこから見てもありそうな説で、みんなが受け入れやすいものでした。

死んだ女性の首筋には、傷痕がありましてね——蜂の針に刺されたものとそっくりでした——おまけに、機内には蜂がいたのですから。

しかし、そのとき、運良くわたしは足もとに目をやって、もう一匹の蜂のように見えるものを発見したのです。じつはそれは、小さな毛ばだった黄色と黒の絹がついた毒針でした。

そこへ、クランシーさんが進み出て、それは、とある種族のやりかたどおりに吹矢筒から吹いた毒針だとおっしゃった。そのあと、みなさんがご存じのように、吹矢筒そのものも発見されました。

クロイドンに到着するまでには、わたしの頭にはいくつかの考えがうごめいておりました。ひとたび、しっかりした大地におり立つと、わたしの頭脳はいま一度、ふだんどおりに優秀な活動を開始したのです」

「いいですな、ポアロさん」ジャップがにやにや笑いながらからかった。「あなたって人は、うわべだけでも謙遜なんかしないんだから」

ポアロはじろっとそっちをにらみつけ、先をつづけた。

「ひとつの考えが、自然と強く印象づけられました。わたしばかりでなく、みんなそうだったと思いますがね。それは、このような方法で犯罪がおこなわれたという大胆さでした——しかも、だれもそれがおこなわれたことに気づかなかったというおどろくべき事実です！

わたしが興味をひかれた点が、ほかにもふたつありました。ひとつは、都合よく蜂が機内にいたこと。もうひとつは、吹矢筒が発見されたことです。審問のあとでジャップさんに申しあげたように、犯人は、なぜそれを窓の通風孔から捨ててしまわなかったのか？　毒針そのものは、出所をたどったり、鑑定したりするのが困難かもしれませんが、値札が完全にはがれていない吹矢筒となると話はまったくちがいます。

謎の答えはなんなのか？　それは明白です。犯人は、吹矢筒が発見されることを望んでいたのです。

しかし、なぜでしょう？　論理的な答えはただひとつしかないように思われました。毒矢と吹矢筒が発見されたならば、被害者は吹矢筒から放たれた毒針によって死んだと考えるのが自然でしょう。したがって、じつは、殺人は、そのような方法では、おこなわれなかったのです。

いっぽう、医学的証拠は、死因はまちがいなく毒針によるものであることを示すものでした。わたしは、目をつむって自分にこう問いかけました——首の血管に毒針を刺しこむのにもっとも確実でまちがいのない方法は？　すると、たちまち答えが出ました。

手を使うのだと。

すると、たちまち、吹矢筒が発見されなければならなかった理由もわかってきました。吹矢筒は必然的に、それを使った人間が、あるていどはなれていたことを示します。その理論が正しいとすると、マダム・ジゼルを殺害した犯人とは、彼女のテーブルにちかづき、彼女のうえにかがみこんだ人物です。

そんな人物がいたでしょうか？　そう、ふたりいました。乗務員がふたり。どちらも、マダム・ジゼルのそばまで行ってかがみこむことができ、そうしても、だれも異常なことがおこなわれているとは気づかないでしょう。

ほかに、だれかいたか？

そう、クランシーさんがいました。マダム・ジゼルの席のすぐそばを通ったのは後部客室の乗客のうち彼だけで、そしてわたしは、吹矢筒と毒針の説に真っ先に注意をむけたのは彼だということを思いだしました」

クランシーはおどろいて飛びあがった。

「抗議します！」クランシーは、叫んだ。「わたしは抗議します。言いがかりもはなはだしい」

「おすわりなさい」ポアロは言った。「話はまだおわっていませんよ。わたしは、結論にたどりつくにいたったすべての段階を説明しなければならない。

ミッチェル、デイヴィス、そしてクランシーさん。三人とも、一見、殺人など犯しそうには見えませんが、しかし、それを決めるまえにしらべることは山ほどありました。

つぎにわたしは、蜂が原因である可能性を考えてみました。あの蜂は、暗示的です。そもそも、コーヒーが出るまで、蜂の存在に気づいた人はいませんでした。それ自体、どうもおかしなことです。わたしは、この犯罪について、ひとつの理論を構成してみました。犯人は、この悲劇にふたつのべつべつの解決方法を提供したんです。第一の、そしてもっとも単純な答えとは、マダム・ジゼルが蜂に刺されて心臓発作を起こしたというもの。この方法がうまくいくには、犯人が毒針をとりもどせるかどうかが肝心です。ジャップ警部とわたしは、それが容易にできたことで意見が一致しました。ただし、他殺という疑いが起こらないうちにという条件つきでね。そのために毒針には、特殊な色の絹がついていました。もともとサクランボ色だったものを、黄色い蜂に見せかけるためにわざとつけかえたのにまちがいないと、わたしはそう確信しています。

さて、われらが犯人は、被害者のテーブルのそばへ行き、首に針を刺してから、蜂を放したのです！　毒はひじょうに強力だから、ほとんど即死だったでしょう。もしもマダム・ジゼルが悲鳴をあげたとしても――それはおそらく飛行機の騒音にかき消されてしまったでしょう。もしだれかに気づかれたとしても、蜂が飛びまわっていることで、その悲鳴の説明はつく。気の毒に、マダム・ジゼルは蜂に刺されたということになるでしょう。

以上が、第一の計画です。しかし、じっさいに起きたように、犯人がひろいあげないうちに毒針が発見されたとしたらどうでしょう？　そうなると、もうとりかえしはつきません。もはや自然死だとする説は不可能です。そこで、吹矢筒を窓から捨てるかわりに、機内を捜査すればみつかりそうな場所に置いたわけです。そして、みつかればすぐに、吹矢筒は凶器だとみなされるでしょう。適当な距離からおこなわれたという雰囲気が作りだされ、さらに、吹矢筒の出所をたどれば、容疑はあらかじめ用意された特定の人物の方向に集中するでしょう。

いま、わたしには犯罪についての理論があり、三人の容疑者にくわえて、可能性はほとんどないものの、四人目の容疑者として、〝蜂の一刺《ひと》しによって死んだ〟と言いだしたジャン・デュポンさんをくわえたわけです。氏は蜂による死亡という説を言いだし、ジゼルとは通路を隔ててすぐそばにすわっていたから、だれにも気づかれずに席から動けたかもしれない。とはいえ、わたしは彼があえてそんな危険をおかすと本気で思っているわけではありませんがね。

わたしは、蜂の問題に集中しました。もし犯人が機内に蜂を持ってきていて、いわゆる心理的瞬間にそれを放したのだとしたら、蜂を入れておく小さな箱かなにかを持っていたにちがいない。

そんなわけで、乗客のポケットや所持品が気になったわけです。

そして、まったく予想外の展開になったのです。わたしはさがしていたものをみつけた——しかし、どう考えてもそれは見当ちがいの人を示しているのです。たしかに、ブライアント&メイ社製のマッチの空き箱はありましたが、それはノーマン・ゲイルさんのポケットから出てきたのです。ただ、すべての乗客の証言によると、ノーマンさんは通路をマダム・ジゼルの方角にはぜったいに行かなかった。彼はただ、反対方向にあるトイレに行き、そして自分の席にもどっただけでした。

たしかに、そんなことは不可能に思えるのですが、しかし、ノーマン・ゲイルさんが犯行をおこないうる方法がひとつだけありました——それは、彼のアタッシェケースのなかの品物が語っています」

「ぼくのアタッシェケース？」ノーマン・ゲイルが声をあげた。戸惑い、おもしろがっているようだ。「なにを入れていたかさえ、いまとなってはおぼえてないな」

ポアロは感じよく、彼にほほえみかけた。

「ちょっとお待ちください。その点にはあとでふれます。とにかく、最初の考えを話してみましょう。

いままでに、わたしは犯行をおこなった可能性のある人物を四人心に描きました。可能性を重視してね。その四人は、ふたりの乗務員、クランシーさん、そしてゲイルさんです。

こんどは、事件を逆の方向から見てみました――動機という観点です――動機と可能性のふたつがそろったら――そう、その人こそ殺人犯です！　ところが、残念ながら、そういうものはひとつもみつかりませんでした。ここにいる、わたしの友人のジャップ警部は、わたしがものごとをむずかしくしたがると非難します。その逆に、わたしはこの動機の問題に、この世でもっともかんたんな見地からせまってみました。マダム・ジゼルが死んだら、得をするのはだれなのか？　知られざる彼女の娘だということは明らかです――なぜならば、その未知の娘は遺産を相続することになるわけですからね。また、マダム・ジゼルに弱味をにぎられていた人も何人かいます。いや、なにかの点で弱味をにぎられているかもしれない人びとと言っていいでしょう。それは、消去法で片づく作業です。乗客のうち、マダム・ジゼルとかかわりがあったと、自信を持っていえる人がひとりいます。それはホーバリー伯爵夫人でした。

ホーバリー夫人の場合、動機はたいへん明確です。彼女は、出発前夜、パリの自宅へジゼルをたずねていきました。彼女は追い詰められていたし、若い俳優の恋人もいて、この男なら、アメリカ人になりすまして吹矢筒を買うのもたやすいことだったかもしれない。それに、ユニヴァーサル航空の係員を買収して、ジゼルがまちがいなく十二時の飛行機に乗るように手配したかもしれません。

わたしは、いわば、ひとつの問題をふたつに割って持っているようなものでした。ホーバリー夫人があの犯罪をどのようにしておこなえたかわからなかったし、乗務員やクランシーさんやゲイルさんが、あの女を殺したがる理由も見当がつかなかった。

わたしは、頭の奥のほうで、いつも考えていました。ジゼルの未知の娘、あの遺産相続人の問題がひっかかっていたのですよ。四人の容疑者たちが結婚しているとしたら。そして、その妻のうちのひとりがこのアンヌ・モリソーではないか？　父親がイギリス人なら、彼女もイギリスで育てられたかもしれません。ミッチェルの妻の両親はドーセット州生まれで、すぐに外れました。デイヴィスは、ひとりの娘と恋愛中で、その両親は健在でした。クランシーさんは独身です。ゲイルさんは未婚で、どうやらミス・ジェーン・グレイに夢中らしい。

わたしは、ミス・ジェーン・グレイの家系を徹底的にしらべあげたといってもいいでしょう。世間話をしているうちに、彼女がダブリン近郊の孤児院で育ったと聞いたからです。しかし、彼女がマダム・ジゼルの娘ではないことは、じきに納得がいきました。わたしは、いままでの結果を表にしてみました。乗務員たちは、マダム・ジゼルの死によって、得るものも失うものもない。ただし、ミッチェルは明らかにショックで苦しんでいましたがね。クランシーさんは、この事件を題材にした本を書いて一《ひと》儲けを狙っていました。ゲイルさんは、患者が急減していました。役に立つことは、なにひとつありません。

にもかかわらず、その時点でわたしは、ノーマン・ゲイルさんが殺人犯だと確信したのです——理由は、マッチの空き箱と、アタッシェケースの中身でした。ゲイルさんはジゼルの死によって得るものはなく、失うだけだったように見えます。しかし、それは見せかけだけかもしれない。

わたしは、ゲイルさんと親交を深めようと決めました。わたしの経験では、だれでもことばをかわしているうちには、遅かれ早かれ自分の本性を現わしてしまうもので……人はみな、自分自身について語りたいという、おさえがたい欲求を持っているのです。

わたしはゲイルさんの信頼をえようとしました。秘密を打ち明けるふりをし、その協力をあおぎさえしました。説得して、なんとかホーバリー夫人に偽の脅迫をするのに力を貸してくれるようにたのみました。そしてこのとき、ゲイルさんは第一の失敗をしたのです。

わたしはゲイルさんに、ちょっとした変装をするように言いました。すると彼は、お話にならないほどありえない変装をして現われたのです。あんなひどい変装で脅迫者役を演じることができる人などいないだろうと思うほどでした。では、なぜそんな変装をしたのか？　なぜなら、みずからの罪を知っているだけに、自分がうまく役を演じられるところを見せたくなかったからです。しかしながら、わたしがそのばかげた扮装に手を入れてやると、自然と役者としての腕が現われました。あたえられた役をみごとに演じきり、ホーバリー夫人は相手がゲイルさんだとは気づきませんでした。それで、この男なら、パリのアメリカ人に扮することも、プロメテウス号で必要な役回りを演じることもできたはずだと、わたしはそう確信したのです。

このときまでには、わたしはジェーンさんのことでたいへんに気をもんでおりました。彼女はゲイルさんと共犯であるか、それともまったく無実かのどちらかであって、後者だとすれば被害者ということになります。ある日、目ざめたら殺人犯と結婚していたなんてことにもなりかねない。

とつぜん結婚してしまうなどということを避けるため、わたしはジェーンさんを秘書としてパリへ連れていったのです。

わたしたちがパリにいるあいだに、姿を見せなかった相続人が遺産を受けとりに現われた。わたしは、どこかで見たような顔だと頭を悩ませたものですが、ついに、だれだかわかったときには手遅れでした……

最初、アンヌ・モリソーがあのとき機内にいたのに、それについてうそを言っていたとわかったときは、自分の推理がすべてくつがえされたかと思いましたね。アンヌ・モリソーこそ、だれよりも犯人らしい人物なのですから。

しかし、もしアンヌ・モリソーが犯人だとしても、共犯がいるはずだ──吹矢筒を買ったり、航空会社のジュール・ペローを買収した男が。

その男とは、だれだろう？　アンヌ・モリソーの夫だと考えることはできるだろうか？

そうこうするうちに、とつぜん真実の答えがみつかりました。真実とはいっても、ある一点が証明されればということですがね。

わたしの解釈が正しければ、アンヌ・モリソーはあの機内にいたはずはないのです。

わたしはホーバリー夫人に電話をかけました。すると夫人は出発ギリギリになって急に予定を変え、メイドのマドレーヌを飛行機に同乗させたということでした」

ポアロはことばを切った。

クランシーが言った。

「あの——しかし——どうもすっきり飲みこめないんだが」

「ぼくを殺人犯あつかいにするのは、いつやめたんです？」ノーマン・ゲイルがたずねた。

ポアロはぐるりとノーマン・ゲイルのほうをむいた。

「やめてなどいませんよ。あなたは、いまも殺人犯だ……まあ、待っていなさい。全部話してあげるから。この一週間、わたしとジャップ警部は忙しく働きましたよ。あなたが、伯父のジョン・ゲイルをよろこばすために歯科医になったというのはほんとうです。伯父と共同で歯科医院を経営するようになると、あなたは伯父の名前を継ぎました。しかし、あなたは伯父の妹の息子であって、男兄弟の息子ではない。あなたのほんとうの姓はリチャーズです。そのリチャーズという名前で、あなたは去年の冬、伯爵夫人につきそうアンヌ・モリソーとニースでめぐりあったのです。彼女の話も前半はほんとうだったものの、後半はあなたの指図でたくみに編集されている。彼女はたしかに母親の旧姓を知っていた。ジゼルがモンテ・カルロにいたときのことです——そのとき、あれが母親だと教えられ、じっさいの名前も聞かされた。そしてあなたは、莫大な財産が手にはいることを知った。それは、あなたのギャンブラー体質にぴったり来た。おまけに、あなたはアンヌ・モリソーからホーバリー夫人とジゼルの関係まで聞いたのです。自然と、あなたの頭のなかに殺人計画が形成されていった。ホーバリー夫人に疑いがかかるような方法で、ジゼルが殺される。あなたの計画は、しだいに熟し、そして実を結んでいた。ユニヴァーサル航空の係員に賄賂をわたし、ジゼルがホーバリー夫人といっしょに空の旅をするように旅程を組んだ。アンヌ・モリソーからは、自分は汽車でイギリスへ行くと聞いていたからです。まさか彼女まで飛行機を使うとは思ってもいなかったし、おかげで計画は台なしだ。ジゼルの娘であり、相続人であるアンヌ・モリソーが、おなじ飛行機に乗っていたとなれば、当然ながら殺人の容疑は彼女にかかってくる。あなたの最初の計画では、アンヌ・モリソーは汽車か船でイギリスへ行くのだから、犯罪現場にはいないという完璧なアリバイをもって遺産の相続を要求できる。そして遺産をもらった彼女と結婚するという段取りでした。

このころには、娘のほうはすっかりあなたに夢中でした。しかし、あなたがほしかったのは金のほうで——娘ではなかった。

あなたの計画には、もうひとつ複雑な要素がからんできました。ル・ピネで、あなたはジェーン・グレイと出会い、狂おしいほど彼女に恋をしてしまったのです。その恋の情熱のために、あなたははるかに危険性の高い綱渡りをしたのです。

あなたは大金と好きな女性の両方を手に入れようとした。初めから金のために人を殺す計画を立てたのだから、その結果はいってくる金をあきらめる気はさらさらなかった。殺人のあとすぐに娘だと名乗り出たらきっと疑われるからと言って、あなたはアンヌ・モリソーをふるえあがらせた。そして、彼女に数日間の休暇をとらせると、ふたりしてオランダのロッテルダムへ行って結婚した。

つぎに、あなたはアンヌ・モリソーに、遺産をどんなふうに要求するかを教えこんだ。伯爵夫人のメイドだということはけっして明かしてはならないし、犯行がおこなわれたとき、自分と夫は外国にいたとはっきり申し立てねばならない……

残念なことに、アンヌ・モリソーがパリへ行って遺産を要求する日は、ちょうどわたしとジェーンさんがパリに到着した日と重なってしまった。それはあなたの計画には、まったく不都合だった。ジェーンかわたしのどちらかが、アンヌ・モリソーは、ホーバリー夫人のメイドだったマドレーヌだと気づくかもしれないからね。

あなたは時間までにアンヌ・モリソーに連絡をとろうとしたが、間にあわなかった。それで、あなた自身、パリに駆けつけたのですが、もはやアンヌ・モリソーは弁護士のところへ行ってしまったあとだった。弁護士のところから帰ってきた彼女は、わたしと会ったと話した。これは危なくなったぞと思い、あなたは迅速にことをはこぶ決意を固めた。

もともと、遺産を手に入れた暁には、この新しい妻をいつまでも生かしておくつもりはあなたにはなかった。結婚直後に、全財産を遺産として相手にゆずるという遺書をおたがいに交わしていたのですからね！　じつに感動的じゃありませんか。

わたしが思うに、あなたはかなり気長にやるつもりだったようですな。カナダへ引っ越してしまう――患者が減って仕事が立ちゆかなくなったように装ってね。カナダではリチャーズという名前にもどり、妻もあとから合流する。結局はおなじことになるのですが、まもなく哀れリチャーズ夫人は亡くなり、慰めようもないほど悲しむ夫が遺産を受け継ぐ。その後、あなたはノーマン・ゲイルとしてイギリスへもどる、カナダで投機をやってうまく一財産《ひと》築いたと言ってね！　しかし、こうなると、そんな悠長なことは言っていられない。すぐに手を打たねばと、あなたは覚悟を決めたのです」

ポアロがことばを切るのを待っていたかのように、ノーマン・ゲイルは頭をうしろにのけぞらせて大笑いした。

「さすが頭のいい人はちがうな！　他人の考えていることが、よくわかるもんですね！　クランシーさんにかわって小説家になったら？」その口調が怒りに変わった。「こんなばかげた話は初めて聞きましたよ。全部あなたの想像でしょ、ポアロさん。なんの証拠もありゃしないじゃないか！」

ポアロは平然としたものだ。

「そうかもしれません。しかし、わたしはちょっとした証拠を持っているんですよ」

「ほんとに？」ノーマンが言った。「それは、あの飛行機のなかで、どうやってジゼルばあさんを殺したかという証拠なんでしょうね。乗客のだれも、ぼくがジゼルにちかづくところを見てないのに」

「あなたがいかにしてあの犯行をおこなったか、説明してさしあげましょう」とポアロは言った。「あなたはアタッシェケースになにを入れていましたか？　あなたは休暇旅行中だった。ならば、なんのために歯科用の麻の白衣を持っていくのです？　わたしはそう自分に問いかけてみました。その答えはこうです——乗務員の制服とそっくりだから、と。

あなたは、そうやって犯行をおこなったのですよ。コーヒーが配られ、乗務員が前部客室に行ってしまうと、あなたはトイレへ行き、白衣を着て、丸めた綿を口にふくみ、外へ出ると、すぐまえにある食器棚からコーヒー・スプーンをとって乗務員のような早足で通路をジゼルのテーブルへと行った。彼女の首に毒針を刺し、マッチ箱をあけて蜂を逃がし、急いでトイレにもどった。白衣を脱ぎ、悠然と自分の席にもどっていった。すべては、ほんの二、三分で片付いてしまった。

だれも乗務員にはとくべつな注意を払ったりはしません。それがあなただとわかるかもしれないのは、ジェーンさんだけです。しかし、女性がどんなものかは、ご存じでしょう！　ひとりになるが早いか（とりわけ、魅力的な若い男性がいっしょのときは）いまがチャンスとばかり手鏡をしげしげとのぞきこんで、鼻先に白粉をはたいたりして化粧直しに余念がない」

「へえ」ノーマンがあざ笑った。「じつに興味深い説ですね。しかし、そんなことは起きなかったんだ。ほかになにか？」

「たくさんありますよ」ポアロは言った。「さっきも言ったように、人は会話のなかでかならず自分をさらけ出してしまうものでしてね……。あなたはうかつにも、以前しばらく南アフリカの農場にいた、ともらしてしまった。それ以上は言わなかったが、わたしの調査によれば、そこはヘビを飼うところだったのです」

ノーマン・ゲイルは、初めて恐怖の表情を見せた。なにか言おうとするが、ことばが出てこなかった。

ポアロは先をつづけた。

「あなたはそこに、本名のリチャーズでいましたね。あなたの写真を現地に電送し、確認ずみです。おなじ写真が、ロッテルダムでは、アンヌ・モリソーと結婚したリチャーズなる人物のものだと確認されています」

今度も、ノーマン・ゲイルはしゃべろうとしたが、なにも言えなかった。がらりと人格がかわってしまったような顔つきをしていた。ハンサムで元気そうな青年が、きょろきょろと逃げ道をさがしたあげく、八方ふさがりだとわかったときのネズミじみた目つきの哀れな男に様変わりして……

「あなたの計画が台なしになったのは、先を焦ったからです」ポアロは言った。「孤児院の院長が、アンヌ・モリソーに電報を送ったことも急がせた一因です。あの電報の語る事実はなにがなんでも隠さなければならない。そうしないと、自分か妻かが疑われることになると強調しました。困ったことに、ふたりともジゼルが殺された飛行機に乗っていたのですからね。その後、あなたはパリで妻に会って、弁護士との会見の席にわたしがいたと聞くと、ますます焦った。わたしがアンヌから真相をかぎ出すかもしれないとおそれた。たぶん、彼女自身があなたを怪しみだしたこともくわわっていることでしょう。あなたは急いでアンヌをホテルから連れだして汽車に乗せた。そして青酸カリをむりやり飲ませ、その壜を彼女の手ににぎらせたのです」

「うそだ。うそばっかりだ……」

「とんでもない。彼女の首のまわりには、あざがありましたよ」

「大うそだ。冗談じゃない」

「壜にはあなたの指紋がついていましたよ」

「うそだ。ぼくは手袋を――」

「ああ、手袋をしていたんですね？　わたしが思うに、いまのちょっとした発言で馬脚が現われましたな」

「このお節介なチビのほら吹き野郎！」興奮のあまりむしろ青ざめた顔をゆがめてノーマンがポアロに飛びかかったが、ジャップのほうが早かった。がっちりと無表情に相手をつかまえて、ジャップは言った。

「ノーマン・ゲイルことジェイムズ・リチャーズ、計画的殺人の疑いできみを逮捕する。今後、きみの言うことは、すべて証拠として用いられうることを警告する」

ゲイルはがたがたとおののいた。いまにもその場に崩れ落ちそうだ。

私服警官がふたりドアの外に待機しており、ノーマン・ゲイルは連行されていった。

ポアロとふたりになったクランシーは恍惚として深く息を吸いこんだ。

「ポアロさん、生まれてこのかた、これほどスリリングな経験をしたのは初めてですよ。

あなたはすばらしかった！」

ポアロは控えめに微笑した。

「いやいや。ほめるなら、わたしばかりじゃなく、ジャップさんの働きもほめてやってください。ゲイルがじつはリチャーズだという証拠を固めたのはジャップ警部なんですよ。カナダ警察がリチャーズの捜査をしてましてね。あっちで関係のあった娘が自殺したんです。しかし、じつは殺人ではないかと思われる事実がいろいろ出てきましてね」

「おそろしいですな」クランシーは嘆いた。

「人を殺すようなやつですからな」と、ポアロ。「殺人犯にはそういうやつが多いが、女性にもてるんですよ」

クランシーは咳ばらいした。

「ジェーン・グレイという娘さんは、気の毒ですな」

ポアロは悲しげにかぶりをふった。

「そうですね。わたしも言ったんですが、人生はつらいものです。とはいえ、あの娘さんには勇気がある。きっと乗りこえてくれるでしょう」

ポアロは、ノーマン・ゲイルが飛びかかろうとしたときに乱した写真の山を、上の空でまとめた。

なにかが注意をひいた——競馬場で、ホーバリー伯爵とその友だちに話しかけているヴェニーシャ・カーの写真だった。

ポアロはそれをクランシーに手わたした。

「ごらんなさい。一年後には、こんな発表がありますよ——〃ホーバリー伯爵とヴェニーシャ・カー令嬢のあいだに婚約が成立し、ちかぢか結婚することとなった〃とね。この結婚をまとめたのはだれだかわかりますか？　エルキュール・ポアロですよ！　もうひとつ、やっぱりわたしがまとめた結婚があります」

「ホーバリー夫人とバラクラフ氏？」

「ああ、それはちがうな。そっちは興味ありません」ポアロは身を乗りだした。「いいえ、わたしが言っているのは、ムッシュ・ジャン・デュポンとミス・ジェーン・グレイの結婚です。まあ、見ていてごらんなさい」

一カ月後、ジェーンがポアロのところへやってきた。

「あなたを嫌いになれればいいのに」

青ざめてやつれて見え、目のまわりには黒いクマができていた。

ポアロはやさしく言った。

「すこしは憎んでもけっこうですよ。しかし、あなたは、真実を直視せずに愚者の楽園に暮らすような人じゃないでしょう。それに暮らしたとしても長くは生きられなかったかもしれない。女性を殺すなんて類の悪は加速しがちですからね」

「あの人はほんとに魅力的だったわ」ジェーンは言った。「わたし、もう二度と恋なんかしません」

「そうでしょうとも」ポアロは言った。「あなたにとって、人生のそういう側面はもうおわってしまったことですからな」

ジェーンはうなずいた。

「でも、仕事はしなくちゃならないわ――なにか没頭できるような興味深い仕事がいいな」

ポアロは椅子にすわったまま小首をかしげ、天井を見あげた。

「わたしなら、デュポンさん親子といっしょにペルシャへ行くことをお勧めしますがね。興味深い仕事ですよ。もし、いやでなければ」

「だけど――それは、捜査のためのカモフラージュじゃなかったんですか?」

ポアロはかぶりをふった。

「とんでもない。わたしは考古学や、有史以前の陶器などに、とても興味を持つようになりましてね、約束した寄付を小切手で送ったぐらいです。今朝、発掘旅行にあなたもくわわってくださるのを楽しみにしていると聞いたばかりですよ。あなた、絵は描けますか？」

「ええ、学生時代はとても得意でした」

「すばらしい。きっと楽しい旅行になると思いますよ」

「ほんとうに、わたしがついていくのを期待してくれてるんでしょうか？」

「ええ、あてにしてますとも」

「こんなに早く、外国へ行けるなんてうれしい」

ジェーンはちょっと顔を赤らめた。

「ポアロさん」疑わしげにポアロを見た。「これって——わたしに同情して、こんなことしてくれてるんじゃないでしょうね？」

「同情？」ポアロはぞっとしたと言わんばかりに、「これだけは言っておきますよ、マドモアゼル。お金がからむことにかけては、わたしはじつにビジネスライクな男です」

ひどく不愉快そうなので、ジェーンはあわててあやまった。

「それじゃあ」ジェーンは言った。「わたし、博物館に行って、有史以前の陶器を見てきたほうがいいですね」

「それはいい考えです」

戸口まで行って、ジェーンはまたもどってきた。

「あなたは、なにも親切心でいろいろやってくださったわけじゃないかもしれませんけど、でもやっぱりわたし、ご親切に感謝しますわ」

ポアロの頭のてっぺんにキスをして、ジェーンは部屋を出ていった。

「なんてやさしい娘《サ・セ・トレ・ジャンティ》だろう！」エルキュール・ポアロは言った。

今、大いなる空へ！――女王の華麗なる通過点《チエックポイント》――

小説家
阿津川辰海

さて、『雲をつかむ死』の新訳版が登場である。

飛行機内で老婦人の変死体が発見。飛行機内を飛んでいた蜂による、不幸な事故死か？　だが、居合わせた乗客の一人、エルキュール・ポアロは、老婦人の脚元に、蜂に見せかけられた針を拾い上げる。これは、飛行機という密室の中で行われた殺人事件なのか？

1章と2章、冒頭わずか三十ページにも満たない。語りの流暢さと明確なイメージが生かされたこの冒頭は、クリスティーの真骨頂だ。密室で行われた毒殺事件。検死審問。容疑者の所持品リスト……。「古風ゆかしいミステリ」の要素が、必要十分に収まり、本作のもう一人の主人公であるジェーンのロマンスも盛り込み、飽きさせない。

まさに申し分のないミステリだが、霜月蒼氏の『アガサ・クリスティー完全攻略〔決定版〕』では、本作の評価は辛口だ。「クリスティーらしい『物語』部分の綾と、そこに織り込まれた欺しの醍醐味《だいごみ》が、物語のシンプルさゆえに十全に発揮されていない」とし、「物足りない」と述べる。

確かに、「いかにも」な本格ミステリの結構と、飛行機という制約の厳しい舞台により、他のクリスティー作品に比べると、エコノミークラスの座席のような窮屈さを私も感じる。

だが、『雲をつかむ死』には、その後のクリスティー作品の強みとなる、「演劇性」「心理描写の利用」という二つの技巧が明確に見られる。クリスティーは、この二つの技巧の実践を本作で試み、後の糧としたのではないか。この解説では、この点に着目し、クリスティー作品における本書の位置を再検討してみたい。

まず、「演劇性」の意味を確認したい。先述した『アガサ・クリスティー完全攻略〔決定版〕』では、「クリスティーは演劇である」「『自分がたしかに見たと思っている事象が、別の意味をもっていたと悟る』というクリスティーの得意の技法は、きわめて視覚的である」（同書、二五八、二五九頁）と述べる。

本書の冒頭では、その「演劇性」が生かされている。再読すれば、読者は重大な見落としをしていたことに気が付くだろう。ポアロが本書で繰り返す「心理的な瞬間」の隙を、読者もまた突かれていたことを発見するのだ。

次に「心理描写の利用」だ。これは若島正氏の「明るい館の秘密」（『乱視読者の帰還』収録）、ジュリアン・シモンズ「謎ときの女王」（『アガサ・クリスティー読本』収録）に言及があり、特に若島正氏の評論では、『そして誰もいなくなった』を俎上に載せ、その企みを詳細に読み解いている。通常、殺人者の胸の内など書いてしまっては、犯人捜しのミステリは成立しないはずだが、『そして誰もいなくなった』では登場人物十名全員の内心に立ち入ってその心理を描写しつつ、犯人を隠すという離れ業が成し遂げられているのだ。その論証はいつか読んでいただくとして、この解説では要点だけ押さえてもらえばよい。

『雲をつかむ死』での心理描写は若島氏の言う通り、「心理描写は登場人物たちを物語の中に導入する際の一手法として使われているのであり」「前景化されているとは言いがたい」（『乱視読者の帰還』、二三七頁）が、鍵となるシーンを堂々と冒頭に置き、読者に挑戦している点をみると、この作はクリスティーによる、心理描写利用の「実験」だったのではないだろうか。

以下では「明るい館の秘密」『アガサ・クリスティー完全攻略〔決定版〕』の方法論を用いて、本書の技巧を具体的に読み解いていきたい。

（以下は本書のネタバレを含みます！　未読の方はご注意ください！）

まず、1章に多くの要素、手掛かりが置かれていることを確認したい。コカイン、ホーバリー夫婦とカーの三角関係、フルート（これは誤導だが）、メイドの正体を明かす「割れた爪」、ノーマン・ゲイルがトイレに立ったタイミング、その後ジェーンが化粧に夢中だったこと、ジェーンの目の前を横切った乗務員等。おまけに、ル・ピネでのエピソードは、ノーマンのギャンブル好きと、五番と六番のどちらに賭けたか分からなくなる「心理的な瞬間」を突く大胆さ、更にはそうした嘘をつける演技性をも裏付けるエピソードだ。

たとえばホーバリー夫人がコカインを使っていると所持品リストから判明した時、読者はすでにそれを知っている。1章の独白で言及されているからだ。「割れた爪」が終盤にクローズアップされるのもそうで、クリスティーは、「1章に立ち返れ」という明確なシグナルを何度も発している。実際にページを繰っても、自分の脳裏で蘇らせてもいい。こうしたシグナルの発し方、「演劇性」によるシーンの意味合いの隠匿は、私の大好きな傑作群である『杉の柩』『ホロー荘の殺人』『葬儀を終えて』『鏡は横にひび割れて』『カリブ海の秘密』等で用いられ、絶大な効果を上げている。

次に、ノーマンの「心理描写」がある位置を確認しておこう。

1章（一九頁）、5章（八三頁、九二‐九三頁）、14章（二二九‐二三一頁）、19章（二九二‐二九三頁）

参考までに他の登場人物の個所を列挙すれば、

ジェーン・グレイ　1章（一二頁）、13章（二一八頁、二二〇頁）、25章（三六五頁）

シスリー・ホーバリー　1章（二〇頁）、19章（二八八‐二八九頁）

ヴェニーシャ・アン・カー　1章（二〇頁）、12章（二〇七‐二〇九頁）

ドクター・ブライアント　1章（二一頁）

ジェイムズ・ライダー　1章（二三頁）

等

（補足）クランシーについては、二三五‐二三六頁の「独り言」があるのみ。

読者としては、このリストを参考に立ち返ってみれば済む話だが、本書の仕掛けの中心をなす、ノーマンの独白のうち、1章と14章を検討していきたい。

○1章　描写の八割をジェーンへの恋心に割く。スポットライトの当て方を変えることによる誤魔化しだが、末尾は注目すべきだろう。「まいったな、ドキドキしてきたぞ。おいおい、落ちつけ……」（一九頁、原文では“I feel quite excited. Steady, my boy……”）自分に対してなだめるように言っているのは、彼がこの直後、殺人という大仕事を控えているからだろう（殺人に出向いたのはトイレに立つ二三頁）。

○14章　この箇所はクリスティーも会心の出来ではないだろうか。歯科医の客がノーマンのことを恐れ、経営が傾いている——という苦悩を書いたシーンで、「殺人の影響」という本作の一つのテーマ描写となり、ミスディレクションとなっているのはもちろんのことだが、ここの独白には、初読時には読み飛ばしてしまう伏線が三つ仕込んであるこの箇所だけは、二二九‐二三一頁に立ち返って、いくつ見つけられるか試してみてほしい。

いくつ見つけられただろうか。三つ以上見つけてくれた方もいたかもしれない。

一つ目は、「カナダへ行くか」。ここでは「カナダ」という単語に唐突な印象を受けるが、カナダに来歴があるアンヌ・モリソーとの関わりを示唆するものだ。

二つ目は、「ジェーンはすばらしい人だ。あの人がほしい。でも、自分のものにはできない……いまはまだ……まったく困ったもんだ」。「困った」事を、ここでは身にかかる火の粉だと誤読させようとしており、直後にジェーンとノーマンが探偵行を始めることで、この誤読は補強される。だが、真相は「妻のアンヌ・モリソーを片付けなければ、ジェーンとくっつくことが出来ない」だ。「困ったもんだ」は原書で“nuisance”となっており、この単語には、「厄介な事、や状況」の意味合いがある。つまり「邪魔者」のニュアンスが含まれている。

三つ目は、「ホーバリー夫人が逮捕されたらどうなるんだろう？」。ここでなぜホーバリーの名前が出るのか、初読時に疑問に思う読者はいないはずだ。なぜならば、読者はここに至るまで、ポアロがホーバリー夫人に目をつける描写をさんざん読まされているからである。

8章末尾一三八頁で、ポアロはホーバリー夫人とレイモンド・バラクラフが並んで写る写真を見ながら、「この線をさぐってみるのもいいかもしれんな」と呟く。11章ではその写真を手に「吹矢を買ったアメリカ人」の話を聞き込んだ後、ポアロが再度写真を見る（一九四頁）。12章ではホーバリー夫人の屋敷前に姿を現したのを、カーが目撃する（二〇九頁）。ポアロがホーバリー夫人に狙いを定めている、と読者が思い込むのは必定だ。その流れでノーマンが「ホーバリー夫人が逮捕されたら」と考えたからといって、不思議には思わない。この後すぐ、ノーマンがホーバリー夫人あての脅迫状を書かされ、芝居を打つことによって、ホーバリーが標的だという印象は事後的にも補強される。

しかし、これはおかしい。ノーマンはこの時、読者と違い、ポアロの動きも、ホーバリー夫人の動機を裏付けるかに思える「黒い手帳」の存在も知らないはずだからだ。解決篇に至り、ノーマンがホーバリー夫人をスケープゴートにしようとしていたと判明し（三九一頁）、ようやくこの箇所の「ホーバリー夫人」の謎が解けるのだ。

このように、心理描写を行っているにもかかわらず、犯人が分からない、という趣向は、本作発表の四年後、『そして誰もいなくなった』で飛躍的進化を遂げる。テキストを読むというゲーム性では、『そして誰もいなくなった』は、『アクロイド殺し』のトリックとも繋がる。してみると、本作は、『アクロイド殺し』―『雲をつかむ死』―『そして誰もいなくなった』というように、クリスティーが二つの名作の間に「通過」した、なくてはならない飛び石のような作品だったのではないか。

さて、最後に、本書の「演劇性」について、更に踏み込んだ指摘を行いたい。**以下では、本書の他、『三幕の殺人』のネタバレを含むのでご注意されたい。**

なぜ『三幕の殺人』かといえば、本文中に言及があり、明確な類似性も認められるからだ。言及箇所は、次に示すポアロのセリフだ。「わたしが関係した事件でも、こんなことがありました——毒殺事件で、まさしくいま指摘のあったようなことが起きたのです。あなたがいわれたような、心理的な〝瞬間〟があったわけです」（本書、一二一頁）

『三幕の殺人』では、前半において素人探偵＝犯人の捜査行が描かれ、クライマックスにおいて殺人の起こったパーティーを再現し「演じる」ことによって、「心理的な瞬間」の謎が解ける仕掛けになっていた。見えていた図柄ががらりと変わる驚き、伏線回収の鮮やかさ、その全てが「演劇」というテーマに繋がる。タイトルにも堂々と示している通り、「演じる」というテーマが真相と不可分一体になっているのだ。

では、本書はどうか。本書もまた、「演劇」を意識しているのは明らかである。ノーマンは乗務員を「演じる」ことによって、誰にも見られない「心理的な瞬間」を獲得したのであり、彼が馬脚を現すのもまた、19章において脅迫者を見事に「演じ」てしまったからなのだ（19章のタイトルは「ロビンソン氏の登場と退場（Enter and Exit Mr

Robinson)」)。アンヌ・モリソーを待つポアロもまた、影に潜んだ役者を待っていた、と演劇を意識した発言をし、素人探偵＝犯人の構図も再利用されている。

この二作の類似性は、以上に示したように明らかだ。だが、だが、この二作には明確な違いがある。『三幕の殺人』の「演じる」というファクターは、トリックや舞台とも密接に連関しているが、『雲をつかむ死』のトリックには、「演じる」というファクターが必ずしも必要ではないのだ。「制服を着て一人二役をした」というトリックは、確かに言われてみれば「演技」の一種だけれども、分かちがたく結びついているとは言い難い。すなわち、「演じる」ことは『三幕の殺人』ではトリックであり、『雲をつかむ死』ではレトリックなのだ。

畢竟、『雲をつかむ死』の毒殺トリックは、これだけを皿に乗せて出しても、読者を満足させ得るメインディッシュになるだろう。だが、クリスティーはそれだけでは飽き足らず、どれを選んでもいい味付け、レトリックに、「演劇」を選んでみせたのである。

これこそが、クリスティーの愛すべき手癖と言わずしてなんであろうか。

クリスティーが更に偉大なる作家に進むための、大いなる通過点。本作は単体で読んでも楽しめるミステリだが、他のクリスティー作品との繋がりや、女王の辿ったステップアップの道を考えてみると、より楽しめる「結節点」になるのではないだろうか。そう考えると、私の脳裏には、様々な便が集まるターミナル空港のようなイメージが湧いてくる。

ともあれ、空の旅もここでおしまいである。今読者は、クリスティーという広大なる沃野に降り立ったのだ。この地を訪れるのが初めての人も、もう何度目になるか分からない人も、ここからまた、楽しい旅路を歩んでみてはいかがだろうか。

それでは皆様、良い旅を！

本書は、二〇〇四年四月にクリスティー文庫より
刊行された『雲をつかむ死』の新訳版です。

訳者略歴　東京女子大学文学部卒，英米文学翻訳家　訳書『ヘラクレスの冒険』『名探偵ポアロ　雲をつかむ死』クリスティー，『エンダーのゲーム〔新訳版〕』カード（以上早川書房刊）他多数

雲《くも》をつかむ死《し》
〔新訳版〕

〈クリスティー文庫 10〉

二〇二〇年　六　月二十五日　発行
二〇二三年十二月二十五日　三刷

（定価はカバーに表示してあります）

著者　アガサ・クリスティー
訳者　田《た》中《なか》一《かず》江《え》
発行者　早川浩
発行所　株式会社　早川書房

郵便番号一〇一‐〇〇四六
東京都千代田区神田多町二ノ二
電話　〇三‐三二五二‐三一一一
振替　〇〇一六〇‐三‐四七七九九
https://www.hayakawa-online.co.jp

乱丁・落丁本は小社制作部宛お送り下さい。
送料小社負担にてお取りかえいたします。

印刷・信毎書籍印刷株式会社　製本・株式会社フォーネット社
Printed and bound in Japan
ISBN978-4-15-131010-2 C0197

本書は活字が大きく読みやすい〈トールサイズ〉です。

クリスティー文庫
10

雲をつかむ死
〔新訳版〕

アガサ・クリスティー

田中一江訳

早川書房

8533

DEATH IN THE CLOUDS
by
Agatha Christie

Translated by
Kazue Tanaka
Published 2021 in Japan by
HAYAKAWA PUBLISHING, INC.
This book is published in Japan by
arrangement with
AGATHA CHRISTIE LIMITED
through TIMO ASSOCIATES, INC.